YAN Lianke

ELLES

Traduit du chinois
par Brigitte Guilbaud

Éditions Picquier

Ouvrage publié sous la direction de
CHEN FENG

DU MÊME AUTEUR
AUX ÉDITIONS PICQUIER

La Mort du soleil
Un chant céleste
La Fuite du temps
Les Quatre Livres
Les Chroniques de Zhalie
A la découverte du roman
Bons baisers de Lénine
Songeant à mon père
Les Jours, les Mois, les Années
Le Rêve du village des Ding
Servir le peuple

Titre original : *Tamen*

Mas de Vert
B.P. 20150
13631 Arles cedex
www.editions-picquier.com
Conception graphique : Picquier & Protière
En couverture : © View Stock / Getty Images
ISBN : 978-2-8097-1600-9

À MES AMIS FRANÇAIS

La traduction française de *Elles* va bientôt paraître. Cet ouvrage diffère de tous ceux que j'ai publiés en France jusqu'ici. Honnêtement, très honnêtement, rien n'y relève de la fiction ou de l'imagination, encore moins du roman. Dans *Elles*, à une exception près – la première partie, fort brève, du septième chapitre –, les personnages et les événements sont authentiques à cent pour cent. Du point de vue du genre littéraire, cette authenticité s'inscrit dans la tradition chinoise des textes en prose *(sanwen)* et des essais *(suibi)* plutôt que dans l'écriture de reportage ou de documentaire actuellement en vogue. Cependant, à lire *Elles* comme un *sanwen* ou un *suibi*, on réalise rapidement que de nombreuses altérations ont été apportées au genre littéraire chinois et qu'il ne s'agit plus strictement d'un *sanwen* ou d'un *suibi*. C'est pourtant en me fondant sur ces deux genres littéraires, en les approfondissant, que j'ai voulu écrire ce texte. On pourrait dire que *Elles* relève du genre « néo-*sanwen* ».

Honnêtement, très honnêtement, *Elles* n'est pas l'une de ces œuvres féministes qui fleurissent aujourd'hui dans le monde. Pour ainsi dire, il ne traite pas du féminisme. S'il a été étiqueté comme féministe dès sa parution en Chine, suscitant de nouvelles discussions passionnées autour de ce sujet, cela s'est produit à la manière d'un TGV dans lequel on se retrouve alors que l'on souhaitait simplement enfourcher sa bicyclette pour aller se promener en banlieue.

J'ai été désorienté, excité aussi, avec l'enthousiasme d'un campagnard qui prend le train pour la première fois. J'ignore ce qu'il convient de dire face à cette « erreur d'aiguillage » et à son succès – l'accueil chaleureux réservé à mon livre et les ventes rapides –, mais je crois que le temps m'aidera à trouver une réponse. Je crois même aveuglément qu'avec le temps, ce livre ne subira pas le cycle des saisons pour se flétrir et disparaître, mais qu'il se promènera longtemps, au fil des ans.

Pourquoi ?

Parce que pour l'écrire, j'ai employé toutes mes forces, ma sincérité, mon amour et ma compréhension des êtres – elles –, tout le respect et l'estime que je porte à ces femmes nées êtres humains.

Quoique *Elles* ne traite pas du féminisme, *elles, en tant qu'êtres humains et êtres humains du genre féminin,* m'ont permis de redécouvrir quatre générations de femmes de ma famille, c'est-à-dire un siècle de son histoire, de comprendre le tournant que vivent les femmes en Chine aujourd'hui et peut-être de donner au genre ancien du *sanwen* ou du *suibi* une vitalité nouvelle, moderne – une expansion.

Pour cela, j'exprime ma plus profonde gratitude à la France, à Paris – haut lieu et source du féminisme.

Elles constitue un album complet de mes parentes dans les coulisses de ma famille durant un siècle. C'est aussi une peinture des rires et des pleurs des femmes en Chine au cours de ces cent dernières années, de leur existence en tant qu'êtres humains, ou non. Face au passé, ce texte représente l'avenir ; face à l'avenir, un souvenir qui demande respectueusement à ne pas être effacé. Pour moi, c'est une œuvre littéraire et artistique, absolument rien d'autre.

Après la fervente lecture de quelques livres féministes occidentaux, je me suis senti alarmé et coupable – le féminisme était déjà un courant dense et abouti tandis que je me tenais, ignorant, à l'extérieur de la salle de classe, à regarder le professeur, les élèves et mes sœurs.

Jusque-là, le respect que j'éprouvais pour elles était un penchant naturel fort éloigné de la véritable signification des mots « respect » et « compréhension ». Après avoir lu ces livres, un rai de lumière a forcé la pénombre de mon ignorance et j'ai eu le sentiment confus que les femmes de Chine différaient de celles dont elles, ou ils, parlaient. C'est à partir de là que j'ai commencé à écrire *Elles*. En évoquant un « troisième sexe », c'est à ma mère que je pensais, à mes sœurs et à ces femmes de mon village que je connais bien. Sont-elles femmes ou hommes ? Elles sont femmes, bien sûr, mais toutes possèdent une certaine virilité. Cette masculinité, la tradition, la nation et l'idéologie les en ont dotées dès leur naissance, si bien qu'elles assument à la fois tout ce que les femmes « doivent » assumer – grossesse, enfantement et tâches domestiques – et, dans une certaine mesure, les responsabilités et obligations des hommes face à la terre – semer, biner, répandre l'engrais, moissonner, participer aux activités collectives et patriotiques. Comme les hommes, elles sont modelées pour devenir « une main-d'œuvre libérée » : machines à enfanter, machines de production pour la société et de maintenance domestique. Machines qui pèsent aussi lourd que de l'acier sur leurs épaules et les laissent difficilement reprendre haleine. Rares sont ceux qui les respectent, rares aussi ceux qui les comprennent. L'hommage que nous rendons de génération en génération à nos « magnifiques mères » s'avère aussi cruel que nul dans la réalité. Le terme *magnifique* recouvre précisément ce dont elles sont privées : l'amour, la compréhension et le respect qu'elles devraient recevoir en tant qu'êtres humains et êtres humains du genre féminin.

Ma mère pense que sa vie est semée d'épreuves, mais elle ne saurait dire pourquoi. Dans les campagnes de Chine, la plupart des femmes considèrent que leur vie a été entravée, que mourir eût été préférable. Pourquoi ? D'où viennent ces entraves ? Elles ne parviennent pas à l'exprimer clairement.

Aussi en attribuent-elles la faute au destin. Si l'on regarde leurs problèmes en prenant en compte le fait qu'elles sont des femmes, des êtres humains du genre féminin, alors une explication peut se faire jour. En tant qu'être humain du genre féminin, c'est d'abord l'être humain que l'on respecte. Sur la base de cette humanité, on peut évoquer le deuxième sexe, le troisième sexe, les deux sexes ou la femme et l'être humain. Le féminisme et l'égalité entre les hommes et les femmes n'ont guère de succès en Chine. S'il y a eu quelques améliorations, c'est surtout sur le papier, dans la théorie et les discours, sans que cela se traduise dans la réalité sociale, les lois et les règlements, ce qui diffère complètement des progrès du féminisme en Europe et en Amérique depuis les années soixante du siècle dernier. Prenons les cas successifs d'agressions sexuelles qui ont déclenché de vives polémiques, combien d'entre elles ont quitté les écrans des téléphones portables pour être portées devant la justice ? Combien de plaintes ont abouti ? Ne sont-elles pas plutôt toutes restées sans suite ? N'ont-elles pas toutes sombré dans un lugubre silence ? Dans le septième chapitre de ce livre, j'ai imaginé que Sartre, Simone de Beauvoir, Antoinette Fouque et d'autres intellectuels étrangers s'étaient rendus dans ma région natale, dans mon village, et qu'en voulant lutter contre l'oppression subie par les femmes, ils avaient essuyé insultes et violences, ce qui avait provoqué un incident au retentissement mondial. Cet événement fictif recouvre une réalité des plus exactes. Des théoriciens venus d'Occident pour défendre les droits des femmes seraient des objets de risée et considérés comme des malades mentaux aussi bien dans les villages que dans bien des unités de travail des métropoles. L'immense étendue de la campagne chinoise est la page la plus vierge du féminisme. Cela laisse présager le long chemin à parcourir avant qu'il soit accepté sur une grande échelle, l'écart existant entre l'œuvre d'un écrivain et un certain genre littéraire, la richesse de ce genre, aussi. L'écriture de *Elles* est pour moi un commencement, une tentative ; un nouvel effort pour travailler le genre ; une ouverture et une rencontre toujours renouvelée.

Pour cette parution de *Elles* en français, je suis profondément reconnaissant aux Editions Picquier qui publient avec constance mes œuvres, ainsi qu'à mes traducteurs. Je souhaite aussi, très honnêtement et vivement, dire ceci : le coronavirus, le cloaque de ce monde de plus en plus absurde nous ont bien assez tourmentés. Que les dieux, les politiciens et la réalité nous restituent le plaisir de vivre en compagnie d'un livre et d'une tasse de café ou de thé ! Je les prie de nous rendre ce plaisir.

YAN LIANKE

Préface

DIX ANS D'ATTENTE

Dix ans pour écrire ce mince livre, difficile d'en dissimuler la peine dans un sourire ! C'est l'histoire d'un enfant désireux de manger une pomme : il sème, arrose, surveille la pousse, élague ou greffe, et attend l'année suivante, et la suivante encore, jusqu'à ce qu'un jour l'arbre donne enfin des fruits, petits et gros, pléthore de fruits. Alors l'enfant se hâte de cueillir la pomme tout juste mûre qu'il a attendue dix ans durant.

Certains écrits sont ainsi : ils vous tiennent à cœur et vous tourmentent longtemps.

Après la publication de *Mes oncles et moi* il y a dix ans, un ami éditeur m'a incité maintes fois à battre le fer tant qu'il était chaud en écrivant un livre consacré aux femmes de ma lignée. Si je me suis entêté à refuser, c'est que je ne voulais pas écrire sur mes parentes de la même manière que je l'avais fait au sujet des hommes. Dans ma contrée natale, si les femmes sont des êtres humains, la terre les programme à être femmes avant tout et après tout. Sous les auvents, dans les cours des maisons, au gré des bouleversements du temps, elles rient, pleurent, se marient, enfantent et vieillissent, et leurs filles suivent la même route, ou cherchent à emprunter leur voie propre – qui n'est autre que la voie de nombreuses autres femmes –, elles espèrent, aspirent, se démènent sans cesse, florissent ou déclinent, se fourvoient ou deviennent folles, crient ou se taisent. Cette terre est leur lieu de naissance et aussi celui de leurs vieux jours. La ville est autant au levant de leur avenir qu'au couchant de leur vie. Le désir est une force, une chaîne aussi, une bride du destin.

Le hasard décide de l'inexorable.

La mort attend la naissance.

L'obéissance au devoir conjugal est le commencement et la fin qui vous guette depuis toujours, couchés dans la maison contiguë.

Il m'est impossible de déterminer si leur bonté vient du fait qu'elles sont femmes ou de la vie même. Le sort qui leur est échu est à la fois une terre vaste et libre et une bride dont elles ne peuvent se défaire. Semblables à leurs congénères masculins, elles sont pourtant différentes. Tout ce qui touche à la génération de mon père, à moi-même ainsi qu'aux autres hommes, je le comprends parfaitement. Mais ce qui a trait aux femmes de la génération de ma mère, mes sœurs, mon épouse, ma belle-sœur, mes cousines, et à toutes les autres femmes, m'est familier autant qu'étranger.

Sans comprendre, je ne pouvais écrire. Ne parvenant à rien démêler, j'attendais.

Ainsi ai-je attendu dix ans.

Ces dix années ne m'ont guère permis de clarifier quoi que ce soit. Subitement, un jour, en voyant dans le froid hivernal du village un homme se chauffer près d'un feu, j'ai songé que la nuit où Jésus fut arrêté, des serviteurs, des commis et l'apôtre Pierre se chauffaient eux aussi près d'un autre feu ; en voyant ma mère ou mes sœurs sangloter ou sourire, j'ai songé qu'à des milliers de kilomètres, au même moment, d'autres femmes sanglotaient ou souriaient. Le monde n'est pas complètement fermé, certaines choses se situent aux deux extrémités d'une même poutre de pesée, ou d'une planche de balançoire ; que l'on bouge un peu ici, la poutre à l'autre bout penchera ou frémira, voire s'ébranlera.

Les extrémités du monde sont étroitement liées.

Je pouvais écrire.

Parce qu'en les voyant à cette extrémité-ci, dans le froid hivernal, j'ai su qu'à l'autre bout quelqu'un frissonnait ; que lorsqu'elles périssaient ici, là-bas des pleurs silencieux s'élevaient ; qu'à l'inverse, lorsqu'au loin naissait un bébé, des sourires tout près s'épanouissaient et l'on préparait des œufs rouges à offrir ; de même, lorsque nous songeons à la croix dressée sur le Golgotha, dans nos cœurs s'écoule lentement un peu du sang de la chair clouée sur la croix.

J'ai commencé à croire que lorsqu'une jeune fille se marie ici, une colombe se pose là-bas sur l'épaule d'une statue de la Sainte Vierge. A croire que si nous sourions en hiver, ailleurs un arbre donne des fleurs et des fruits.

Voilà en somme ce qu'il en est.

Après avoir attendu pendant dix ans, j'ai senti un jour que je pouvais écrire *Elles*.

J'ai pris la plume et rapidement j'ai écrit ce livre, *Elles*.

J'ai écrit leurs larmes, leurs rires, leurs silences et leurs fureurs. J'ai écrit leurs souffrances tues et leurs prises de conscience. J'ai écrit tandis qu'elles riaient ou pleuraient ici, que des rires ou des pleurs, des tremblements ou des danses s'élevaient là-bas.

Pékin, le 22 mars 2020.

Chapitre I

ELLES

Une rencontre arrangée

Etrange qu'un enfant puisse grandir sans se nourrir ; étrange aussi qu'un être puisse gagner en maturité sans rien connaître des relations entre hommes et femmes.

A la fin de l'année 1982, je fus brusquement promu et, au printemps 1983 – j'avais alors vingt-cinq ans –, je rentrai chez moi, fier et heureux, pour rencontrer ma fiancée. N'étant plus un simple soldat, je pouvais échapper à la perspective de vivre au village et de passer par les mêmes épreuves que mon père à courir après les saisons. J'avais l'impression d'être un fils rebelle. Un indigne descendant de cette terre natale. Dès lors, comment annoncer que j'étais devenu officier ? Je ne voulais pas m'afficher dans les rues du village dans mon uniforme à quatre poches. Je dissimulai donc cette bonne fortune et rentrai chez moi – dans cette maison au toit de tuiles que mes parents avaient construite pour leurs enfants et pour laquelle ils avaient peiné toute leur vie –, excité, heureux, je racontai volontiers pendant le repas la vie rude et difficile de l'armée. Puis, sous l'éclairage de notre ampoule de quinze watts, la famille se mit à préparer la rencontre solennelle prévue le lendemain ; les besognes furent réparties : ma sœur aînée se chargerait dès l'aube de balayer dans la maison et dans la cour, ma mère irait acheter les légumes et la viande pour les nouilles au porc émincé du déjeuner, quant à mon père, la tâche que ma mère lui confia fut, dès que les premiers rayons tiédiraient l'air, d'aller se cacher dans notre arrière-cour et d'y demeurer sans bouger, à se chauffer au soleil, car il était inutile que ma promise s'aperçût qu'il était asthmatique, toussait au moindre mouvement et crachait parfois interminablement.

Mon père affirma avec enjouement qu'il y avait déjà pensé et avait prévu de disparaître lorsqu'aurait lieu la rencontre de son fils avec sa fiancée, pour que la jeune femme ne remarque pas qu'il était malade.

C'était comme une bataille qu'il fallait gagner et, si je n'étais pas tout à fait à l'aise à l'idée de dissimuler mon père pour la réussite de mon mariage, je ne m'y arrêtai pas. Je perçus une joie terne sur son visage mais n'eus pas l'idée de contrecarrer son projet. Le temps fila et ce fut le lendemain. Le soleil se leva comme toujours. La terre poursuivait sa révolution constante et régulière, et les arbres devant chez nous et à l'entrée du village étaient les mêmes que la veille et l'avant-veille. Le temps triomphait du temps et subissait tout à la fois sa propre défaite. Pourtant notre famille n'était finalement plus la même. Quelques mois auparavant j'étais devenu un officier de l'Armée populaire de libération. J'avais parcouru le Henan d'est en ouest et voyagé jour et nuit pour rentrer dans mon village natal et rencontrer ma fiancée. L'amour réchauffait de son feu un coin du monde, une famille et un homme – moi. Grâce à cette rencontre, la solitude et la froidure de mes jeunes années s'embraseraient peut-être. Mon printemps fleurirait.

C'était un beau jour dans ma vie, pour sûr.

Ma sœur aînée balaya l'intérieur et l'extérieur de la maison, astiqua la table au point qu'on pouvait s'y mirer, que les vertus et les vices de ce monde auraient pu y transparaître clairement, le bien et le mal s'y discerner.

Ma mère avait acheté viande et légumes et s'affairait à la cuisine où elle n'avait pas assez de ses deux mains ; sa quatrième belle-sœur vint l'aider.

Quant à mon père, il était sorti après le petit-déjeuner dans l'arrière-cour. Avec le soleil et la radio qui l'accompagnaient depuis toujours – aussi bien étaient-ce le sang et le cadeau de sa vie.

Vers dix heures environ, peut-être onze, avant midi en tout cas, ma promise arriva. Notre entremetteur était un villageois que je devais appeler Oncle. Cadre dans un canton voisin, il portait un costume officiel gris. La jeune femme qui l'accompagnait était une grossiste d'un centre commercial de notre bourg ; elle avait succédé à son père parti à la retraite pour devenir ce que nous autres paysans appelions une « mangeuse de nourriture commerciale ». Pour elle, bien souvent, « avoir du travail » signifiait simplement qu'elle avait des choses à faire. Son état civil était enregistré en ville et elle bénéficiait de tous les privilèges des citadins.

Nous étions bien assortis. Dans nos trajectoires respectives, nous nous étions arrêtés sur une même plate-forme, dans la même gare de transit du destin. Mieux encore, l'Oncle étant amateur de littérature, il avait beaucoup lu et publié des poèmes dans la revue *Pivoine* de notre région. Et la jeune femme qu'il me présentait, férue de littérature, avait aussi publié dans la même revue.

Ainsi étions-nous tous les trois gens de lettres de la campagne.

« Lorsqu'on nourrit le même idéal, on parle le même langage », m'avait rassuré l'Oncle. Je me souviens qu'à leur approche, des enfants étaient entrés en courant dans la maison en criant « Ils arrivent ! Ils arrivent ! », avant d'être chassés par ma mère et ma sœur. Et ils se présentèrent en effet. L'Oncle en tête, la jeune femme derrière lui. Accueillis solennellement par ma mère et ma sœur aînée, ils franchirent sans gêne le seuil de notre maison tout en poursuivant leur conversation sur une affaire du bourg. On les invita à s'asseoir, on leur servit les œufs au plat rapidement préparés par ma mère ; je vis ma promise remuer du bout de ses baguettes le sucre blanc au fond de son bol et, croisant les jambes, balancer celle du dessus. Le déroulement de cette scène m'évoquait le jour où nous avions reçu un cadre de passage en inspection à la campagne : il avait semblablement pris son repas chez nous. Je restai muet et perplexe. Etait-ce là la visite de rencontre ? Allait-on lever le rideau sur une histoire d'amour fracassante, douce et mystérieuse, ou s'agissait-il d'une visite d'inspection, d'investigation ? A croire que la jeune femme n'avait pas été informée de l'objet de sa venue, que ses supérieurs ne lui avaient pas indiqué la conduite à tenir, bref, qu'elle n'était au courant de rien.

Je me tenais donc debout, tel un invité ou un domestique. L'Oncle s'en aperçut et m'interpella : « Assieds-toi donc ! » Et ce fut le commencement du spectacle de l'amour de ma vie ; le rideau levé, j'entrai sur scène à l'instar d'une marionnette. Ma promise, pour sa part, n'était pas une actrice mais tirait les fils de la marionnette. Le soleil était doré. Je me sentais intérieurement incolore, pareil à une eau douce. Dehors, les paulownias, les ormes étaient en fleurs, leur parfum embaumait notre cour avec excès. La volaille, qui n'eût en rien gêné notre amour, avait été chassée par ma mère et ma sœur. Elles-mêmes sortirent pour aller je ne sais où, nous laissant, à l'Oncle, ma promise et moi-même, l'immensité du temps, de la maison et du silence. On pouvait entendre les pas des passants dans les rues du village tandis que les insectes rongeaient les paulownias dont les fleurs éclataient avant de tomber.

Ma mère leur avait servi à chacun quatre œufs au plat, à moi deux. Dix œufs faisaient ainsi office d'offrande à ma fiancée. Je ne me souviens pas si l'Oncle acheva son bol, mais tandis que j'achevais le mien, elle repoussa le sien, elle n'avait mangé qu'un œuf et déclara qu'elle n'aimait pas tellement l'odeur de terre qui s'en dégageait. L'Oncle et moi, nous desservîmes et nous rendîmes à la cuisine. Là, il me dit : « Tu vois, elle est tout à fait à l'aise. Tu es officier, alors sois naturel, toi aussi. » De retour dans la maison, l'Oncle annonça qu'il devait partir et nous laissa, elle et moi, aller à la rencontre de notre destinée.

L'amour commença.

Mon cœur battait tel un marteau sur une dalle de pierre, tel le tonnerre grondant au-dessus des champs.

Ses yeux gris, que des cils épais faisaient paraître foncés, lui jetèrent un regard amical et bienveillant, comme si elle le reconnaissait, puis aussitôt elle sembla chercher quelqu'un dans la foule. Quelque rapide que fût ce regard, il suffit à Wronsky pour remarquer dans cette physionomie une vivacité contenue, qui perçait dans le demi-sourire de deux lèvres fraîches, et dans l'expression animée de ses yeux. Il y avait dans toute cette personne comme un trop-plein de jeunesse et de gaieté qu'elle aurait voulu dissimuler ; mais, sans qu'elle en eût conscience, l'éclair voilé de ses yeux paraissait dans son sourire[1].

Ainsi Tolstoï relatait-il la première rencontre d'Anna avec Wronsky.

C'était inévitable : l'odeur des amandes amères lui rappelait toujours le destin des amours contrariés.

Là, c'est le début de *L'Amour aux temps du choléra*[2], une très longue histoire d'amour.

Tout commence ainsi.

Mais tout finit également ainsi.

Le soleil glissait dans la cour, une pièce de soie sur l'eau. En l'absence des poules et canards, les moineaux sautillaient

1. Léon Tolstoï, *Anna Karénine*, traduction d'Henri Mongault, Gallimard, 1957.

2. Gabriel Garcia Marquez, *L'Amour aux temps du choléra*, traduction d'Annie Morvan, Grasset, 1987.

jusque dans la maison, picorant ostensiblement devant nous. Un portrait de Mao était affiché au mur depuis des décennies et, disposés en dessous, depuis longtemps aussi, le portrait de ma grand-mère défunte et la tablette mémorielle jaunie de mon grand-père. Les meubles restaient silencieux, les moineaux pépiaient. Les murs, avec leurs vieux journaux encollés, le garde-manger suspendu au-dessus de nos têtes, tout évoquait l'histoire du village, la réalité et le romantisme de l'existence. Elle continuait à balancer ses jambes. Moi, je n'aimais pas qu'elle balance ainsi les jambes lors de notre première rencontre.

Nous prononçâmes quelques paroles dans le silence.

« Vos moineaux sont vraiment audacieux », lâcha-t-elle.

Je ris doucement. « Tu as publié des poèmes dans la revue *Pivoine* ? »

Elle me regarda fièrement.

« J'ai publié quelques nouvelles et une pièce en un acte », dis-je et, affectant un air décontracté : « Tout cela est paru dans des revues de province et dans la revue de la circonscription militaire de Wuhan.

— Qu'y a-t-il d'extraordinaire à cela ? » rétorqua-t-elle vivement. Elle me regarda à nouveau et reprit son balancement de la pointe du pied. Cette oscillation de la jambe et du pied semblait occuper l'entièreté du temps et de l'espace, sans me laisser nulle place pour parler. A croire que le temps et l'espace étaient sa propriété privée et que je n'avais rien à y faire. Je demeurai sombre et silencieux, incapable d'initier un échange. Voyant que je regardais ses jambes croisées, elle cessa enfin son balancement, sans mot dire, et ramena la jambe du dessus au même niveau que l'autre, en me regardant d'une façon que je ne saurais décrire.

« Ma famille est très pauvre », lui dis-je.

Elle tressaillit légèrement :

« Je sais.

— Mon père est malade, es-tu au courant ?

— Oui. »

Elle me regardait très sérieusement, puis soudain elle changea de sujet :

« L'armée va combattre à nouveau ?

— Je l'ignore », répondis-je en détournant les yeux.

Nous n'avions à nouveau plus rien à nous dire. Ma mère, ma sœur et l'entremetteur revinrent pour nous apporter le déjeuner. Des nouilles à la viande. Le premier bol fut servi à ma promise, le deuxième à l'Oncle. Le troisième, on l'apporta à mon père qui se cachait encore dans l'arrière-cour. Il avait sa vieille veste ouatée sur les épaules ; le poste de radio à ses pieds diffusait un opéra traditionnel du Henan, *Chaoyanggou*. Il écoutait tout en mangeant les œufs au plat que ma fiancée avait dédaignés. Me voyant arriver, il me demanda en souriant : « Alors ? » Je secouai la tête. « Pourquoi ? » reprit-il, surpris. J'hésitai avant de répondre : « A peine arrivée, elle s'est assise en croisant les jambes l'une sur l'autre, sans cesser de balancer la jambe du dessus. »

Mon père réfléchit un instant. « Eh bien, c'est qu'elle est à son aise, elle est un membre de la collectivité !

— Elle nous méprise », dis-je crûment.

Mon père réfléchit encore. « Quand vous serez mariés, nous vivrons séparément ; dis-lui que je ne vous embarrasserai pas. »

Je restai songeur un instant qui dura une année entière. « On en reparlera. » Voici ce que je dis à mon père – ce qui correspondait d'ailleurs à la façon dont j'envisageais cet amour dans ma vie. Quelques jours plus tard, je quittai la maison pour retourner à l'armée. A l'époque, une demande de congé ne pouvait dépasser une semaine, trajet compris. Je lui écrivis une première lettre à laquelle elle répondit quinze jours plus tard. Je lui en écrivis une deuxième et une vingtaine de jours s'écoulèrent avant que je reçoive sa réponse. Je lui écrivis une troisième fois, en lui précisant que si elle pensait que nous ne nous convenions pas, nous pouvions en rester là – il y a tant de choses dans la vie que nous devons interrompre. Elle s'empressa de me répondre : « Tu as dit le premier que nous ne nous convenions pas, je t'en remercie ! »

Ainsi cet amour s'acheva-t-il dans la légèreté. Il arriva vite et s'en fut tout aussi vite, un coup de vent au-dessus d'un champ. Il me faut encore ajouter deux choses : l'une est que je n'ai jamais pu dire si elle était belle – elle mesurait un peu plus d'un mètre soixante, sa peau était plutôt mate, ses cheveux noirs luisaient et rendaient son teint humide et émouvant, avec quelque chose de profond qui m'évoquait la force et la beauté des champs. La seconde est que mon voyage dans le train militaire entre Shangqiu et Luoyang dura plus de six heures à l'aller comme au retour.

Les allers et retours de nos vies sont donc équivalents.

L'amour qui s'ouvrait comme les fleurs de paulownia en cette saison était aussi beau qu'un magnifique sourire embarrassé.

Une nouvelle rencontre arrangée

« Contre-attaque en légitime défense » est l'appellation commune de la guerre sino-vietnamienne qui éclata en février 1979. Au nom de cette contre-attaque, une foule de jeunes gens se mirent à vénérer les soldats comme des héros. L'un des symboles les plus patents de cette vague d'adoration était que, lorsqu'un soldat qui s'était illustré par des faits d'armes faisait une tournée de conférences, jeunes filles et lettres d'amour affluaient, innombrables, grains tombés dans les champs lors d'une année particulièrement abondante, mais lorsque le vacarme qui s'ensuivit fut dissipé par le souffle du temps, chacun s'éveilla brusquement : Ciel ! Ainsi la guerre fait mourir les hommes ! Et la vague de jeunes filles qui voulaient épouser des soldats reflua brutalement, si bien que les casernes devinrent des camps de concentration de jeunes trentenaires.

Un traitement plus humain prévalut alors au sein de l'armée.

S'ils n'étaient pas certains de pouvoir bénéficier d'un congé lorsqu'un parent était malade, soldats et officiers trentenaires en obtenaient presque toujours un pour rencontrer leur promise. C'est ainsi que j'avais pu rentrer pour aider mes parents à moissonner. J'allais en même temps rencontrer une prétendante. L'ardent soleil de juin chauffait nos têtes, l'odeur âcre de nos cheveux brûlés se répandait, en y passant la main, on croyait sentir un peu de cendres. Sur l'aire de battage, autour de midi, régnait une chaleur cruelle et confuse. Nous vannions le blé, mon père et moi, lorsque, sur la grande levée de terre non loin de là, une jeep arriva. Un homme en descendit et se mit à me héler en agitant la main avec vigueur, comme si un événement s'était produit qui allait changer le cours de ma vie ou de la sienne.

Mon père et moi restions interdits.

« Vite ! Dépêche-toi ! »

Je le reconnus, cet homme qui criait était mon oncle Ji. Il m'appelait et trépignait. Je laissai tomber ma pelle et traversai en courant les cent mètres qui me séparaient de la grande levée de terre. Il se contenta de me dire : « Monte vite ! » et me poussa sur le siège arrière de la jeep.

La voiture fila en toussotant.

J'abandonnai mon père, l'aire de battage, le village et ses rues ; oppressé par la chaleur torride et une sueur fétide, niché dans cette vieille voiture, je m'efforçai de deviner ce que l'avenir me réservait. A l'avant, l'homme qui me conduisait vers mon destin, l'oncle Ji, était alors directeur de la chambre de commerce du district. Son silence de directeur figeait l'atmosphère au point que j'avais l'impression d'être emmené vers un terrain d'exécution. Il ne disait pas un mot et je n'osais poser aucune question. La jeep parcourut ainsi plusieurs lis avant qu'enfin il tourne la tête vers moi et me dise que mon père se faisait un sang d'encre au sujet de mon mariage et qu'il avait chargé quelqu'un de lui en parler tant il s'inquiétait de me voir rester célibataire. Mais tout était pour le mieux. Une jeune femme travaillant au grand magasin de Luoyang souhaitait vivement m'épouser ; restait à savoir si j'étais d'accord. Il ajouta sur un ton mystérieux que nous allions précisément à Luoyang pour la voir. Elle n'était pas au courant. Quand nous arriverions devant le grand magasin, il me la montrerait. Si elle me plaisait, il irait lui parler et alors nous pourrions nous rencontrer, bavarder et parler d'amour. Si je la rencontrais tout de suite et qu'il s'avérait que je n'étais pas intéressé, cela la blesserait.

Une jeune femme qui ne m'avait jamais vu souhaitait donc m'épouser.

Et ce n'était pas une jeune femme de la campagne, du village ou du district, mais de Luoyang, la capitale de la province !

Ma première réaction fut de baisser la tête sur les vieilles savates que j'avais chaussées et déchaussées sur l'aire de battage. Comment pouvais-je rencontrer ma promise avec aux pieds des savates aussi sales et usées ? Instinctivement, mes orteils se recroquevillaient honteusement, comme si la jeune femme était déjà là à les fixer des yeux. Au même moment, l'oncle Ji remarqua que j'avais des fétus de paille dans les cheveux et le visage souillé de poussière : « Ce serait très irrespectueux de te présenter ainsi, il faut que l'on trouve un endroit où tu puisses te laver le visage. » Il continua à conduire la jeep à vive allure sur la route menant à la ville. Une dizaine de lis plus loin, alors que nous arrivions au pied de la montagne Longmen, il aperçut un puits à pompage mécanique dont l'eau irriguait les champs. Il stoppa la voiture et me laissa me débarbouiller, me débarrasser de la poussière et de la fatigue de la campagne, nettoyer mon cou et mes cheveux, puis nous repartîmes, propres et rayonnants, vers le centre du monde : Luoyang.

Luoyang se trouvait à soixante-deux kilomètres de chez moi. Lorsque la jeep arriva en ville, mon cœur se mit à battre plus vite. Je me dis souvent depuis que l'amour est directement proportionnel à la vitesse des battements de cœur. Quand on me demande ce que signifie faire l'amour, je réponds que l'amour, c'est un cœur qui bat pour l'autre sexe sans qu'on puisse l'arrêter. Les vastes avenues, la circulation des bus, la foule, la forêt de bâtiments, n'est-ce pas aussi ce que l'on voit la première fois que l'on quitte la rase campagne des banlieues pour venir à Paris ? Les poteaux électriques alignés à intervalles réguliers en bordure de route, les jeunes filles à bicyclette qui rentrent chez elles après le travail, les écoliers qui traversent en se tenant la main. La civilisation de la ville me saluait. Je décidai aussitôt que, puisque cette jeune femme du grand magasin était d'accord pour m'épouser sans même m'avoir vu, je n'avais aucune raison de refuser ! Pourquoi pas ? Si elle n'était ni stupide ni handicapée, j'étais prêt à accepter ce mariage et le destin qu'il me promettait ; j'étais d'accord pour braver ouragans et tempêtes avec elle, pour partager heurs et malheurs jusqu'à ce que la vieillesse fasse de nous des chandelles vacillantes, jusqu'à la fin de nos jours. Quel âge avait-elle ? Qu'elle soit un peu plus jeune ou plus âgée que moi, tout me conviendrait. Sa taille ? Grande ou petite, quelle importance ! Etait-elle cultivée ? N'étais-je pas moi-même dépourvu de diplôme, même celui de la fin du lycée ? Quant à son apparence, peut-être n'était-elle pas très jolie, mais jusqu'à quel point était-ce possible ? Un grand magasin se devait d'être un centre prospère, le cœur d'une place animée, un visage de la ville dont la foule faisait grand cas, un lieu de passage densément peuplé en toute saison. Une vendeuse dans ce genre de magasin ne pouvait être absolument laide. Il n'y avait donc pas à réfléchir. Ni à s'inquiéter. La seule chose qui me préoccupait, c'était qu'après avoir parcouru rapidement soixante-deux kilomètres, nous avancions en ville aussi lentement que si nous étions partis de Pékin pour aller à Nankin ou Tokyo. C'était à soupirer tant ce trajet n'en finissait plus.

Mais quelques lis ne sont que quelques lis.

La jeep s'arrêta soudain au pied d'un bâtiment, au coin d'une rue. L'oncle Ji descendit de voiture et regarda la montre à son poignet : nous étions juste à l'heure, déclara-t-il, comme un fruit mûr prêt à être cueilli. Il tapota mes vêtements pour les défroisser, m'arrangea les cheveux et m'annonça sur un ton mystérieux qu'il allait me montrer la jeune femme depuis l'entrée du magasin, puisqu'il se comporterait comme un client et entrerait faire un tour. Cela m'évoqua une scène du film *Le Parti clandestin*, lorsque le contact est établi grâce à un mot de passe. Nous nous dirigeâmes vers le grand magasin. Je me réjouissais que mon cœur ne bondisse hors de ma gorge ou de mes yeux, comme un lapin se félicite de ne pas prendre le doux hiver pour le printemps au risque de bondir dans un monde glacial. Je ne me souviens plus si elle vendait des vêtements ou des pièces de tissu. A mes yeux, vêtements et tissus font partie de la même famille ; ne pas les distinguer est assez naturel, d'autant plus que si je ne m'en souviens pas, ce n'est pas réellement par oubli ou amnésie, j'étais tout simplement trop fébrile et angoissé pour voir ce qu'il y avait autour d'elle.

Lorsqu'une fleur pourpre s'épanouit, qu'il y ait ou non des feuilles vertes autour n'a guère d'importance.

A vrai dire, elle était très jolie ; j'en étais stupéfié, debout au milieu de la cohue urbaine. J'avais suivi du regard la direction que mon oncle m'indiquait et je l'identifiai, elle, au premier coup d'œil. Ni grande ni petite, le teint légèrement foncé (à nouveau un teint légèrement foncé, une volonté du Ciel !), le visage éclatant comme un fruit mûr et les yeux étincelants, elle était occupée à faire le compte des achats des clients. Il me semblait l'avoir déjà vue quelque part. La conviction inopinée que cette jeune femme m'était familière me fit croire au mystère d'une union prédestinée. Je décidai de l'aimer, de l'épouser et de lui donner un enfant. Je partagerais ma vie avec elle, je braverais tous les périls avec elle jusqu'à la fin de mes jours. L'oncle Ji me l'avait discrètement montrée du doigt durant une seconde à peine, mais il me fallut moins d'une seconde pour décider de l'épouser. « Tu l'as vue ? » me demanda-t-il dans un murmure. Je hochai vivement la tête. « C'est celle qui porte un vêtement bleu ciel, pas celle en gris et noir », ajouta-t-il. Il me sembla que ces précisions étaient superflues, le printemps n'est-il pas déjà là quand l'herbe pousse au bord des chemins ? Il se pencha à mon oreille pour me faire mille recommandations : le mariage était une chose capitale, la plus importante pour un homme, hormis celle d'être empereur. Il fallait bien y réfléchir, être certain d'accepter avant d'accepter, ou de refuser avant de refuser, il n'était pas question de se sentir redevable simplement parce qu'elle avait d'abord donné son accord.

Après ces paroles, l'oncle se fondit dans la foule des clients du grand magasin, me laissant devant l'entrée à méditer. A nouveau j'examinai la jeune femme avec une attention extrême, je détaillai son apparence, sa tenue et sa manière de travailler, et tandis que mon désir de l'épouser se confirmait, ma décision n'étant plus à remettre en question, je m'aperçus sans le vouloir qu'elle me regardait, elle aussi. Je me retirai en hâte.

Le ciel était très bleu, aussi vaste et clair que mon cœur.

La vie et l'univers étaient si beaux. J'éprouvai soudain une immense reconnaissance pour mes parents qui m'avaient mis au monde.

Un moment après – un instant aussi bref qu'une graine de haricot –, l'oncle Ji sortit rayonnant du magasin. Nous nous retrouvâmes au milieu de l'avenue centrale de Luoyang, avec le ciel, les arbres et la terre pour témoigner et attester que cet événement était le plus solennel, le plus important de ma vie et de celle de ma famille.

« Tu es d'accord ? », me demanda-t-il.

Je hochai fermement la tête.

« D'accord ou pas, tu dois le dire clairement », me pressa-t-il en souriant.

Je lui souris moi aussi et murmurai : « Je suis d'accord.

— Voilà qui est parfait ! Je vais donc de ce pas en informer ses parents et, au passage, je fixerai une date pour votre mariage. »

Le rideau se levait ainsi, par hasard, inconsidérément, sur un nouvel amour, de même que le jour pointe au lever du soleil, que les fleurs poussent sur la falaise ombragée lorsque vient le printemps. L'oncle Ji et sa jeep disparurent. Je devais l'attendre devant le grand magasin, il allait revenir très vite avec la date du mariage. Nous étions arrivés à treize heures, huit minutes avaient suffi pour que je voie ma fiancée et il fallut environ trois heures à l'oncle Ji pour faire cet aller-retour. Trois heures durant lesquelles l'orage de la faim fondit sur moi. J'avais une terrible envie d'aller dans le restaurant d'en face, mais je n'avais pas un sou en poche. Je restai donc assis en bordure de l'avenue centrale, pareil à un enfant abandonné, à regarder les nuages dans le ciel, les passants, et à songer qu'au retour de l'oncle Ji la première chose que nous ferions serait d'aller manger un bol de nouilles. Cependant, lorsque vers seize heures la jeep toussotante s'arrêta à ma hauteur, l'oncle Ji en descendit avec un teint verdâtre, à croire qu'il avait été giflé. Il balaya du regard le grand magasin, les petits restaurants de nouilles, la foule. Il hésita un instant avant de déclarer : « Rentrons. On parlera à la maison. »

Nous montâmes dans la jeep.

Nous rentrâmes à la maison.

Deux heures plus tard, la jeep m'avait reconduit chez moi, à côté de l'aire de battage. Les dernières braises du couchant rougeoyaient. L'oncle était un homme peu loquace, mais il avait quand même prononcé une phrase durant notre trajet de retour : « Ne parlons plus de cette histoire. » Quand je descendis de la jeep, voyant mon père occupé à moissonner le blé, il lui fit un signe de la main et affirma qu'il était vraiment très pris – des réunions si nombreuses chaque jour qu'il avait beau transpirer, ça n'en finissait pas, impossible de s'arrêter un moment chez nous. Quant à moi, je devais rassurer mon père et lui dire qu'il n'avait pas à se tourmenter : j'avais été promu cadre, j'étais devenu officier, je trouverais une épouse, à coup sûr !

En 1989 ou 1990, j'étais en effet marié, mon fils avait déjà quatre ou cinq ans et, qui plus est, j'étudiais à Pékin, au département de littérature de l'institut des arts de l'Armée de libération. Cette année-là, je rentrai avec ma petite famille passer le nouvel an dans mon village natal. Dans la journée du 2, les proches se rendent visite pour présenter leurs vœux. L'oncle Ji, déjà retraité depuis longtemps, arriva chez nous avec un panier de cadeaux. C'est alors qu'il raconta en riant que la jeune femme du grand magasin de Luoyang avait lu un article dans *Le Quotidien de Luoyang* – une pleine page intitulée « Un lettré de talent originaire de la région de Luoyang » avec une photo de moi en couleur. Elle lui avait demandé des explications : pourquoi ne lui avait-il pas dit à l'époque que je savais écrire et que j'aimais écrire ? « Sa famille et elle ont des regrets. Eh bien, qu'ils regrettent ! » déclara-t-il en riant à mon intention. Je compris alors que la mère de cette jeune femme était la belle-sœur de l'oncle Ji, la sœur aînée, ou cadette, de sa femme. Ce sentiment de familiarité que j'avais éprouvé en découvrant la jeune femme venait tout simplement du fait qu'elle ressemblait à la fille aînée de l'oncle Ji.

Je compris et adressai à mon tour à l'oncle Ji un sourire gêné.

C'est aussi l'une des beautés de ce monde qu'il y ait bien des choses dont on regarde après coup le dénouement avec un sourire embarrassé.

Première digression

Disons qu'il s'agit d'une digression.

Si je me dresse aujourd'hui sur la pointe des pieds pour appréhender dans mon passé ma quête d'une fiancée, le mot « prédestination » se dresse telle une borne frontière à un carrefour de ma vie. Mais en rebroussant chemin, que je m'appuie un instant à cette borne pour chercher ma direction et je m'aperçois que la prédestination n'est rien d'autre que le hasard. Si le bouddhisme nomme « prédestination » les aléas des rencontres et des séparations, c'est une échappatoire, un faux-fuyant face au caractère incompréhensible du hasard, et le mot de prédestination ne sert qu'à dissimuler, à noyer cette lacune.

En réalité, tous les destins sont le fruit du hasard.

L'inévitable est le résultat de rencontres de hasard.

Si, à l'époque, cette jeune femme n'avait pas croisé et balancé les jambes, son destin et le mien auraient-ils été différents ? Un fait si anodin, si modeste, a pourtant grandement et durablement influencé nos vies. A bien y réfléchir, c'est effrayant ! Comme un train qui s'arrêterait et changerait de direction pour laisser passer une fourmi !

Si l'oncle Ji avait été un homme disert et qu'il m'avait tout exposé clairement, formerais-je aujourd'hui une famille avec cette jeune femme du grand magasin de Luoyang ?

Nos vies, nos efforts et les chemins que nous empruntons, nous n'avons pas à en chercher l'inéluctabilité dans le hasard, mais à chercher le hasard dans l'inéluctabilité. Si nous reconnaissons que le hasard décide de l'inéluctable, des événements cruciaux de nos destins, alors nous pouvons nous sentir soulagés, lâcher prise, et faire face calmement à bien des choses. Même si par mégarde nous nous retrouvons en prison, nous pouvons intérieurement nous dire dans un éclair de conscience :

Eh bien, c'est la vie !

Ma première fiancée

1

En fait, c'est le hasard qui décide du destin de chacun.

En fait, nous nous efforçons tous de vivre pour rencontrer un hasard qui nous appartienne.

Un jour, j'ignore lequel, j'ai rencontré je ne sais quel hasard qui m'a subitement décidé à quitter la terre et à aller vivre en ville, à me défaire de mon identité de paysan pour devenir un citadin. Peut-être est-ce à l'instant où mon père soulevait péniblement la pioche pour bêcher, à la seconde où ma mère a poussé un long soupir face à la vie. Ou bien encore, sur le chemin du retour de l'école, lorsque j'ai vu un cadre de la commune fredonner, une petite bouteille à la main, et frapper d'une cuillère son bol en porcelaine tandis qu'il se rendait à la cantine populaire. En somme, il semble que ce soit à l'âge où l'intelligence s'éveille que j'ai pris la ferme décision de quitter la campagne pour aller en ville.

Je jurai sur ma vie de devenir un citadin !

Des trois épopées chantées de ma jeunesse paysanne, « agir avec ruse, sortir du lot, se marier pour aller en ville », pas une que je n'ai omise. A la caserne, afin d'obtenir honneurs et éloges, je cachais le balai et la pelle sous ma couette. De sorte qu'au premier coup de clairon appelant au réveil, j'étais le seul à balayer dans le camp. Afin d'entrer au parti, alors que je ne touchais que six yuans par mois, j'allais discrètement coincer sous l'oreiller de mes instructeurs politiques le dessus de couverture en soie que l'usine nous envoyait ; le week-end, lorsqu'il s'agissait de planter les légumes, avec d'autres soldats je relevais mes bas de pantalon pour sauter dans la fosse d'aisance et pelleter les excréments. Pour pouvoir être publié au 1er juillet et au 1er août, un mois avant les dates anniversaires de la fondation du Parti communiste chinois et de l'Armée populaire de libération, je rédigeais et envoyais aux journaux poèmes et proses en hommage au parti et à l'armée.

Je lavais les pieds de mon chef de peloton, les chaussettes et les caleçons du commandant en second de la compagnie.

Il m'est arrivé de me lever à deux heures du matin pour aller m'entraîner tout seul jusqu'à l'aube car je n'avais pas réussi dans la journée à sauter par-dessus le cheval de bois ou à passer par le grand anneau de la barre fixe.

Il m'est arrivé aussi, j'ignore vraiment comment, lors de la compétition de tir de la nouvelle compagnie, de réussir une belle performance. Le lendemain, lorsque notre délégation se rendit au champ de tir, alors qu'il fallait tirer en position couchée à cent mètres, je touchai quatre-vingt-dix-huit fois la cible, le chef de la délégation était si heureux qu'il me tapota le crâne, comme s'il venait par hasard de trouver une coquille d'œuf peinte.

Je ne cessais de louer, de citer en exemple le parti et l'armée, d'accomplir des hauts faits. La grand-porte de mon destin s'ouvrait si largement que tout en était éclairé, comme si la lumière de l'humanité se concentrait là pour briller sur mon avenir. En octobre 1978, je venais de passer trois mois au camp, la guerre sino-vietnamienne éclata en février de l'année suivante et la peur, l'excitation et l'insécurité emplissaient les cœurs. On écrivait des demandes solennelles pour être envoyé au combat tout en priant secrètement pour que la guerre s'achevât au plus vite, que la troupe à laquelle on appartenait ne fût jamais envoyée au front. Cette duplicité correspondait, je crois, à une réalité indicible quel que fût le camp. J'étais terrorisé mais je sollicitais comme les autres de pouvoir aller me battre, comme les autres, j'en remettais la demande écrite à mes supérieurs ; sans voir plus loin que le bout de mon nez, je conjecturais, je ne comprenais pas ces hommes qui se mordaient les doigts, écrivaient avec leur sang ces prières pour être envoyés sur le champ de bataille. Durant la quasi-totalité de mes trois années de carrière militaire, j'ai vécu dans la terreur et l'insécurité. Je voulais être promu tout en redoutant d'être envoyé au front. Puis, en 1981, un grand nombre de soldats revinrent triomphants. Beaucoup furent promus au rang d'officier et pour diriger nos quatre pelotons, cinq ou six chefs se bousculaient. Sur la chaise d'un commandant de compagnie ou d'un instructeur siégeaient deux postérieurs. Il en allait ainsi pour tous les grades de dirigeants. Alors l'armée réfléchit et soudain un texte fut promulgué pour déclarer haut et fort que désormais aucun soldat ne pourrait directement être promu officier. Il faudrait pour cela être diplômé de l'académie militaire ou avoir suivi une formation dans la troupe culturelle de l'académie militaire (ce qui équivalait à un niveau d'instruction d'école secondaire). Or, pour passer l'examen d'entrée à l'académie militaire ou pour suivre la formation de la troupe culturelle, il fallait être membre du parti, délégué de classe ou vice-délégué, et âgé de vingt ans au plus. Si l'une de ces trois conditions n'était pas remplie, il était impossible de s'inscrire.

Je pouvais compter sur mes doigts : si j'étais bien délégué de classe et membre du parti, je ne m'étais engagé dans l'armée qu'à vingt ans passés et j'étais donc du mauvais côté de la ligne de partage. Je me sentis pourtant franchement et honnêtement soulagé – de ce soulagement qui vient après le désespoir.

Je ne pouvais pas briguer une promotion ; il était inutile d'espérer une situation idéale.

Dans un monde sans cruauté, l'agneau peut évoluer sans contrainte.

Je demandai à quitter l'armée en calculant exactement mes perspectives d'avenir : j'étais déjà membre du parti et le secrétaire de mon village natal me pressentait pour lui succéder ; ainsi pouvais-je être promu secrétaire du comité du village. De plus, quelques-uns de mes romans avaient été imprimés. Si Dieu voulait bien m'accorder son attention, il n'était pas impossible que j'obtienne un poste (« un travail ») à la maison de la culture du district ou à la bibliothèque. Je décidai de rentrer chez moi. Laisser le camp et la troupe tenter de me retenir au nom de mon talent ? Un lapin ne doit-il pas quitter son terrier printanier pour celui d'automne, ou pour une grotte en hiver ?

L'hiver 1981 ressembla à tous les autres hivers. Sur la vaste plaine de l'est du Henan, les nuages s'enroulaient, s'étiraient et les feuilles mortes tapissaient le sol. Dans le silence, la tristesse des départs s'exprimait au rythme des pas sur la grande avenue de Shangqiu. Mes poches étaient pleines des cent vingt yuans correspondant à mon indemnité de départ et de tickets alimentaires dont la valeur d'environ cent trente livres pourvoirait à mes besoins pendant deux mois. J'avais pour chacun de mes parents un vêtement et un souvenir, des cadeaux pour ma belle-sœur et ma sœur aînée, des gâteaux et des bonbons, et bien sûr les briquets et cigarettes à filtre que l'on rapporte inévitablement. Le vieux train militaire qui nous était réservé était en gare de Shangqiu, exactement comme lorsque je m'étais engagé, à croire qu'il n'avait pas bougé durant ces trois années, qu'il était resté en gare à nous attendre, moi et les autres jeunes qui retournions à la terre.

Sur un quai rudimentaire éclataient les pétards et les gongs des adieux, un tapage de tous les diables, pareil à un feu de joie éclairant la lande déserte des âmes en peine. Presque tous les soldats en partance pleuraient. Presque tous ceux venus pour nous accompagner souriaient sur le quai, saluant de la main et essuyant des larmes. J'ignore pourquoi je ne ressentais ni tristesse ni joie. Je ne fis signe de la main à personne et ne serrai personne dans mes bras. J'entendis les adieux de deux soldats ravalant leurs sanglots : « L'an prochain, si tu n'as toujours pas pu entrer au parti et être promu, tu n'auras qu'à partir », dit l'un ; la réponse de l'autre resté à quai m'ébranla : « J'attends d'être envoyé au front et, lorsque je foulerai le champ de bataille, si je dois mourir, ce sera bien volontiers. »

A l'entrée d'un wagon, deux autres camarades prenaient congé, mais cette fois, leur échange me réjouit : « Ecris-moi quand tu seras au pays. Et ne raconte pas à ma promise que je ne suis même pas délégué de classe ! » Celui qui montait dans le train se retourna : « Je t'enverrai des cigarettes et des bonbons de mon mariage ! » Les appels, les paroles échangées réchauffaient le quai et le ciel. Les cœurs étaient tendres. Ils étaient aussi en plein tumulte. Une humanité aimante, tendre et triste, régnait aux côtés des calculs et supputations de chats et de souris. Mes bagages à la main et sur l'épaule, je me faufilai dans la foule et montai dans un wagon à l'arrière du train. Je sentais une incertitude, un vide aussi immense que le ciel et la plaine du Henan m'envahir. Subitement je réalisai qu'en devenant soldat, j'avais le dessein de quitter la terre, de m'installer en ville, y prendre épouse et y fonder une famille ; j'avais résolument décidé de ne pas vivre comme mes parents, à longueur d'année pieds et poings liés à la terre. Or, après trois années de lutte, d'intrigues et d'anxiété, j'allais finalement retourner au village. Retourner à la terre. Pareil au porc qui rentre à la porcherie, pareil au chien qui rejoint sa niche. Aux bœufs et aux chevaux qui inévitablement retournent à l'attelage pour labourer la terre.

Je pleurai.

Mes larmes de tristesse face au destin pouvaient passer pour la tendre mélancolie de déchirants adieux. Le soleil hivernal tiédissait l'atmosphère. Le tapage sur le quai se poursuivait. J'ignore si le temps alors s'accélérait ou ralentissait, mais je souhaitais ardemment que le train démarrât aussitôt. Qu'il parte, et le départ serait résolument ancré en moi – mais ce train s'évertuait à demeurer immobile sur les rails. Pour quitter le tumulte et la tristesse ambiante, je plaçai mes sacs sur le porte-bagages déjà comble, m'installai seul dans un coin à attendre que le temps des adieux se roule en boule, que je puisse le projeter au loin d'un coup de pied, puis tendre un fil élastique pour réunir les uns et les autres.

Je demeurai ainsi, ahuri, dans un coin du wagon.

Quelqu'un me toisa curieusement. Un camarade m'adressa une parole de consolation : « Tu es déjà membre du parti, toi. Tu n'as aucune raison d'être triste. »

Une tenue militaire sans écusson rouge sur la casquette, c'était fort laid, aussi laid qu'une jeune beauté dont les yeux ne brillent guère. Mais j'avais ôté mon uniforme et personne ne portait aussi bien que moi un costume civil, qu'il soit bleu, noir ou gris.

Je balayais des yeux le désordre du wagon, écoutais les pétards et les coups de gongs du dehors ainsi que la musique majestueuse et triste que diffusait le haut-parleur.

Le départ était imminent. Les accompagnants étaient appelés à descendre du train. Nos vies allaient quitter ce quai des flammes de la guerre pour un havre isolé et sûr. Par la fenêtre, je voyais des mains s'agiter et des bouches grandes ouvertes criant je ne sais quoi. Les bruits de pas en tous sens, sans rythme ni discipline, évoquaient un jour de marché. Au même instant, pourtant, j'ignore pourquoi, ce désordre se régularisa et, rapidement, les hommes sur le quai reculèrent de part et d'autre d'un large passage où s'engagea la jeep flambant neuve du chef de compagnie. Elle allait dépasser la tête du train lorsqu'elle s'arrêta. Le chef de compagnie sauta à terre et se mit à hurler quelque chose tout en courant le long des wagons.

Des têtes se penchèrent aux fenêtres. Puis, dans mon wagon, quelqu'un se tourna vers moi. Je n'eus pas le temps de comprendre ce qui se passait que déjà le chef de compagnie montait dans le wagon et appelait :

« Où est Yan Lianke ? »

« Où est Yan Lianke ? »

Je me propulsai de mon siège vers le noble chef de compagnie surgi devant moi tel un obus. Il me donna une rapide tape sur la tête et s'empressa de me dire :

« Tu peux être promu ! Dépêche-toi de prendre tes bagages et descends ! »

Je demeurai un instant étourdi, dubitatif.

Alors le chef de troupe m'adressa un sourire éclatant : la troupe d'art militaire de Wuhan avait donné une représentation à Pékin lors de l'assemblée générale de l'armée et avait gagné le premier prix collectif. Afin d'encourager les talents, le chef du département de politique générale avait tout spécialement ratifié une liste de candidats promouvables, parmi ces soldats de la section de Wuhan, des comédiens, des chanteurs et des musiciens seraient promus et resteraient au camp. Or, j'étais l'auteur de la pièce en un acte que le public et le chef du département avaient beaucoup appréciée et qui avait été primée ; cheville ouvrière de ce succès, mon nom avait été ajouté à la liste. Le chef de troupe venait d'en être informé par téléphone. Il s'était dépêché de venir avant le départ du train afin de me ramener au camp avec mes bagages et mon certificat de démobilisation.

C'était là une chance supplémentaire, tout à fait fortuite, dans mon existence. Le lourd marteau de ce cher destin venait de s'abattre pour moi, un pâté en croûte me tombait droit du ciel. Le coup porté sonna tous les autres soldats du wagon.

Un grand silence se fit. Les regards se rivèrent sur le visage du chef de troupe et sur mon destin. Alors, une pensée me traversa comme un éclair :

« Ciel ! On se bat encore sur le front ! »

Voyant que je demeurais coi et hébété, le chef de troupe regarda sa montre et me donna un ultimatum :

« Si tu veux être promu, tu descends immédiatement, sinon tu restes et tu retournes chez toi.

— Pourrais-je rentrer pour en discuter avec mes parents ? »

C'était la phrase la plus convenable, la plus opportune que je pouvais prononcer en la circonstance.

Le chef de troupe réfléchit. « Je t'autorise à rentrer pour une semaine. Si tu es de retour d'ici sept jours, je te donne ta promotion ; sinon, j'informe la hiérarchie que la place est vacante. »

C'est ainsi que les choses se passèrent.

Dieu dit que la lumière soit, et la lumière fut.

Dieu dit qu'il y ait de l'eau, et il y eut de l'eau.

Voilà qui était fort dangereux. Un peu plus et le destin m'enlevait de ce train. Quelques secondes à peine avant le départ, Dieu se souvint de la littérature et des arts. C'est qu'il a également donné une âme à l'humanité, il ne peut donc se contenter de s'occuper de l'existence des humains, il doit aussi, quand il en a le temps, s'intéresser aux choses de l'esprit. Quoique parfois ces choses-là ne soient que morceaux de chair attachés à une âme.

Merci, destin !

Merci, même s'il ne s'agit que de chair vivante attachée à nos âmes : littérature et création !

2

C'est ainsi que cela se passa.

Dieu dit que la lumière soit, et la lumière fut.

Ma démobilisation et ma possible réintégration en vue d'une promotion ne procurèrent aucune joie à mes proches ; au contraire, la nouvelle provoqua une mauvaise nuit de silence. Le feu des armes à la frontière du Vietnam résonnait alors dans chaque coin de Chine et même si la troupe à laquelle j'appartenais n'était pas envoyée au front, les soldats n'étaient que de la chair à canon, une vérité que chacun ressentait profondément. Arrivé chez moi au crépuscule, à peine avais-je annoncé la nouvelle que personne ne se réjouissait plus de mon retour. A cause de la guerre, mais aussi à cause de la santé de mon père qui déclinait. Mon frère aîné travaillait loin, mes deux sœurs étaient déjà mariées, or il fallait s'occuper des champs et veiller sur nos parents. D'emblée, j'expliquai que l'armée souhaitait ma réintégration, que j'étais promouvable, et j'ajoutai que de toute façon je devais y retourner, car j'avais laissé mon sac à dos au chef de troupe.

Le sac contenait la couette où j'avais dormi trois ans durant. La récupérer ou non n'avait pas d'importance mais je leur signifiai ainsi mon intention de repartir. Le repas terminé, chacun s'enferma dans le mutisme, à soupeser si oui ou non il fallait que j'accepte, à hésiter, à peser le pour et le contre, à s'embrouiller. Cela se prolongea jusqu'à minuit lorsque mon frère aîné rentra du travail. Il avait parcouru trente lis à bicyclette, longeant le fleuve dans l'obscurité depuis le chef-lieu du district, pour venir dire à nos parents que Lianke aimait écrire, qu'ici cela lui était totalement inutile, même si la maison de la culture du district avait besoin d'un talent de ce genre, nous n'avions aucune relation pour me permettre d'y travailler.

« Qu'il parte ! Quelles que soient les difficultés de la famille, je suis là, moi ! »

Les paroles de mon frère mirent tout le monde d'accord. Tout le monde fut d'accord pour ma réintégration. Quant à la question du manque de bras pour cultiver la terre, à la nécessité de veiller sur nos parents – ce qui était le plus important –, notre médecin de famille suggéra que l'on me proposât au plus tôt une jeune femme en mariage. Il n'y aurait ainsi plus de problèmes, quelqu'un serait là pour prendre soin de nos parents tandis que je rejoindrais ma troupe pour être promu.

Voilà qui résolvait tous les problèmes. Même si mon désir était de quitter la campagne pour vivre en ville et m'y installer !

Cette stratégie était la bonne. Après tout, à vingt-trois ans passés, j'étais en âge de me marier. A la campagne, un jeune célibataire de vingt-deux ans passait déjà pour un vieux garçon. Ainsi, aussi inimaginable que cela puisse paraître, la question mise à l'ordre du jour – évoquée le lendemain matin de mon arrivée – fut réglée à bride abattue, mille fois plus vite qu'une instruction officielle : l'après-midi même, notre médecin de famille venait chez nous accompagné d'une jeune femme du village.

Le soleil. La cour. La famille entière vibrait d'une joie inquiète. Moi, silencieux et lâche face à mon embarras. Je n'avais jamais réfléchi au genre de personne que devrait être ma promise. Jamais songé à la façon dont devait commencer et se poursuivre l'amour. A quoi ressemblait l'amour, son poids, l'accord entre sa dimension physique et sa dimension spirituelle, ou l'importance de l'une plutôt que de l'autre, sur tout ceci aujourd'hui encore je suis incapable de formuler une pensée, de même qu'il est impossible de dire si les semaisons de mars sont plus importantes que les récoltes d'automne. Je suis un ignorant sur le chemin de la vie, je n'en comprends ni les couleurs ni le langage, et j'ignore également tout de l'amour entre les deux sexes. Dans *L'Aveuglement*, parmi les femmes victimes de viol, l'une rapporte avec colère que « Le plus effrayant n'est pas d'avoir subi cette agression… Le plus terrible est que nous ressentions de la volupté ! » José Saramago comprend vraiment les êtres humains, il les connaît. Il sait que l'humanité est aussi insondable que l'univers.

La cour, le soleil, le froid et la douceur de l'hiver cette année-là. Les choses arrivèrent ainsi. De génération en génération, le rôle d'entremetteur pour les mariages a fait l'objet de railleries, à cause de son ridicule, de ses paroles mielleuses et de ses mensonges. Dans l'histoire millénaire du mariage en Chine et dans celle continuelle de la croissance démographique, il a accompli de grands exploits.

Vers trois ou quatre heures de l'après-midi, deux jeunes femmes, l'une petite, l'autre grande, nous furent présentées. La grande était plutôt mince, la petite un peu ronde, toutes deux rougissantes s'installèrent dans la pièce principale. Après un moment, l'entremetteur m'entraîna dans l'aile est de la maison où il ne tarda pas à faire venir la jeune femme mince et grande. « Bavardez un peu tous les deux », dit-il en nous laissant et en fermant la porte derrière lui. La pièce ne comportait qu'une petite fenêtre, la lumière était mauvaise et il fallait allumer une lampe même en plein jour. J'avais vécu dans cette pièce des années durant avant de devenir soldat. Le lit, la table, les vieilles affiches placardées aux murs, le damier de roseaux tressés du plafond et les journaux qui le recouvraient, tout cela m'était familier au point qu'il me semblait n'avoir jamais quitté cette pièce. C'était là que j'avais commencé à écrire. Précisément à l'endroit où elle s'était assise et sur cette même chaise, j'avais commencé à écrire en secret. Je me tenais au bord du lit, à moins d'un mètre, face à elle. Nous nous regardions sans mot dire, tête baissée. J'éprouvais pour la première fois le poids du temps, il pesait si lourd à chaque seconde sur nos crânes et nos dignités que nous nous sentions pareils à des insectes coincés sous une stèle. Nous étouffions, le temps oppressait la pièce, pesait sur nos têtes et nos épaules, sur nos avenirs respectifs. Attendait-elle que je parle ? Que je lui demande par exemple : « Es-tu d'accord ? » Mais je ne lui demandai rien. Je craignais aussi qu'elle me posât la question. Heureusement, elle n'en fit rien. Heureusement, le silence, l'asphyxie ne durèrent que quelques minutes. Soudain elle releva la tête, me regarda rapidement et sortit.

Elle se rendit à la cuisine pour aider ma mère à laver les légumes et préparer le repas.

Elle trouva encore le temps de balayer le sol de la cuisine et de la cour, ramassa déchets et cendres et s'en fut les jeter dans la rue, dans la fosse à ordures devant la maison. Lorsque je la vis aider ma mère, mon cœur plongea en profondeur. Je la vis saisir le crachoir de mon père asthmatique, le nettoyer comme l'aurait fait sa propre fille, comme l'auraient fait mes sœurs, et je sus alors que mon mariage était inévitable, que je ne pouvais plus reculer.

La bonté et l'ardeur au travail, en silence, décidèrent de tout.

J'étais sorti de l'aile est et me tenais dans la cour. Je me rendis dans l'arrière-cour, perplexe. Sur les deux fens de terrain, il y avait un camélia et deux paulownias. Depuis le début de la guerre en février 1979, mon père venait ici chaque jour, chaque nuit, il allait et venait, méditait confusément. Il ne comprenait pas pourquoi la guerre existait en ce monde, pourquoi les hommes ne pouvaient pas s'empêcher de faire la guerre. Ce camélia et ces deux paulownias avaient été les témoins de ses pensées, du souci qu'il se faisait pour son fils, jusqu'à ce que sa santé décline complètement. Pour l'heure, mon père m'avait remis sa vie inachevée. Mon tour était venu de me trouver, ahuri, dans cette arrière-cour. La guerre, le fait d'être en vie et de mener son existence, le mariage, l'amour, la bonté et la perfection, tout cela n'était qu'enchevêtrements du destin. Finalement, toutes ces pensées que mon père n'avait pu éclaircir, il me les avait cédées. Le camélia et les paulownias qui avaient été les témoins de ses méditations devenaient maintenant ceux de mon silence, de mon mutisme. Le médecin entremetteur vint me rejoindre. « Elle est plutôt bien, non ? Jolie, diligente. Votre famille a précisément besoin d'une personne comme elle ! » Il m'adressa ces paroles en riant puis s'en retourna. J'ignore quelle délibération s'ensuivit, mais ma seconde sœur accourut subitement pour me demander sur un ton très sérieux :

« Tu es d'accord pour ce mariage ? »

Je la regardai, un peu décontenancé.

« Si tu n'es pas d'accord, dépêche-toi de le dire avant qu'il ne soit trop tard ! »

Ce fut la parole la plus sensée que ma seconde sœur, en tant que sœur et femme, me dit alors. Mais je ne parvins pas à énoncer : « Je ne suis pas d'accord », de même que je n'ai jamais été capable de dire sérieusement : « Je t'aime ». La faiblesse de caractère est une maladie incurable dans ma vie, elle m'accompagne à l'instar de mon nez ou de mes yeux. Timide et maladroit avec la parole, je suis devenu tel que je suis aujourd'hui. Ainsi le souffle se fait-il vent, la terre, terre ; ainsi les paysages, le ciel, le climat du Nord façonnent-ils les gens du Nord.

C'est ainsi que je me fiançai.

Je me souviens qu'en cadeau de fiançailles, ma mère offrit cent yuans. Cette somme dérisoire fut énergiquement refusée. Mon père n'était-il pas souffrant ? Ne devait-il pas chaque jour prendre des médicaments ? Ces cent yuans devaient être conservés pour lui. Cela m'a souvent amené à penser que la bonté, lorsqu'elle existe chez un être, attire aisément la tragédie sur les femmes tandis qu'elle précipite les hommes dans un abîme d'incapacité. La bonté des femmes les voue, le plus souvent, à la tristesse. Ce n'est pas que le mal soit le meilleur moteur d'une vie humaine, mais que tel sol produit telle pomme dont le goût est amer, que tels fruits d'abricotier ou de poirier, doux tant qu'ils n'ont pas été cueillis, deviennent secs et gâtés à peine tombés dans la main de l'homme et dans le monde. Pourquoi en ce monde la bonté des hommes est-elle si souvent impuissante ? Pourquoi celle des femmes attire-t-elle la plupart du temps le malheur et la tragédie ?

3

De retour à l'armée, je n'ai guère vu le ciel radieux attendu. Je n'ai pas été promu.

La promotion est une chose importante. J'ignore quelle instance supérieure en avait décidé ainsi, mais notre petit groupe de soldats, cheville ouvrière de la troupe d'art militaire de Wuhan, devait d'abord accomplir une formation de six mois avant de pouvoir du statut de soldat se hausser à celui d'officier. Les musiciens et chanteurs se rendirent à Wuhan pour étudier, tandis qu'avec quelques autres amateurs de littérature j'étais envoyé au comité de rédaction de la revue *Art et littérature de combat*, revue interne au département culturel du camp. Notre soi-disant formation consistait en réalité à répondre au téléphone, relever le courrier, replacer le journal une fois lu dans la tringle et ouvrir les enveloppes contenant les manuscrits des contributeurs pour voir s'il n'y avait pas quelque essai, roman ou poème de nature à faire tressaillir.

Quelle longue et inquiétante attente ! Mes camarades songeaient avec angoisse que s'ils n'étaient pas promus, il leur faudrait à nouveau quitter l'armée et rentrer au village. Quant à moi, j'ajoutais une préoccupation aux mêmes tourments : si j'étais promu, quelle serait ma vie avec ma fiancée ? Nous nous étions vus deux fois, d'abord lorsque la rencontre avait été organisée, puis quelques jours après, au moment de mon départ. Elle était venue me saluer sans rien apporter pour moi mais avec, pour mes parents, un sac de provisions que sa famille avait pu mettre de côté.

De retour à l'armée, je lui avais écrit une lettre à laquelle elle avait répondu en temps voulu. Tout semblait reposer sur cet échange épistolaire. L'été à Wuhan était extrêmement chaud, les moustiques vrombissaient avec une allégresse sans relâche. Une nuit d'octobre, le chef du département de la culture qui avait œuvré pour obtenir nos promotions vint me voir au dortoir. Accompagné de sa fille, un sachet de bananes à la main, il m'entretint de nos études, de notre formation, puis de mon travail d'écrivain. D'un air confus, il me tendit finalement une lettre dont l'enveloppe avait été ouverte et me présenta ses plus plates excuses ; la lettre avait été envoyée au comité de rédaction ; croyant qu'il s'agissait d'une contribution, on l'avait ouverte, pour découvrir que c'était ma fiancée qui m'écrivait. Je ne devais pas en prendre ombrage puisque personne ne l'avait lue ; on avait seulement regardé la photo tombée de l'enveloppe en s'accordant à dire que ma fiancée était très jolie et que je méritais des félicitations. Puis il se tut. Le souffle du ventilateur ébranlait la pièce. La sueur s'accrochait à mon visage en gouttes denses et lourdes. La fille du chef de département demanda à entrer, il la prit dans ses bras et m'enjoignit à goûter une banane. Les bananes du Hubei sont particulièrement bonnes cette année, déclara-t-il, jamais une saveur aussi tendre et sucrée n'a existé dans l'histoire ou la réalité. Il se leva pour partir et s'arrêta soudain pour me demander très prudemment :

« Quel est le niveau d'instruction de ta fiancée ? »

J'essuyai la sueur sur mon visage.

« Elle est allée à l'école élémentaire.

— Ah… » Il sortit avec la petite dans les bras, mais revint peu après, se tint devant ma porte et me regarda avec un étrange sérieux : « Je trouve que dans notre groupe, c'est toi qui as le plus de chances de devenir écrivain. Moi aussi je viens de la campagne. C'est en devenant soldat que je suis arrivé en ville et c'est après avoir été promu que j'ai trouvé une fiancée à Wuhan. » Il me regarda droit dans les yeux, lut quelque chose dans mon regard avant de poursuivre : « Se fiancer avec une femme de la campagne n'a rien de mauvais, ce que je veux dire… » Il s'interrompit à nouveau, réfléchit, changea l'enfant de bras. « Ce que je veux dire, c'est que… Pour ton bien, si tu souhaites rompre avec ta fiancée, assure-toi d'abord qu'elle ne se plaindra pas à l'armée, qu'elle n'écrira pas à ta hiérarchie. »

Il partit.

Comme un homme ayant accompli l'une des missions de sa vie, le pas sûr et léger. Sa silhouette dont la lampe étirait l'ombre demeure liée à mon souvenir. Cela me rappelle le mariage, la vie et le destin du responsable de l'information de notre troupe. Parce qu'il avait été promu, il avait parlé mariage avec une jeune citadine et avait laissé tomber sa fiancée de la campagne. Quelques jours après la cérémonie, la fiancée éconduite envoya ses doléances aux supérieurs du jeune homme. Son inconstance fut sévèrement sanctionnée : il reçut un avertissement, on lui intima l'ordre de fournir une réparation morale et financière à la fiancée en précisant que si elle écrivait à nouveau pour se plaindre, il serait exclu du parti et démis de ses fonctions de cadre. Le plus grave arriva lorsque sa jeune épouse apprit qu'il avait eu une fiancée à la campagne. Elle cassa la vaisselle et lui asséna une gifle magistrale. A partir de ce jour, le responsable de l'information rampa à ses pieds ; hormis quand il faisait la cuisine, lavait le linge, écrivait et lisait pour son travail, il était le souffre-douleur de sa femme – un exutoire quotidien à sa colère.

Il y avait aussi dans notre village un héros, mon aîné de plusieurs années, qui avait commencé bien avant moi à protéger nos foyers et défendre notre patrie. Il avait lutté et connu l'humiliation, et son action héroïque lui avait valu d'être sur la liste des promouvables. Or, quelques jours avant que la lettre de nomination ne reçût le sceau de Dieu, sa fiancée vint au camp. Il l'installa au centre d'accueil du quartier général du régiment et, le soir venu, après le dîner, alors que le clairon n'avait pas encore sonné l'extinction des feux, durant cet intervalle de temps dédié aux amoureux, tous deux s'assirent dans la chambre du centre d'accueil. Survint une coupure de courant. Le monde éclairé retourna brusquement à l'obscurité primitive. Le centre d'accueil, le camp et le monde, tout était noir. S'il fallait allumer des bougies pour y voir, eux n'en allumèrent aucune et ne sortirent pas non plus de la chambre.

Ainsi demeurèrent-ils une demi-heure.

Le courant fut bientôt rétabli ; la lumière, l'ordre, la discipline et la norme des consciences, tout redevint intact comme au premier jour, à l'intérieur du camp et dans le monde. Mais le lendemain, le soldat fut convoqué : son nom ne figurait plus sur la liste des promouvables. La raison en était que la veille, lors de la coupure d'électricité, il était resté avec sa fiancée dans la chambre sans allumer les bougies à disposition. « Il faisait un noir d'encre ; la nature humaine étant ce qu'elle est, que faisiez-vous donc dans l'obscurité alors que tout le monde s'était éclairé ? »

Que pouvaient-ils faire ?

Qu'avaient-ils fait ?

Toute tentative d'explication était vaine et aucune preuve ne pouvait être fournie.

A cette époque particulière, parler d'amour était chose honteuse. Le système gigantesque et tentaculaire corrélait chaque élément de l'appareil d'Etat à celui de la personnalité de chaque individu. Chaque aspect de la nature humaine – la pensée, les émotions, la spiritualité, l'âme… – comptait au nombre des éléments composant cet appareil. Personne ne pouvait échapper à l'amour et au mariage prévus pour lui par le système, personne ne pouvait échapper non plus à la haine indescriptible, à la rancune, à la faveur et à la disgrâce, à la volonté d'aller de l'avant. La volonté nationale et l'idéologie de l'époque décidaient de ce qui était bon et de ce qui était beau. Etaient partie prenante du système non seulement l'usine, la mine, l'école, les magasins et les rues, mais aussi la pensée, les sentiments, le mariage et la sexualité.

Ainsi le nom du jeune héros de ma contrée natale fut-il éliminé de la liste, comme une mauvaise herbe qu'on arrache.

Il quitta l'armée et rentra au village.

Ainsi sa fiancée devint-elle une figure malfaisante coupable d'avoir détruit son avenir. S'ils se marièrent et qu'elle lui donna des enfants, si elle le servit comme une bête de somme, elle ne put jamais les dédommager, lui et sa famille, du malheur qu'elle avait provoqué. Elle savait bien que sans cet amour, sans cette demi-heure de coupure d'électricité durant laquelle, par amour, elle l'avait attiré à elle, appuyant sa tête contre son épaule, ils auraient pu, ainsi que leurs enfants, devenir des citadins.

Quel étrange rouage que celui du destin ! Après avoir raccompagné mon supérieur, je rentrai dans ma chambre. La lumière était blafarde, l'époque avait changé, ce n'était plus celle à laquelle ce jeune soldat avait vécu dans un camp cerné de hauts murs d'enceinte et de fils barbelés. Au début de ces années quatre-vingt qui ont porté le lourd fardeau d'un tournant historique, la lumière ressemblait à la lumière, l'homme à l'homme, et moi à moi-même. Je demeurai debout un instant et retirai la lettre de son enveloppe. Une enveloppe blanche comme celles que l'on utilisait couramment. On voyait qu'elle avait été décachetée. Le papier à lettres était quadrillé de lignes rouges. Son écriture piqua mon regard avant même que j'en entreprenne la lecture – non les caractères qu'elle avait écrits mais ceux qu'elle ne connaissait pas et avait remplacés par leur transcription phonétique en pinyin. Le nombre de caractères qu'elle avait ainsi transcrits représentait plus d'un quart de la lettre, à croire qu'elle m'avait envoyé un message crypté. A vrai dire, dans ses lettres précédentes, cette transcription phonétique ne m'avait pas autant surpris car je savais bien qu'elle n'avait jamais terminé l'école primaire, qu'elle n'avait été qu'en deuxième année. Pouvoir écrire correctement la transcription phonétique en pinyin témoignait déjà de ses efforts et de son intelligence. Mais à cet instant, autre chose était en jeu. Un secret qui m'appartenait avait été dévoilé aux autres. Une cicatrice, une plaie purulente leur avait été exposée et ils avaient eu de quoi rire face à cette blessure dont le sang étalé évoquait une fleur factice. La photo de ma fiancée glissa hors de l'enveloppe. Une photo en couleur, prise et développée par un professionnel. Son visage était toujours aussi limpide et bon – reflet de sa simplicité et de son endurance. J'étais pourtant emporté par la honte invisible qui m'assaillait. J'en étais le centre, le point de mire, tandis qu'elle semblait en être la source. Un instant interminable s'écoula. Les êtres n'étaient plus eux-mêmes. Je n'étais plus moi-même non plus. Le mal me submergea, annexa mon âme. Je ne voulais plus me soucier d'elle, ni de notre époque, ni de ma hiérarchie, ni de mes parents, ni de ma terre natale. Je n'étais plus le même. J'étais enfin moi-même. Moi, c'est-à-dire mon époque, ma vie, mon destin. Ce n'était pas moi non plus.

Dans le chaos de mes pensées, je pris la décision de tenter le tout pour le tout, de détruire l'autre pour pouvoir parvenir à mes fins.

Afin que sa réponse n'arrivât pas de nouveau à la rédaction dans le sac de courrier à décacheter, je différai, je pris mon mal en patience durant quinze jours et, la formation à Wuhan achevée, de retour au camp de Shangqiu, je lui écrivis enfin une longue missive, aussi longue que la Grande Muraille, aussi solide, dans laquelle je rompais mon engagement. Quand je m'en souviens aujourd'hui, je suis certain d'y avoir écrit mille fois, dix mille fois « je suis désolé », d'avoir usé de tous les talents littéraires alors en ma possession, de toute mon hypocrisie et ma roublardise masculines, de manière à amplifier sans fin l'élégance de la formulation des « malgré moi » et des « il m'est impossible de faire autrement ». Sans cela, aurait-elle répondu à peine quelques jours plus tard, en mentionnant les égards qu'elle avait eus pour notre famille, l'injustice et le mal dont je me rendais coupable en brisant ainsi ma promesse, mais en concluant par cette phrase : « Sois tranquille, je ne viendrai pas au camp me plaindre de toi. Je n'écrirai pas non plus de lettre à tes supérieurs pour te dénoncer. Je sais qu'alors tout serait fini pour toi, tu ne pourrais pas être promu, tu serais obligé de revenir cultiver la terre comme moi. Je ne te blâme pas, Yan Lianke. Je ne blâme que le fait de n'avoir pas pu mieux étudier. Je blâme mon destin d'être si mauvais. Je nous blâme d'être paysans et de vouloir vivre heureux ! »

Cette lettre ne comportait aucun caractère erroné ou mal écrit, aucune transcription en pinyin. Aujourd'hui encore j'ignore qui l'avait aidée à la rédiger. L'écriture en était belle, régulière, droite et pure, à son image. Si je possédais encore cette lettre aujourd'hui ou si, un jour, elle-même ou quelqu'un d'autre retrouvait dans un coin ici-bas celle que je lui avais envoyée, ce monde et ma famille souriraient-ils tranquillement ? S'indigneraient-ils violemment ?

4

Très tôt la vie ressemble à un roman.

Lorsque la réalité présente la force d'une histoire et qu'elle triomphe de la fiction, je rougis de honte pour l'imagination des romanciers. De honte, en tant qu'écrivain, je m'agenouille devant la vie, à l'instar des croyants que le repentir fait s'agenouiller devant leur Dieu.

Mon fils allait avoir deux ans quand nous l'avons emmené pour la première fois, ma femme et moi, passer le nouvel an dans ma famille. Le bourg de Tianhu était resté le même : l'orientation des rues n'avait guère changé, au-dessus de la gare, le ciel était toujours là, et dans le village, le petit bois, les bouts de papier, la brume hivernale, tout était toujours de connivence avec le vent du nord. Pour ce qui est de mon mariage, la page avait enfin été tournée. La naissance de mon fils avait presque comblé la totalité des manques et des brèches de ma vie. Nous nous tenions tous trois par la main, à l'image de toutes les familles heureuses en ce monde, avec nos bagages, nos sacs et toutes sortes de choses, les cigarettes qu'il faudrait offrir, la chaleur et l'accent de notre dialecte dont on userait spécialement pour retrouver les nôtres ; il ne nous manquait rien, tout était aussi parfait que la lune dans le ciel du village au quinzième jour du mois. Mais, tandis que nous arrivions au carrefour de la grande avenue, quelqu'un surgit, approchant face à moi.

Pas d'erreur, c'était bien elle !

En l'espace de quelques années, j'avais échoué maintes fois à trouver ma promise et, finalement, après avoir quitté la campagne, j'avais réalisé mon rêve d'enfance et d'adolescence : je m'étais marié en ville, j'avais secoué de mes semelles toute la fatigue et la laideur de ma jeunesse paysanne. Or celle qui m'avait permis d'exaucer ce vœu semblait revenir tout exprès se présenter à moi. Elle s'avançait vers moi, un sac de toile bleue sur le dos, à sa gauche une fillette de trois ou quatre ans agrippait un pan de sa robe, une autre à sa droite, tandis qu'elle tenait encore dans ses bras une troisième petite. Mieux encore : nous nous rapprochions et je m'aperçus qu'elle était enceinte, le ventre aussi gros que le ballot qu'elle portait sur son dos. Elle avançait, lentement, sous le poids de l'obscur destin que je lui avais laissé, à croire qu'elle venait vers moi chargée de la détresse de toutes les paysannes du monde.

Je m'arrêtai aussitôt, décontenancé. Par chance, j'aperçus des toilettes publiques que le ciel avait placées en bordure de l'avenue et je m'y précipitai en entraînant mon fils avec moi. Lorsque je songe aujourd'hui à l'insupportable gêne que je ressentis alors, je comprends que ces latrines devaient m'accueillir mais que je n'aurais pas dû y entraîner mon fils.

Je fis là ce dont je ne ressentais nul besoin, m'attardai suffisamment longtemps, puis, tenant les mains de mon épouse et de mon fils, l'air de rien, je rentrai chez moi. Quelques jours passèrent. Au premier de l'an, je rencontrai un villageois que je connaissais bien et qui m'apprit qu'elle avait, à peine avais-je été promu, épousé un homme d'une région reculée dans la montagne, à plusieurs dizaines de lis de notre bourg, un homme qui « avait un travail », un mineur d'une houillère d'Etat. Ils avaient eu trois filles, aussi avaient-ils tenté à nouveau d'engendrer un garçon, et elle était revenue au village chez ses parents pour dissimuler sa nouvelle grossesse interdite. Ainsi nous étions-nous croisés, elle et moi.

Pour nous séparer à nouveau, retenu que j'étais dans les latrines de l'humanité.

Deuxième digression

Difficile d'imaginer que notre peuple ait toujours négligé de faire en sorte que l'amour conjugal soit une affaire personnelle plutôt que soumise aux contingences. Au seuil de l'année 1949, une nouvelle conception du mariage apparut : le « mariage révolutionnaire » s'affranchit du joug des intermédiaires et de l'union bien assortie. Pour autant, l'oppression continua de s'exercer pendant des décennies dans un domaine où l'individu aurait dû être seul décisionnaire : celui de l'amour et du mariage, de la famille, du droit à la liberté de son intimité. Trop longtemps, nous avons été nombreux à considérer que devenir un « membre de la collectivité », « un ou une prolétaire », impliquait inévitablement que le mariage soit l'affaire de l'époque et de la hiérarchie. Amoureux et aimé en retour, la hiérarchie devait examiner le dossier, l'approuver et apposer son sceau. Ni amoureux ni aimé en retour, la situation devait de la même manière être examinée, approuvée, ratifiée. Dieu était vraiment mort, seuls ses doigts existaient sous la forme d'un sceau. Nos vies entières étaient sous la domination de ce sceau, peu de dossiers échappaient à son contrôle.

Durant ce temps, bref ou long, dévolu à la recherche d'une fiancée, je fus, comme tout le monde, à la fois celui qui choisissait et celui qui était choisi. Une parente me parla un jour d'une jeune femme de Luoyang, ouvrière dans une usine de balles de tennis de table. Ma parente m'écrivit pour me demander d'envoyer à cette jeune femme une photo de moi en mentionnant ma taille, mon tour de taille et mon poids. Je méditai longtemps, les yeux rivés sur cette lettre, avant de répondre : « Pourquoi ? S'agit-il d'estimer à quoi ressemble un cochon ? » J'oubliais qu'au début des années quatre-vingt, sous l'influence de Hong Kong et de l'Occident, j'ignore pourquoi, on prêtait particulièrement attention aux mensurations des éventuels partenaires. Une autre fois, au début de l'année 1983, un camarade, devenu soldat avant moi et qui s'était marié, se montra terriblement inquiet de me voir encore célibataire à vingt-cinq ans. Il décida de me présenter une femme soldat qu'il connaissait. Le père de cette femme était le chef du département des armées de notre district ; quant à elle, elle étudiait à l'école d'infirmières de l'armée ; une fois diplômée, elle serait infirmière officier. L'idée de me lier à une si éminente personne me mettait mal à l'aise, mais j'avais quand même envie de tenter ma chance. J'eus le courage de lui écrire une lettre à laquelle elle répondit avec politesse et correction. N'ayant pas été froidement éconduit, il me sembla que le printemps s'annonçait et, mon camarade m'y incitant chaleureusement, j'écrivis une deuxième lettre plus tendre et poétique. Elle me répondit sur un ton neutre de mi-automne et nous crûmes qu'il était temps de passer à l'offensive.

Je savais qu'en matière de bataille, l'attaquant doit toujours être en position de force, aussi mobilisai-je la totalité de mes talents littéraires : figures de style, somptuosité, délicatesse, magnificence et métaphores. Si cette lettre est encore entre ses mains aujourd'hui, je pense qu'elle représente un répugnant modèle de demande en mariage. Le fait est qu'une semaine s'écoula sans qu'elle y répondît. Quinze jours. Un mois. Mon camarade et moi n'y tenions plus, le blé semé, nous brûlions de le récolter. C'est alors que la revue *Dongjing wenxue* de Kaifeng publia l'une de mes nouvelles, et j'avais les gros titres ! Mon compagnon acheta la revue et s'empressa de l'envoyer à la jeune femme. Cette fois, la réponse ne se fit pas attendre, elle lui écrivit :

« Puisqu'il a des capacités, qu'il passe l'examen d'entrée à l'université, sinon il restera sans diplôme ! »

J'avais oublié l'importance du niveau d'instruction à l'époque. Que vous ayez achevé vos études secondaires ou universitaires, le diplôme était le laissez-passer par excellence pour se marier ou être promu. Quand je me rappelle aujourd'hui cette course vers la vie maritale, je me rends enfin compte que le mariage a toujours été dépendant des conditions historiques. Il n'a jamais appartenu exclusivement aux individus et aux familles. Les conditions historiques ont toujours contrôlé familles et destinées, et la relative individualisation du mariage et de la sexualité aujourd'hui n'y échappe pas.

Après des siècles de noces arrangées, le droit de se marier a discrètement été transféré à la révolution, il n'a guère été véritablement ni complètement remis entre les mains des principaux concernés. Ceux qui arrivent à faire en sorte que leur mariage ne soit pas tributaire de l'époque à laquelle ils vivent sont à coup sûr des sages et des chanceux. Pour qu'une union ne soit pas étroitement liée aux intérêts familiaux, il faut beaucoup de courage, d'intelligence, de circonstances favorables et de sacrifices. Le sceau officiel sur un certificat de mariage est le symbole et le substitut le plus puissant du pouvoir. Aussi, qu'il s'agisse de mariage, d'amour ou de sexualité, nos efforts ne visent qu'à briser le monopole exercé par ce sceau. Il y a maintenant plus de quarante ans que la politique de réforme et d'ouverture a commencé et nous croyons que la Chine est devenue suffisamment riche pour redéfinir la notion de pauvreté et le sens de la vie ; je crois, pour ma part, que si l'amour, le mariage, le divorce ne nécessitent plus tant de sceaux officiels ou de signatures individuelles, c'est sans doute le cadeau le plus précieux que l'histoire ait légué à chacune de nos familles, à chacun de nous.

Arrachement et destin

Le mariage est devant nous comme un large portail mais on y entre par une porte étroite.

Qui en ce monde n'a pas tiré profit du mariage ? Et qui n'en a pas été la victime ?

J'ai toujours pensé que mon propre mariage était un arrachement et un destin. Les disputes, les compromis, la vie en bons termes, la vieillesse, tout cela a été arrachement et destin. Dans la préface à son roman *La Longue Attente*, Ha Jin a écrit :

Chaque été, Kong Lin retournait à Bourg-aux-Oies, son village natal, pour divorcer de sa femme Shuyu. Ils s'étaient présentés maintes fois au palais de justice de Wujia, mais elle avait toujours changé d'avis au dernier moment quand le juge lui demandait si elle consentait. D'année en année, ils allaient à Wujia et en revenaient avec l'acte de mariage que leur avait délivré le bureau de l'état civil vingt ans auparavant[1].

Ces lignes ont surpris et effrayé bon nombre de lecteurs américains, la situation leur paraissait aussi incroyable qu'un vent soufflant à heure fixe dans le salon d'une famille harmonieuse. Pour eux, c'était là une excellente ouverture de roman, un train mystérieux et rafraîchissant que l'on emprunte pour partir en voyage lors d'un été étouffant. Mais en Chine la lecture de ce passage ne peut susciter la même surprise, car c'est un aspect banal de la vie quotidienne, de ce que l'on

1. Ha Jin, *La Longue Attente*, traduction de Mimi et Isabelle Perrin, Editions du Seuil, 2002.

appelle arrachement et destin. Ce que l'écriture de Ha Jin a de magnifique ou de remarquable, c'est la connaissance profonde de la manière dont un écrivain doit attirer l'attention et s'incliner devant la vie et le destin. En lisant ce passage il y a plus de dix ans, seul chez moi, je n'ai éprouvé ni surprise ni effroi, je n'ai pas non plus désapprouvé sa banalité, mais, j'ignore pourquoi, j'ai posé le livre et je suis resté un moment silencieux et ahuri. J'ai regardé par la fenêtre le monde importun, à croire que Ha Jin avait pu toucher en profondeur un point d'acupuncture négligé : le point du destin. Cette lente douleur de Kong Lin et de sa femme Shuyu faisait monter en moi un flot de larmes, un murmure lent et ininterrompu, oppressant et prêt à s'abattre sur ce soudain silence auquel je m'abandonnais pour le submerger, exactement comme en cet instant d'éternité où un homme étouffe sous l'eau, cet instant où il doute et s'obstine.

En 1984, je poursuivais encore ma quête d'une promise et, alors que j'étais en proie à la fatigue, l'humiliation et l'engourdissement, elle me permit enfin de me reposer. J'avais vingt-six ans quand je me suis marié. A cette époque, ma volonté de quitter la terre était aussi forte qu'une foi chevillée au corps. J'avais même la conviction que s'établir en ville et y fonder une famille n'était pas seulement mon rêve et celui de plusieurs générations avant moi, mais qu'il s'agissait d'une force motrice inépuisable, capable de conduire le monde vers la civilisation. C'était pour moi le début de la vie, et le but que je me proposais d'atteindre en écrivant. J'avais déjà publié des romans, j'étais devenu officier, j'avais amassé le capital nécessaire pour épouser une citadine, et pourtant, en l'espace de trois ans, j'avais seulement blessé et été blessé. Econduit avec dédain par quelques citadines, je trouvais consolant un refus plein de tact. Un désespoir extrême s'était mué en silence douloureux dont j'avalais chaque jour la cuisante pilule. Je ne nourrissais aucune haine, aucun ressentiment à l'égard des urbains, je m'efforçais au contraire de devenir l'un d'eux. C'est à la fin de l'année 1983 que ma future femme me fut présentée par un ami. Elle était de Kaifeng, et plus jolie et délicate que toutes les jeunes femmes auxquelles j'avais pu prétendre jusque-là. Nous hésitions à envisager un avenir commun. Hésitions-nous plus que nous n'approuvions tacitement ? Etait-ce le contraire ? Je n'ai jamais pu éclaircir ce point. Je suppose qu'elle non plus. En somme, nous nous dérobions, tout en nous côtoyant. J'ignore sur quoi portaient ses hésitations ou ses approbations. Pour moi, l'hésitation venait du fait que mes beaux-parents avaient clairement posé une condition à notre mariage : ils avaient trois fils et une unique fille, aussi devrais-je absolument, lorsque je retournerais à la vie civile, demeurer à Kaifeng et ne pas m'installer à Luoyang ou dans mon village natal.

Certes, j'avais toujours rêvé de vivre en ville, mais le lieu auquel j'aspirais véritablement, je l'avais déterminé dès l'adolescence : Luoyang, ancienne capitale dynastique à soixante kilomètres de mon village natal. Je ne désirais pas m'exiler dans la lointaine Kaifeng. Ainsi étions-nous partagés, hésitant puis approuvant, approuvant puis hésitant. L'un comme l'autre incapables de trancher, nous étions un souffle de vent arrêté, tourbillonnant à la croisée des chemins comme des fantômes. Mais un jour de l'année 1984, mon frère aîné me téléphona à la caserne de Shangqiu. L'état de santé de mon père s'était à nouveau aggravé quelques jours auparavant, l'appelant à son chevet. Il pressentait que cet asthme dont souffrait notre père depuis tant d'années lui préparait un hiver très pénible. Notre père s'était donné beaucoup de peine sa vie durant, or, sur ses quatre enfants, trois étaient mariés, seul Lianke le plus jeune ne l'était pas encore et c'était là son plus grand chagrin. Mon frère ajouta que même si le froid de l'hiver l'emportait, il aurait le cœur en paix s'il m'avait vu marié.

Mon frère était au bout du fil, j'étais à l'autre bout, plusieurs centaines de lis nous séparaient. Il avait achevé de parler et nous demeurions silencieux, mais je pouvais entendre la tristesse et l'impuissance dans son souffle. De son côté, dans la cabine téléphonique du bureau des postes et télécommunications du district de Song, il percevait sans doute aussi l'impuissance de son cadet. Nous nous taisions.

Le silence allait finir par exploser ; mon frère tenta une parole apaisante :

« Essaie pour voir, va bavarder un peu avec elle et peut-être que vous vous marierez. Fais-le pour notre père, et puis… tu n'es déjà plus tout jeune. »

Il raccrocha.

Je me trouvais dans un bureau de l'unité 33 636 de Shangqiu. J'entendis le son du combiné qu'il raccrochait et cela me fit l'effet d'une houe déposée soudainement au bord d'un champ, une houe dont un paysan se serait servi toute sa vie et qu'il aurait laissée ainsi avant de rentrer chez lui, épuisé. Le champ et la houe ne faisaient plus qu'un. Je regardai le téléphone dans ma main, mon haleine humide qui s'y était déposée, je regardai par la fenêtre les arbres et le ciel. Je raccrochai à mon tour et sortis du bureau avec le sentiment de m'arracher à l'époque tout en m'engageant sur la voie triste et oppressante de la fatalité du mariage. Une force immense guidée par le destin rôdait autour de moi, je sentais que chercher à l'éviter serait une grossière erreur. A cet instant retentit le clairon annonçant la fin de la journée de travail, puis ce fut le coup de sifflet rappelant l'heure du dîner aux cadres de la division. J'entendis ces deux signaux successivement mais ne me rendis pas à la cantine.

Je ne retournai pas au dortoir, je ne fis que lever la tête pour contempler l'immensité de la voûte céleste, jeter un œil à la grande plaine de l'est du Henan par-delà les briques rouges du mur d'enceinte, puis je pris dans ma poche le porte-monnaie en cuir, comptai l'argent qu'il contenait et quittai les lieux.

Je partis en direction de la gare.

Avec la ferme intention de me marier.

Je voulais me rendre à Kaifeng, m'adresser à cette jeune femme hésitante et lui demander sa main. Je devais être marié dans l'année ! Le destin en avait décidé ainsi. La vie de mon père m'y prédestinait. Je songeais même à lui dire qu'une fois mariés, nous serions comme tous les conjoints du monde, tandis que si elle refusait, nous serions obligés de nous séparer pour suivre chacun son chemin.

A vrai dire, je ne me demandais plus si le mariage m'appartenait ou s'il était tributaire de la société, de la famille. Ma résolution lui paraîtrait-elle brutale ou injuste, menaçante ou égoïste ? Je ne songeais qu'à mon inéluctable décision et courais droit vers la vieille gare de Shangqiu.

Je parvins en hâte à prendre un bus, à attraper le train d'une heure. Il fallait alors trois heures pour aller de Shangqiu à Kaifeng. Je m'en souviens comme d'un train militaire, naturellement. Les solides bancs en bois étaient luisants d'usure. J'avais acheté un billet sans place assise, je restai donc debout. Je ne me souviens pas des pensées qui m'agitaient comme le train traversait l'étendue désertique de l'est du Henan ; je ne me souviens pas non plus de mes impressions ou de mes considérations égoïstes vis-à-vis de la faim, de la pauvreté, de la fuite et de la lutte comme le train passait par le district de Lankao, là où Jiao Yulu a vécu, ce lieu célèbre où les dunes de sable ressemblent à des petits pains cuits à la vapeur.

J'avais déjà lu quelques livres à cette époque. *Le Rouge et le Noir* m'avait fait forte impression. J'en conservais comme une balafre que m'aurait laissée la faucille en fauchant le blé. Le destin de Julien me paraissait bien plus enviable que le mien. Moi, jamais je ne connaîtrais les luttes dont il avait triomphé. La lointaine ville de Paris symbolisait pour moi la patrie de l'amour que je n'atteindrais jamais. L'effervescence de Paris, la vie quotidienne des aristocrates, comment même en imagination en toucher le velours doré suspendu dans le ciel ? Moi et tous ceux qui me ressemblent, ces générations et générations de jeunes gens qui ont pris des raccourcis, écarté les ronces pour quitter la campagne et aller en ville, pour posséder un toit en ville, en réalité nous ne pouvons guère comparer nos épreuves à celles de Julien. J'ignorais alors les pulsations de mon sang, que pouvait m'habiter une passion semblable à celle de ce personnage et que j'en comprendrais en profondeur la vie et le destin. Ainsi arrivai-je à Kaifeng. Puis à Luoyang, la capitale des Song dont parle le roman *Au bord de l'eau,* à l'entrée de la ruelle Xiangguosi, juste à temps pour voir la silhouette de ma promise sortant du travail.

Elle allait s'approcher à bicyclette et je lui dévoilerais aussitôt mon jeu, formulerais ma demande.

Elle approcha en effet.

Elle m'aperçut et tressaillit légèrement sur sa bicyclette.

Elle freina, s'arrêta et me posa une question tout à fait banale :

« Tu es encore en mission ? »

Je ne lui répondis pas. Tout entier à ce que j'avais résolu et planifié en chemin, je restai debout à l'entrée de la ruelle, à deux pas d'elle, et lui racontai la maladie de mon père, lui déclarai que je voulais l'épouser. Je lui expliquai que pour mon père, je devais me marier. Elle se tenait devant moi, son vélo entre nous, et je ne lisais sur son visage ni surprise ni anxiété, ni joie ni mécontentement. Elle travaillait dans une usine de chariots électriques. C'était une excellente technicienne. Son uniforme était bleu-gris, couleur d'azur et de crépuscule. Nous restâmes un moment immobiles, absorbés dans nos pensées, puis elle me déclara avec naturel et bienséance :

« Je dois rentrer en discuter avec mes parents. »

En poussant son vélo, elle s'éloigna lentement, comme si elle poussait l'inconnu, l'imprévisible avenir. Elle ne remonta pas sur la selle. Je regardai sa silhouette élancée et, alors qu'elle avait déjà fait une dizaine de pas, je lui criai :

« J'attends ici, j'attends ta réponse! »

J'ignore si ces paroles criées étaient une sorte de menace ou de contrainte, mais je sais qu'elles tracèrent pour elle une ligne de démarcation : c'était tout l'un ou tout l'autre, le mariage ou la séparation. Elle se retourna vers moi, sans acquiescer, sans rien dire, et reprit son chemin lentement, à croire qu'elle avançait prudemment, doucement, sur le fil métallique le plus extrême de la vie.

Ce jour-là, je pris mon déjeuner et mon dîner en même temps. Je mangeai un bol de nouilles à l'entrée de la ruelle où elle habitait. Le temps de passer commande, de faire la queue, d'aller m'asseoir près de la fenêtre avec mon grand bol de nouilles braisées, trente minutes s'étaient écoulées. Elle sortit alors de chez elle et vint me rejoindre devant la porte du petit restaurant. Elle resta un instant là, silencieuse, rougissante, puis m'annonça que ses parents étaient d'accord et que si mon père venait réellement à mourir, ma mère pourrait venir s'installer en ville avec nous, nous pourrions ainsi veiller sur elle. Sans attendre ma réaction, elle jeta un œil à droite puis à gauche, se retourna et partit. On eût dit que ma présence à l'entrée de cette ruelle, le fait que je l'aie poussée au mariage et que j'aie attendu sa réponse pouvaient provoquer un incident. A moins que tout ce qu'elle venait de me dire ne fût qu'un mensonge, qu'elle soit sortie en douce pour m'apporter un peu de réconfort. Bref, au bord de la chaussée, devant ce petit restaurant, elle me quitta sitôt après m'avoir parlé. Mais après son départ, tandis que je regardais cette longue et étroite ruelle bariolée, que je voyais sa silhouette s'éloigner, je me sentis soudain pareil à Raskolnikov dans *Crime et Châtiment* – à genoux au centre de la place (la ville), frappant le sol du front, embrassant le sol (la ville) souillé avec un cœur empli de joie –, sans autre moyen d'exprimer ma gratitude pour elle et ma confiance dans le destin.

Après son départ, je fondis en larmes.

Nous nous sommes mariés le premier octobre 1984, le jour de la fête nationale.

L'hiver de la même année, peu de temps après notre mariage, comme il l'avait pressenti, mon père nous a quittés, ainsi que ce monde qu'il avait toujours chéri.

Ce mariage m'a vraiment beaucoup apporté. Quant à ma femme, ce qu'elle y a gagné ou perdu, les bénéfices ou les blessures qu'elle a pu en retirer, elle n'a jamais songé à m'en parler.

Chapitre II

MES SŒURS ET MA BELLE-SŒUR

Les lectures distrayantes de ma sœur aînée

Dans *Mes oncles et moi*, j'ai raconté comment, depuis son plus jeune âge, ma sœur aînée, probablement à cause de la maladie incurable de son fémur, retenait ses émotions sans pouvoir s'empêcher, lorsqu'elle avait mal, de se cogner la tête contre le mur. Quand elle se sentait mieux, elle était douce et calme, elle prenait un livre et allait s'asseoir dans la maison ou dans la cour pour se distraire. Il faisait bon, la lumière était belle. Dans ces moments-là, le soleil éclairait son visage et les pages du livre, la longue tresse qu'elle portait depuis ses dix ans environ lui descendait jusqu'aux reins ou reposait sur ses genoux, sur le livre. Le monde était agréable, les oiseaux pépiaient dans les arbres. La cour de notre maison accueillait fidèlement le lever et le coucher du soleil, l'apparition et la disparition de la lune. Lorsqu'il faisait doux, ma sœur aînée quittait sa chambre, un livre à la main, s'installait dans cette cour charmante, avec dans son dos la houe et la faucille accrochées au mur, ou bien les piments rouges, les tresses d'ail, ou encore les derniers épis de maïs que nous n'avions pas eu le temps d'égrainer durant l'hiver. Elle lisait ainsi, assise devant la maison. Alors le monde se faisait serein, précisément pour cet instant de lecture. Immobile. On eût dit une scène léguée par quelque divinité, une peinture ou une sculpture intitulée *Tranquillité*, *Lecture* ou, de façon plus abstraite, *Temps*, *Humanité heureuse* ou encore *Dernière quête de l'humanité*.

En 2009, je suis allé avec des collègues en Espagne, dans la ville natale de Picasso, Malaga. J'ai visité son musée nouvellement créé et partagé un repas avec le fils du peintre. Dans ce musée, le plus merveilleux n'était pas la quantité de tableaux mais l'un d'entre eux, que Picasso avait peint à l'âge de douze ans et qui représentait une fillette debout dans un champ. Le monde entier parle du génie de Picasso, du fait qu'à douze ans il était capable de peindre aussi parfaitement, avec un réalisme extraordinaire. Quand j'ai vu ce tableau, j'ai marmonné intérieurement : « Comment ? Mais c'est nettement moins bien que *L'Adolescente lisant* qui représente ma sœur aînée et repose dans ma mémoire… » La vigueur du style, la lumière, l'état d'âme suggéré, rien n'était à la hauteur du tableau de mon souvenir. A tel point que le soir venu, lors du festin, lorsque le fils de Picasso m'a demandé mes impressions, j'ai failli m'exclamer : « Il n'y a vraiment rien d'extraordinaire ! »

En 2014, je me suis rendu à Giverny, dans le jardin de Monet. Devant la rivière, les nénuphars, les saules pleureurs et le pont japonais, les gens prenaient des photos et acclamaient sa peinture et le paysage. Moi je trouvais que la peinture de Monet était beaucoup moins belle que la peinture naturelle du *Temps* ou de la *Dernière quête de l'humanité*. Et le paysage ne s'est pas gravé dans mon esprit comme celui de ma maison natale, de sa cour, des rues de mon village, des champs, des rivières et des montagnes.

Les souvenirs ne triomphent pas du temps mais ils sont, pour chacun de nous, plus douloureux ou plus splendides que la réalité. Aucun vécu n'est plus riche que celui qui peuple nos souvenirs. Lorsque le temps devient mémoire, il va au-delà de la réalité. Il m'est impossible d'oublier la sérénité de ma sœur aînée, la beauté de sa sérénité lorsqu'elle lisait. Je crois qu'elle trouvait dans les livres un autre monde. Un monde plus étrange, plus rare et plus idéal que la réalité où elle vivait.

Je voulais moi aussi trouver ce monde et y pénétrer.

Je me suis donc mis à lire comme elle.

Ses livres de chevet ont composé ma première bibliothèque. Elle n'était pas très vaste mais rien n'y manquait. J'ai lu tout d'abord *La Pérégrination vers l'Ouest*. Ce qui m'a étonné dans ce roman, plus que les mille et une péripéties vécues par le moine, c'est qu'une pierre puisse être enceinte et enfanter. Par la suite, j'ai découvert la plupart des romans révolutionnaires que l'époque embrassait – *Romance d'une génération, Le Spectre du drapeau rouge, Forces armées derrière les lignes ennemies, Guérilla ferroviaire, La Chanson de la jeunesse*. Ainsi, ma première approche de la littérature est venue des lectures de ma sœur aînée et des héros de ces classiques révolutionnaires qui ne recherchaient pas l'amour et ne craignaient pas la mort. J'ignore combien de livres j'ai lus alors, j'ignore ce qu'est la littérature et s'il convient de la définir, mais à partir de cette époque, je l'ai aimée et me suis mis à lire jour et nuit avec ma sœur aînée.

Je raconte souvent que ma première lecture d'un livre étranger remonte à mes vingt ans, au roman de Margaret Mitchell *Autant en emporte le vent*. Mais en fait, non. Le premier roman étranger que j'ai lu n'avait ni titre ni couverture. Il était enveloppé dans du papier kraft. Ma sœur me l'avait donné avec beaucoup de précautions, en me recommandant de ne surtout pas l'abîmer, de ne surtout pas l'égarer. S'il arrivait quoi que ce fût à ce livre, que je ne songe plus à lui en demander un autre. Jamais auparavant elle ne m'avait ainsi solennellement mis en garde. L'importance de ce livre, sa provenance étaient sans aucun doute inhabituelles. Mon désir de le lire en devint d'autant plus fort. Ce jour-là, à l'heure du déjeuner, je pris donc l'épais volume et, mon bol de riz à la main, je m'installai dans la cour, sur le banc où s'asseyait souvent ma sœur. Je découvris alors à ma grande surprise que les patronymes étrangers différaient des nôtres. Les personnages portaient des noms et des prénoms interminables, des « je-ne-sais-quoi-ski » et des « Anna » impossibles à mémoriser. J'avais grande envie de les renommer, de les appeler « Révolution Zhang » ou « Drapeau rouge Li », ce serait bien plus clair et facile à retenir. Pour être tout à fait franc, je n'entrai guère dans l'histoire. Je n'arrivais pas à lire. Dès la première page, les noms et les prénoms des personnages me repoussaient. Tout en mangeant devant les pages, je réfléchissais aux noms que je pourrais donner à ce « ski » et à cette « Anna ».

Sous l'agréable soleil printanier, tel un père méditant sur le prénom qu'il conviendrait de donner à son enfant, je mangeais en me creusant la cervelle, songeant que des noms comme Drapeau rouge Li, Libération Zhang ou Zhao Chunzhi seraient appropriés, et j'avalai un bol de riz entier sans avoir tourné la première page. Ou peut-être en lus-je plusieurs, je ne m'en souviens plus. En tout cas, après ce bol de riz, je posai le livre sur le banc pour me rendre à la cuisine et, lorsque je revins, mon bol à nouveau plein, le roman étranger avait disparu.

Il n'y avait personne dans la cour.

Les autres membres de ma famille étaient allés déjeuner à l'entrée du village et aucun n'était revenu reprendre du riz. D'ailleurs, si mon père, ma mère ou mes sœurs avaient voulu rentrer pour regarnir leur bol, ils n'auraient pas touché au livre sur le banc. Le soleil qui brillait, resplendissant, n'avait pu me chaparder le livre. Dans la cour, les frondaisons étaient bien attachées aux branches, elles n'auraient pas non plus eu la force de s'incliner pour emporter l'ouvrage. Le vent soufflait à peine, insuffisamment pour tourner les pages, il n'aurait donc pas pu soulever ou déplacer un volume aussi épais qu'une brique. Je scrutai le banc sur lequel je m'étais assis, sur lequel j'avais déposé le livre : calme et vide, il ne me donnait pas la moindre indication. Sur le banc, en dessous, alentour, dans la cour, dans le passage qui menait à la porcherie, dans celui qui, de l'autre côté, menait à l'arrière-cour où mon père se tiendrait souvent plus tard, à l'intérieur de la maison, à l'extérieur, dans les airs et sur la terre, j'avais beau chercher partout, nulle part je ne voyais ce livre étranger que j'avais ouvert pour la première fois de ma vie.

A son retour, ma sœur était si fâchée qu'elle cogna son bol sur la table et me fixa avec des yeux si grands qu'on eût dit les deux plus gros raisins du monde – des yeux magnifiques.

Mes parents, ma deuxième sœur remuèrent ciel et terre à la recherche du livre, jusqu'à fouiller le poulailler et la porcherie, mais il avait mystérieusement disparu. N'était-ce pas étrange ? Il se produit toujours en ce monde des événements qui ne devraient pas se produire. Si absurdes sont les pièges dans lesquels tombe l'humanité qu'elle en est réduite à croire en l'existence des démons. Toute ma famille était sous le choc de cette disparition inexplicable. Ma mère conclut : « C'est la volonté du Ciel qui ne veut pas que vous perdiez votre temps à lire, à vous abîmer les yeux et à gaspiller du pétrole. » A l'époque, chez moi comme partout dans le village, et sans doute partout dans le monde, on allumait des lampes à pétrole le soir venu. Mon père n'était pas du même avis que ma mère, davantage pessimiste et profond en comparaison : « Il est à craindre que le Ciel ne veuille pas de lecteurs dans notre famille, aussi nous a-t-il repris le livre. »

Ces paroles surprirent tant ma sœur aînée qu'elle écarquilla les yeux, comme si une divinité céleste venait de lui énoncer cette sentence.

« Ce n'est rien, ajouta mon père. Le Ciel nous a repris le livre, soit ! Il n'a repris aucun d'entre nous, c'est l'essentiel. »

Mon père craignait-il qu'après avoir emporté le livre, le Ciel s'en prenne un jour à ses lecteurs ?

Je n'avais pas cette crainte. Je me demandais seulement comment ma sœur allait pouvoir expliquer la chose à la personne qui lui avait prêté ce livre, comment elle s'acquitterait de sa dette, car l'ouvrage lui avait été apporté comme un cadeau de prix par un camarade qui avait parcouru spécialement plusieurs dizaines de lis.

La journée s'écoula, puis la nuit. Le lendemain soir, notre truie mit bas. Onze porcelets, tous en bonne forme et rouges de santé, pareils à des lingots d'or pourpre. Elle n'avait encore jamais eu une portée si nombreuse ; souvent, certains petits mouraient prématurément et nous en étions tous peinés. Cette fois, les onze porcelets nous apportaient la lumière de l'espoir. Nous étions si excités que nous en négligions de manger, préférant nous occuper de nourrir la truie copieusement. Le plus merveilleux arriva lorsqu'elle se leva pour aller jusqu'à son auge ; ma mère remarqua que sur la litière pleine d'herbes et de brindilles – cette couche chaude et douillette que l'animal s'était constituée – là, sur ce tas d'herbes mêlées de paille gisait le livre recouvert de papier kraft.

Les traces de dents de la truie et un peu de liquide amniotique le maculaient. Cela ne révélait-il pas la relation, le code secret qui lie la lecture et l'écriture à l'existence ?

La tresse de ma sœur aînée

La beauté de la chevelure et de la tresse de ma sœur aînée était célèbre dans notre village. Noire et brillante, épaisse et longue. Ma sœur était jolie. Ces cheveux d'ébène, ces cheveux qu'elle nouait en une tresse plate et régulière qui tombait sur ses reins ou sur sa poitrine, la mettaient encore plus en valeur : elle était l'ange du village. Lorsqu'elle marchait sur l'avenue, nombreux étaient les villageois qui s'écriaient :

« Oh ! Regardez-moi ces cheveux ! »

J'étais très fier des cheveux de ma sœur. Je les contemplais souvent en songeant : « Si on les vendait, on pourrait gagner beaucoup d'argent ! »

Ma connaissance des filles s'arrêtait alors principalement à la beauté ou la laideur de leurs cheveux.

Dans notre village, un marché avait lieu un vendredi par mois. Entre la mi-avril et le commencement de l'été, c'était le bon moment pour s'y rendre. Dans la douceur printanière, les paysans des villages voisins affluaient vers la rive du fleuve au nord de notre village où se tenait la foire. Il y avait des spectacles d'opéra de Pékin et du Henan, avec le plus souvent au répertoire *La Légende de la lanterne rouge* ou *Shajiabang*. Ce n'était pas grand-chose mais l'endroit était peuplé et animé : lorsque les abeilles sont nombreuses, les fleurs sont odorantes. Cette année-là, le 18 mars, une troupe venue de Luoyang donnait *La Légende de la lanterne rouge*. L'une des artistes, Li Tiemei, portait les cheveux noués en une tresse si longue que les spectateurs furent nombreux à s'exclamer. Moi, j'étais venu précisément pour voir cette chevelure. Je m'avançais en jouant des coudes pour approcher de la scène et, arrivé au pied de l'estrade, je découvris que la tresse de Li Tiemei était moins longue que celle de ma sœur. Plus important encore : elle était fausse ; je distinguai parfaitement au niveau de la nuque l'endroit, de la taille d'un poignet, où la tresse avait été fixée avec un cordon rouge.

J'étais soulagé.

J'allais pouvoir dire à ma sœur que la tresse de Li Tiemei n'était pas aussi belle qu'on le disait, et en plus qu'elle était fausse.

Je quittai la foire à l'heure du déjeuner.

A peine avais-je franchi le seuil de notre maison que je vis toute la famille en train de boire de la limonade. Les bouteilles de limonade ressemblaient à celles des bières Qingdao d'aujourd'hui, à ceci près qu'elles étaient de couleur brun-rouge.

Chacun en avait une à la main dont le goulot ruisselait et chaque visage affichait un sourire heureux. Mon père, ma mère, mon frère aîné et ma seconde sœur, tous buvaient goulûment et s'arrêtaient parfois pour contempler leur bouteille en pleine lumière. Je n'en revenais pas qu'il pût y avoir de la limonade chez nous. C'est alors que ma sœur aînée sortit de la pièce principale, sa bouteille dans une main, un seau dans l'autre. Le seau était à moitié empli d'eau glacée et une bouteille de limonade y cahotait. Ma sœur s'avança jusqu'à moi, déposa le seau, saisit la dernière bouteille qui s'y trouvait et me la tendit. Je remarquai alors que sa tresse avait disparu, ses cheveux tombaient à mi-nuque, ce qui lui donnait l'air d'avoir bien plus que quatorze ou quinze ans, l'air d'une jeune fille en âge de se marier. Elle semblait moins jolie qu'avant. Pourtant le sourire qu'elle avait en buvant trahissait la même légèreté, le même contentement que celui de tous les autres membres de la famille ; ce sourire-là semblait même déborder de bonheur.

C'est que la limonade que tout le monde buvait, elle l'avait troquée contre ses cheveux.

Elle avait croisé un vendeur de limonade et, pareil au premier humain découvrant la saveur d'un fruit, elle avait aussitôt coupé ses cheveux pour les vendre au collecteur d'objets de rebut. Elle les avait vendus pour trois maos et deux fens. La bouteille de limonade coûtant cinq fens, elle avait pu en acheter six et il lui restait encore deux fens. Chacun de nous avait eu sa bouteille et ma sœur n'avait plus sa longue chevelure.

Nous buvions de la limonade pour la première fois, c'était comme se délecter d'un vin délicieux.

Ma sœur me donna les deux fens restants. A l'époque, avec deux fens, on pouvait s'acheter un œuf ou un bonbon.

Titularisation

1

Les nuées se mouvaient, les jours se succédaient.

Après avoir achevé le collège, ma sœur aînée eut le bonheur de devenir institutrice.

J'étais encore élève qu'elle enseignait déjà à l'école du village et, lorsque j'interrompis le lycée pour aller travailler, elle y exerçait toujours. De même lorsque je devins soldat et plus tard encore lorsque je fus promu et que l'on se mit à m'appeler « l'écrivain ». Le temps est bien plus endurant et obstiné que l'eau des fleuves, semblable à un nuage que le vent ne chasse jamais. Des fleuves se sont taris mais le temps ne cesse jamais de couler. Si je sais très clairement comment ma vie s'est déroulée jusqu'à aujourd'hui, j'ignore ce qu'il en est pour mes deux sœurs, ma belle-sœur et ma mère. Dans ma mémoire, leurs vies ne ressemblent pas à une chaîne dont les maillons se tiennent, je me les représente plutôt par bribes, sautant d'un événement à un autre. Sans ces événements, leurs vies me paraîtraient en dehors du temps.

J'étais soldat quand ma sœur aînée s'est mariée. Mon beau-frère était un homme du village. C'est lors d'une permission, en visite chez mes parents, que ma mère m'a annoncé la nouvelle. J'en suis resté un instant hébété, sous le choc. C'était comme si notre maison venait d'être démolie, j'avais le cœur vide, l'impression de me trouver devant un ravin sombre et incomparablement profond. Que ma sœur se marie, c'était comme si mon beau-frère m'avait arraché le cœur. Pourquoi ma sœur ne m'avait-elle pas écrit pour m'en informer ? Ma mère me répondit que c'était inutile puisque je n'aurais pas pu obtenir de permission. Je la regardai alors, occupée à laver les légumes, une expression calme sur son visage et, pour la première fois, je lus ceci sur ses traits :

La vie n'est pas extensible, elle est comme la roue qui tourne et l'eau qui coule…

Pour le déjeuner, nous n'étions que trois : ma mère, ma deuxième sœur et moi. J'avais le sentiment qu'on nous avait dérobé quelque chose, sans que nous ayons pu nous y opposer, aussi demeurais-je silencieux, le cœur plein de regret et d'absence. Le soir venu, ma sœur aînée vint nous rendre visite. Je vis qu'elle était déjà enceinte, son ventre pesant rendait sa démarche incommode. Assise, elle ne cessait de masser ses jambes gonflées. Je ne sus pas quoi lui demander, quoi lui dire.

Subitement, nous étions devenus des étrangers. Une distance s'était instaurée entre nous. Afin de la réduire, j'avais pensé la remplacer à son poste d'enseignante, de sorte qu'elle pût se reposer pour la naissance. Je l'entendis alors demander à ma deuxième sœur, qui accepta, de la remplacer. Elles se mirent à parler des consignes et des règles de l'école et de l'enseignement. La pièce s'emplissait de leur discussion. Mes parents se contentaient de rester assis à les regarder et les écouter. A l'époque, les lumières du progrès éclairaient enfin notre village, les fils électriques arrivaient devant chez nous. Il y avait même un transformateur vert du côté ouest, là où nous prenions nos repas. Pour ma venue, ma mère avait spécialement remplacé l'ampoule de quinze watts pour une autre de quarante watts. Tout était lumière, tout n'était que beauté. Mais moi, baigné par cette lumière, je me sentais étranger. Je n'étais plus là puisque j'étais soldat, je n'avais rien pu faire pour ma famille, je n'avais pu leur apporter aucun avantage.

Je demeurai hagard dans la lumière.

Je demeurai hagard quelques jours avant de repartir à l'armée.

L'année suivante, lorsque je retournai voir les miens, mon frère aîné s'était marié, ma deuxième sœur aussi. Ne restaient plus dans notre maison que mes parents. Contrairement aux autres, je ne trouvai pas qu'ils avaient brutalement vieilli ; je ne les avais jamais trouvés jeunes. Ils s'étaient toujours usés au travail sans jamais prendre de pause, même lorsqu'ils s'asseyaient, ils étaient à l'ouvrage : ma mère à des travaux d'aiguille, mon père à décortiquer le maïs, à réparer un outil ou un panier de bambou. S'asseoir pour se reposer purement et simplement était un crime à leurs yeux. Travailler sans relâche, voilà quel était le sens d'une digne et légitime vie chez les paysans. Cette année-là, ma sœur aînée et son mari vinrent avec leur fillette âgée d'un an. Je la pris dans mes bras, ma sœur lui dit de m'appeler oncle et la petite, toute chétive, s'écria : « Oncle ! »

Je tressaillis.

Ce n'était pas de voir une enfant d'un an s'exprimer ainsi mais parce qu'il me sembla que ce que ma sœur m'avait enlevé en se mariant, elle venait de me le rendre tout entier.

J'étais devenu l'oncle.

J'étais donc déjà oncle !

C'était donc la vie ?

C'était bien la vie !

Ma mère avait allumé un grand feu dans la pièce. Mon père, dont l'asthme lui faisait craindre la fumée, s'était assis à l'abri du vent. Le temps était à la neige sans qu'elle se décidât à tomber. Il faisait sec, froid et sombre, comme dans une immense grotte. Tous les humains vivaient dans cette immense grotte. Tous se démenaient pour essayer d'en sortir, sans qu'aucun n'en eût la force. Ainsi en allait-il depuis l'origine du monde, nous vivions tous dans une grotte. Nous nous chauffions près du feu lorsque ma sœur et son mari, après avoir longuement hésité, me confièrent que, dans l'école où travaillait ma sœur, certains professeurs avaient été titularisés. Parmi les non-titulaires, ma sœur était la plus ancienne. Chaque année elle se voyait attribuer le titre de professeur modèle et ses élèves obtenaient les meilleurs résultats de l'école. Aussi espéraient-ils que je pourrais parler de son cas aux autorités du district et influer sur sa titularisation.

Afin de prouver les mérites de ma sœur, ma mère ajouta que par deux fois, sa constitution fragile lui avait valu de tomber littéralement de fatigue sur l'estrade de sa salle de classe. Elle s'était évanouie, on l'avait relevée, et elle avait repris le travail dès le lendemain sans prendre une journée de repos.

Stupéfait, je regardai ma sœur.

Elle rougit et baissa la tête.

J'apprenais donc que ma sœur s'était évanouie par deux fois sur l'estrade de la salle de classe du village et j'apprenais du même coup ce qu'il m'était possible de faire pour elle, ne serait-ce que pour lui restituer la bouteille de limonade et les deux fens pour lesquels elle avait donné ses cheveux. J'acceptai aussitôt en disant que j'irais dès le lendemain voir le chef du district. A l'époque, je bénéficiais d'une certaine renommée et je connaissais le chef de district, aussi pensais-je que la laideur de mon visage avait laissé place à un parfait éclat de pleine lune. Toute la famille se réjouit de me voir consentir aussitôt à la demande de ma sœur, comme si sa titularisation était déjà dans la poche. Ma sœur, son mari, ma mère étaient enthousiastes ; le visage cireux et malade de mon père reprit même un peu de couleurs et rayonna.

De bon matin le lendemain, je pris l'autocar pour le chef-lieu du district et me rendis au bureau de poste où travaillait mon frère aîné afin de lui exposer la situation. Mon frère profita de sa position pour utiliser le téléphone et je fus très vite en contact avec le bureau du chef de district. Celui-ci accepta d'emblée de me recevoir. Je me souviens que mon frère m'accompagna. J'étais certes un écrivain de l'armée, je pouvais m'exprimer avec clarté et précision devant mon commandant, lui rendre compte de bien des choses, mais à l'idée de pénétrer dans le bâtiment administratif, de me retrouver face au chef de district dans ce bâtiment robuste et massif, je me sentais inquiet et peu sûr de moi. Il s'agissait après tout de faire une demande. Une demande à titre privé. Le bureau du chef de district se trouvait au premier étage. En entrant, je me rendis compte qu'il était encore plus grand que celui de notre commandant. Beaucoup plus grand. La lumière y était éblouissante, à croire que le soleil qui éclairait le monde venait tout entier de ce bureau.

Tout se déroula si aisément! J'en vins à croire que Dieu ayant dit que la lumière soit, la lumière fut; que Dieu ayant dit que le ciel et la terre se séparent, le ciel et la terre se séparèrent. Et que c'est ainsi qu'il y eut des mers, des montagnes, des prairies et des déserts. J'étais entré à dix heures dans le bureau du chef de district et à peine un quart d'heure après, j'en étais ressorti. J'étais entré, rougissant, m'étais assis quand il m'y avait invité, avais saisi la tasse qu'il m'avait servie lui-même, avais exposé timidement la situation de ma sœur et ma sollicitation. Je ne m'attendais pas à ce qu'il acceptât directement et résolument, en me demandant le nom de ma sœur pour le noter sur son agenda de bureau.

« C'est une chance que notre district ait donné naissance à un homme de talent, tu peux être sûr que je m'occuperai de ton affaire! » C'est ce qu'il me répéta par deux fois alors que je me levais pour quitter son bureau.

Je sortis du bâtiment et racontai mon entretien à mon frère qui m'attendait. « Parfait! » s'exclama-t-il, et il nous emmena, ma belle-sœur et moi, prendre un délicieux déjeuner.

Lorsque je rentrai à la maison dans l'après-midi, ma sœur et son mari m'attendaient. Je racontai à nouveau l'entretien que j'avais eu et tout le monde sauta de joie, comme si j'avais annoncé que nous avions gagné à la loterie. Ce fut à nouveau un délicieux repas: des petits pains frits, des légumes sautés, de la soupe de nouilles avec des œufs pochés. Un tel repas, la maladie de mon père ne lui permettait d'en faire un que tous les quinze jours. Ce jour-là, toute la famille se régala.

Quelques jours passèrent et je rejoignis l'armée.

Quelques jours passèrent encore et je reçus une lettre de ma sœur. Elle me disait que juste après mon départ, le chef de district avait été muté. D'autres professeurs de l'école venaient d'être titularisés, certains plus anciens qu'elle, d'autres qui n'enseignaient que depuis deux ans, d'autres encore dont la conduite et la pédagogie laissaient à désirer.

En revanche, elle ne figurait pas sur la liste.

2

Dès lors, obtenir sa titularisation devint le leitmotiv de ma sœur aînée mais aussi une épreuve pour moi vis-à-vis de ma famille, une manière de vérifier que j'étais capable de leur venir en aide. Pour parvenir à ses fins, ma sœur ne prenait aucun repos, fût-elle malade ; après la naissance de son deuxième enfant, elle reprit le travail sans attendre la fin de son congé maternité. Quant à moi, chaque fois que je rentrais à la maison, j'attendais la visite de cadres du district, ou l'occasion, le prétexte, de me rendre au chef-lieu du district pour prendre un repas en compagnie de directeurs ou de chefs de services. Ne parvenant pas à résoudre cette question de titularisation, je peinais à écrire longtemps, doutant du sens de ce travail.

Heureusement, il est vrai, incontestablement vrai, que le temps ne déçoit pas les êtres appliqués. Je devins vraisemblablement un écrivain. Je publiais facilement, les droits d'auteur étaient souvent plus élevés que mon salaire, et je commençais à voir mes livres édités. Je pouvais en offrir, les dédicaçais en feignant le plus grand sérieux. Peu à peu, mes livres me firent connaître au district et l'on me considéra comme un écrivain capable. C'est ainsi qu'un soir, alors que je m'apprêtais à faire mes ablutions dans mon appartement du quartier général à Kaifeng, des membres du bureau administratif du district firent soudain irruption chez moi. Ils se présentèrent, déposèrent des spécialités locales qu'ils avaient apportées et s'installèrent pour me brosser à grands traits les changements qui s'étaient produits ces dernières années dans le district avec la politique de réforme et d'ouverture. Ils espéraient me voir rapidement rentrer pour accorder une interview et donner un article qui serait publié dans le quotidien du Henan. Evidemment, en tant que cadres de ma contrée natale, ils se montrèrent extrêmement compréhensifs et bienveillants. Ils ne manquèrent pas de me dire que si j'avais un quelconque problème familial pour lequel le district pouvait m'aider, il fallait surtout leur en faire part afin qu'ils aient la chance de pouvoir me rendre service.

Je songeai à la titularisation de ma sœur, à ces hommes qui avaient parcouru des kilomètres pour venir me voir à Kaifeng, simplement pour me demander d'écrire un article. Aussi acceptai-je de partir avec eux dès le lendemain.

Tout était prêt, bien sûr.

L'article fut évidemment beau et lumineux, un arc-en-ciel sur le journal. L'interview dura deux ou trois jours. Puis, le temps pressant à la manière d'un volcan en éruption – l'article devait être publié à une date précise –, on ne nous donna, à moi et au rédacteur en chef, que deux semaines, ce qui ne me laissa pas même la possibilité de passer une journée avec les miens. Je séjournais au centre d'accueil du district et, l'interview achevée, je téléphonai à mon frère pour lui annoncer que la titularisation de ma sœur ne posait plus de problème, le chef de district me l'avait promis en se frappant la poitrine. Enfin, un soir, je rentrai à l'armée à la vitesse d'une flèche enflammée.

Quinze jours plus tard, *Le Printemps de ma contrée natale*, qui tenait de l'essai et de la chronique littéraire, était publié dans le quotidien du Henan, sur une demi-page, frappant les regards avec l'éclat d'un astre. Cette fois, j'étais certain que ma sœur allait être titularisée. J'avais donné tout ce que je pouvais, ne restait plus à l'autre partie qu'à rendre la pareille.

Mais un mois plus tard, notre chef de district fut à son tour subitement muté. Une simple mutation, pas une promotion. L'année suivante, lorsque je revins voir ma famille, les cadres qui étaient venus jusqu'à Kaifeng se tenaient sur l'avenue du chef-lieu de district. Avec un sourire gêné, ils me dirent que deux jours après la parution de l'article, un groupe de travail de la province était venu examiner la situation des cadres de notre district. Le journal avait été déposé dans chaque chambre de l'hôtel. A ce moment-là, on savait déjà que le secrétaire du comité allait être muté, le chef de district était tout indiqué pour lui succéder et on pensait qu'après avoir lu l'article, le groupe de travail de la province en déciderait ainsi.

Mais le chef de district ne succéda pas au secrétaire du comité ; au contraire, il fut muté.

Par la suite, je me suis souvent demandé si mon article, dont le style élogieux était un peu éhonté et absurde, ne lui avait pas fait du tort.

3

Je désespérais de pouvoir aider ma sœur à obtenir sa titularisation.

Je commençais à croire que mis à part répondre à une exigence esthétique, la littérature n'était bonne qu'à cuire du pain avec du sable, de l'air et de l'eau. A fabriquer des cordes de sable. Finalement, une autre année, alors que j'étais au village pour fêter le nouvel an, le chef du district et le secrétaire du comité vinrent nous présenter leurs vœux. En partant, ils s'écrièrent devant tous les villageois : « Lianke ! N'hésite pas à nous dire si tu as besoin de quelque chose ! » Les voisins se rassemblèrent aussitôt pour me dire qu'une route était en construction devant le village et qu'il fallait absolument que je demande le prolongement des travaux jusque dans notre ruelle, de manière à ce que la vingtaine de familles qui y habitaient bénéficient d'une chaussée goudronnée.

L'affaire se termina ainsi : je payai moi-même les heures supplémentaires des ouvriers. Notre chaussée une fois bitumée, tout le monde exprima sa satisfaction ; qu'il pleuve ou qu'il neige, on n'avait plus à piétiner dans la boue. Ma mère approuva également ; elle ne craignait plus de trébucher et de tomber lorsqu'elle sortait le soir. Un autre jour, ma sœur foula cette chaussée dure avec les meilleures cigarettes et le meilleur alcool du bourg. Elle déposa le tout devant moi, ainsi qu'un diplôme honorifique que lui avait valu son enseignement, et déclara : « Lianke, tu es timide et tu as la bouche en coton, tu es incapable de demander un service au chef du district et au secrétaire du comité, alors, pour la dernière fois, tu vas offrir ces cigarettes et cet alcool à l'un ou à l'autre. Tu les leur offres et si je n'obtiens pas ma titularisation, je me résignerai à mon sort ! »

Elle ajouta que si je pensais que ces présents ne suffisaient pas, elle pouvait retourner faire d'autres achats. Ma mère renchérit : « Tu peux dépenser des mille et des cents pour que notre ruelle soit goudronnée, pourquoi donc n'es-tu pas capable d'aller parler au nouveau chef de district ou au secrétaire ? Ta bouche est-elle si fragile ? Crois-tu que tu perdrais tes lèvres simplement en prononçant quelques paroles ? »

Ma deuxième sœur rallia leur position. Le vent, les arbres, les herbes et les fleurs se rangèrent également à leur avis. Le ciel, la terre, l'univers, personne ne pensait que ma sœur était dans l'erreur. Nous étions en octobre, la saison des fruits et des récoltes, je m'étais efforcé de résoudre ce problème de titularisation auprès de trois chefs de district successifs et trois secrétaires du comité, cela durait depuis six ans, ma sœur, de jeune mariée, était devenue une femme d'âge mûr et je n'avais toujours pas réussi à régler le problème. Je n'avais pas réussi mais chaque année, à l'école, deux ou trois professeurs obtenaient leur titularisation. Certains avaient un meilleur dossier que le sien, d'autres étaient loin de la valoir. Nous en étions arrivés au point où le problème n'était plus la titularisation de ma sœur mais moi et mes actes, le fait que malgré mes efforts je ne parvienne pas à mes fins. Me montrer encore plus persévérant permettrait sans doute à ma sœur d'entrevoir une lueur d'espoir. Le vent et le tonnerre ne parlent pas, les oiseaux ont leur langage à eux. Les Africains ont des problèmes africains, les Européens des problèmes européens. Dans notre village, nous avons nos propres problèmes. Chaque univers est différent. C'est pourquoi le terme d'univers existe, celui d'humanité aussi.

Faisant fi de toute pudeur, je fis appel à un ami journaliste au quotidien de Luoyang. Il m'avait déclaré que le chef de district et le secrétaire comptaient parmi ses amis. Nous achetâmes encore plus de cigarettes et d'alcool, et le lendemain, je partis avec lui au chef-lieu du district. A l'heure du déjeuner, nous fîmes irruption chez le secrétaire du comité. La porte à peine franchie, mon ami journaliste déclara que nous venions offrir quelques présents, puis il déposa brutalement les cigarettes et l'alcool sur la table, sortit un document récapitulant tous les mérites et titres honorifiques de ma sœur et demanda au secrétaire si un tel profil d'enseignante répondait, oui ou non, aux conditions nécessaires à sa titularisation. Si tel n'était pas le cas, pourquoi tant d'autres enseignants qui valaient moins qu'elle avaient-ils été titularisés, et si c'était bien le cas, pourquoi n'avait-elle pas encore été titularisée ?

Le secrétaire restant muet, il l'obligea à décrocher son téléphone pour interroger ses subalternes.

De la même manière exactement, nous déboulâmes au domicile du chef de district, et la même scène se reproduisit. Mon ami journaliste répéta les mêmes paroles. Le secrétaire ayant refusé les cigarettes et l'alcool, mon ami les avait laissés devant chez lui et devant ses yeux à côté de la poubelle, avant de s'éloigner, m'entraînant avec lui, en feignant la colère. Lorsque le chef de district refusa à son tour nos présents, mon ami journaliste les déposa en les jetant presque, de la même manière.

Trois mois plus tard, je reçus des appels du district et de ma sœur m'annonçant que la question de la titularisation était réglée. Ma sœur avait commencé à enseigner à dix-sept ans, elle obtenait sa titularisation à presque quarante-huit ans.

L'univers est immense et impénétrable, la vie humaine misérable. Ne cherchons pas à savoir s'il vaut mieux que le fleuve soit profond ou non – qu'il coule, cela suffit. Quand j'appris la nouvelle, je quittai le bâtiment de l'armée pour rejoindre le quartier résidentiel, mes pieds ne touchaient pas le sol. A la maison, j'informai ma femme de la bonne nouvelle. Elle demeura un instant interdite, les mains levées tenant le tamis où elle lavait le riz, et répéta après moi « C'est réglé » avant de le poser de côté, de retrousser ses manches pour se mettre à pétrir la farine et préparer des raviolis.

Ce jour-là nous mangeâmes des raviolis.

J'en mangeai trop et en reprenant le travail l'après-midi, j'avais envie de rire tant ma panse était pleine. Plusieurs mois passèrent. Ma femme et moi, nous rentrâmes au village. Ma sœur aînée nous rendit visite. Elle nous raconta mille choses, les nouvelles de la famille, les joyeusetés du bourg, et pour finir déclara qu'elle n'aurait pas dû autant m'embêter avec son histoire de titularisation. Elle l'avait certes obtenue, mais sept ou huit autres collègues avec elle. Tous les professeurs contractuels du district avaient été titularisés, cette année était la dernière au niveau national pour opérer cette régularisation. D'une manière générale, à part les enseignants qui posaient particulièrement problème, personne n'avait été oublié.

Ma sœur, ma femme et moi, nous restâmes un moment dans la cour que l'automne dorait tout entière, à contempler le ciel et la terre, l'univers et la vie humaine. Je déclarai en riant à ma sœur : « On s'est démenés pour distribuer des cadeaux, c'est pour ça que tu as été titularisée. Sinon, qui sait si tu n'aurais pas été la seule à ne pas l'être ! »

Ma sœur réfléchit et me répondit en souriant :

« En effet ! »

Alors nous rîmes tous trois franchement. Ce fut comme une mer tiède autour de nous.

Dépression

Ma deuxième sœur était une adepte de la théorie empiriste et considérait chaque chose à la lumière de l'expérience et des résultats effectifs.

Elle était convaincue que tout être humain vit avec un dessein. Sans quoi, pourquoi serions-nous différents les uns des autres ? Elle affirmait que ce dessein était à l'origine et au terme de toute vie et de tout comportement humain. Cette théorie du dessein était donc sa théorie de la vie. Un jour, elle m'expliqua la destinée de notre sœur aînée à l'appui de sa thèse : son dévouement et son amour de l'enseignement venaient du fait qu'il valait mieux être professeure que paysanne ; obtenir des titres honorifiques, être considérée comme un modèle, tout cela n'avait pour but que d'obtenir sa titularisation. Si son dévouement et son amour de l'enseignement perduraient encore, c'était parce que pour les professeurs titularisés, il y avait aussi une échelle de grades et d'échelons, de même que les professeurs d'université pouvaient, selon qu'ils étaient de première ou de quatrième classe, gagner quelques centaines de yuans de plus ou de moins. Ma deuxième sœur m'exposa ainsi son analyse, après quoi elle ajouta, avec une extrême inquiétude, que notre sœur aînée allait bientôt être à la retraite et que dès lors, sa vie n'aurait plus ni dessein ni objectif : elle serait vaine. Devant ce vide, la vie de notre sœur aînée allait courir à la catastrophe.

Malheureusement, sa prédiction était exacte.

L'année de ses cinquante ans, notre sœur aînée rentra chez elle avec sa prime de retraite et son diplôme d'honneur. Avant que tout cela ne s'empoussière, elle fit quelques voyages avec l'agence touristique du bourg et du chef-lieu du district, ce qui lui offrit de brefs moments de détente jusqu'à ce qu'elle réalise qu'il était plus intéressant de faire cours.

Elle avait désormais trop de temps libre. A la campagne, la plupart des femmes le comblent en jouant au mah-jong, en bavardant ou en s'exerçant à balancer les bras en musique à l'entrée nord du village. Hélas, elle ne savait rien faire de tout cela. De surcroît, constamment souffrante, elle se rendait régulièrement à l'hôpital où les médecins lui trouvaient toujours quelque embryon de maladie grave : si sa gorge était enflammée, on lui disait qu'il ne s'agissait pour l'instant que d'une pharyngite mais que si elle n'était pas bien soignée, elle pourrait évoluer en cancer de l'œsophage ; si elle avait des vertiges, le problème venant peut-être des cervicales ou de la tension artérielle, les médecins lui affirmaient que son cœur fonctionnait mal et qu'il fallait passer des examens. Alors notre sœur avait le cœur qui battait plus vite et on lui diagnostiquait une arythmie cardiaque ou je ne sais quoi au ventricule gauche ou à l'oreillette droite. Elle faisait confiance aux médecins comme à l'organisation du parti. Elle croyait à toutes leurs suggestions et prédictions, persuadée que médecins et hôpitaux ne lui voulaient que du bien. Elle était convaincue qu'en avalant tous ces médicaments occidentaux ou chinois, elle s'assurerait une tranquillité durable, qu'elle n'aurait plus aucune maladie. Cela durait trois jours, une semaine tout au plus, après quoi, voyant qu'elle n'allait pas mieux, elle se hâtait vers un autre hôpital, un autre médecin. Là on lui prenait le pouls, on l'interrogeait, on lui faisait passer toutes sortes d'examens coûteux et pour finir, on réfutait diagnostic et traitement précédents pour lui prescrire un nouvel assortiment de remèdes.

Ainsi, les déplacements de notre sœur aînée prirent un nouveau tour : tandis qu'elle parcourait autrefois le chemin qui menait de chez elle à l'école, ses trajets s'étendirent. Elle se rendit au bourg, au chef-lieu du district, à Luoyang et même à l'hôpital de Pékin. Sa retraite d'enseignante était intégralement dépensée en consultations, examens et traitements, à croire qu'elle avait travaillé plus de trente ans pour pouvoir l'offrir aux hôpitaux. Ma mère me disait avec émotion : « Heureusement que ta sœur aînée a cette retraite, sinon comment ferait-elle pour se soigner ? » Mon frère aîné allait droit au cœur du problème : « Si elle n'avait pas cet argent, elle n'irait tout simplement voir aucun médecin, et peut-être ne serait-elle plus malade ! »

Quant à ma deuxième sœur, elle soupirait, ayant compris depuis longtemps que nous n'y pouvions rien. Personne ne comprenait pourquoi ma sœur aînée, alors qu'elle aurait dû jouir d'une vie aisée, paisible et sûre après sa retraite, se retrouvait au contraire dans cet état – si désemparée. Son mari, ses enfants, sa belle-fille, tous lui conseillaient de ne pas croire aveuglément les médecins et de cesser de courir les hôpitaux. Des disputes éclataient. Elle se vexait, se plaignait que personne ne la soutenait ni ne se préoccupait de sa santé ; elle se lamentait d'être passée de professeure à belle-sœur Xianglin.

Un jour enfin, mon frère aîné, ma deuxième sœur et ma mère réalisèrent que ma sœur était réellement malade. Après s'être exagérément investie dans son métier, la retraite lui avait soudain donné un sentiment d'échec. Le sens de sa vie avait été suspendu. Elle avait alors été prise d'anxiété et d'idées noires, mais personne – ni les médecins, ni sa famille – ne les avait considérées comme une maladie, et ces angoisses s'étaient développées jusqu'à la faire sombrer dans une grave dépression.

Ma deuxième sœur

Parlons un peu de ma deuxième sœur.

Elle avait un surnom, « Rave » – aujourd'hui secret, sinon ultra-secret. Même son fils, sa belle-fille et ses petits-enfants l'ignorent. Pourquoi ce sobriquet lui avait-il été donné ? Aucune encyclopédie historique ne pourrait y répondre. Par nature, l'histoire a la mémoire courte. Autrement, la mémoire des époques passées et des êtres humains serait si lourde à porter que nous ne pourrions plus mettre un pied devant l'autre.

J'ai moi aussi la mémoire plutôt courte mais je me souviens du sobriquet de ma deuxième sœur car lorsque nous avions six et huit ans, nous étudiions tous deux au temple et, lors de l'examen de passage dans la classe supérieure, j'obtins soixante et un points en arithmétique et soixante-deux en chinois. Je fus admis en classe supérieure, ce qui était loin d'être facile. Tous mes camarades de classe avaient aussi réussi, mais beaucoup avaient eu cent points en chinois et autant en arithmétique, à croire qu'un dieu les avait aidés car dans notre salle de classe, bien des divinités étaient représentées sur les murs et sur les poutres.

Aucun dieu ne m'avait aidé.

Ma deuxième sœur ne m'avait pas aidé non plus.

Non seulement elle ne m'avait pas aidé, mais en rentrant à la maison, elle rapporta à nos parents que je passais dans la classe supérieure en ayant obtenu les moins bonnes notes. C'était insupportable. Sa dénonciation me valut un regard dur et froid de la part de ma mère : on eût dit qu'elle fixait un enfant qui n'était pas le sien. Si le vent du nord obsédant et la froidure tournoyaient alors dans notre cour, ce regard chargé de blâme était plus glacé encore, une dizaine de degrés en dessous de zéro, peut-être même quelques centaines, sans quoi, comment pourrais-je aujourd'hui encore en ressentir la froideur ? Comment pourrais-je, après plus d'un demi-siècle, me souvenir du surnom de ma deuxième sœur ?

C'était insupportable.

Si l'on ne m'offense pas, je n'offense pas non plus, mais à l'inverse, je rends la pareille. Au moment du repas, je partis me cacher avec mon bol. Lorsque ma deuxième sœur sortit à son tour avec son bol, je surgis devant elle et lui criai à trois reprises : « Rave ! Rave ! Grosse rave ! » Après quoi, la scène devint tragi-comique : le chagrin quitta mon cœur vengeur pour aller s'entasser dans celui de ma sœur. Je la vis lâcher son bol de frayeur et, humiliée par le surnom dont je l'avais affublée, rougir jusqu'aux oreilles, tomber à genoux et fondre en larmes.

Par la suite, ce sobriquet devint mon arme secrète pour triompher d'elle. Chaque fois que je voulais lui retourner une attaque, il me suffisait de la traiter de grosse rave.

En tant que petit frère, ma conception de la vie et mes principes moraux étaient aussi bons que ceux d'une pomme sur sa branche. La pomme accueille la chaleur du soleil, seuls les idiots oublient la bonté et les bienfaits que la branche a prodigués à la pomme. La branche ne peut implorer qu'une chose : qu'au moment de se détacher d'elle, la pomme ne lui renvoie pas des injures pour ses éventuels manquements.

Mais comment ne pas renvoyer d'injures ? C'est ainsi que je traitai ma sœur de grosse rave !

Les points de travail

Je grandissais sans m'en rendre compte.

Il me fallait suivre mes parents et l'équipe de production, me rendre dans les champs pour y fréquenter la pelle, la houe et la terre. Des différents travaux de l'année, la récolte du blé est le plus énergivore ; les paysans et les cadres de l'équipe de production mobilisaient alors toutes les forces disponibles. Tout ce qui pouvait bouger ou ramper devait récolter le blé et glaner les épis. Le soleil embrasait et cuisait : on entendait les crépitements aigus des feuilles brûlées tandis que l'équipe se hâtait à la tâche et gagnait des points de travail.

Les plus robustes gagnaient dix points par jour, les moins robustes ou les tire-au-flanc gagnaient neuf points, eu égard à leur dignité.

Les femmes touchaient huit points, sept pour les plus faibles ou les paresseuses.

Quant aux enfants, on leur attribuait cinq à six points par jour. Six pour les adolescents qui fournissaient une main-d'œuvre extraordinaire. Notre équipe de production était la plus riche du village. Chacun recevait une prime en fin d'année, au prorata du travail accompli : un mao et deux fens pour les plus robustes, sept fens pour ceux qui étaient rémunérés à six points. Sept fens, c'était le prix de trois œufs. J'espérais pouvoir devenir l'un de ces adolescents rémunérés à six points, aussi priais-je le soleil ardent de témoigner cette année-là des épis que j'aurais glanés.

La lumière était d'un jaune cramoisi, les champs, une étendue blonde. Les gens couverts de sueur et de boue formaient une couche brumeuse ocre. A l'intérieur de ce chaos jaune, les adultes fauchaient le blé et les enfants se tenaient derrière eux, dans chaque rangée, pour ramasser les épis, les yeux rivés sur les éteules, à l'affût des mouvements de la faucille.

Des lièvres bondissaient.

Des moineaux s'ébattaient joyeusement.

Les enfants ramassaient les épis. Afin que le chef d'équipe et les adultes fixent à six mes points de travail, je hélai ma deuxième sœur en l'appelant tout exprès par son sobriquet de « rave » pour m'emparer de son panier neuf. Après quoi, je me penchai sur mon travail sans me redresser une heure, une heure et demie durant. Je ramassais les épis abandonnés les uns après les autres et emplissais mon panier. Le soleil s'élevait et mon panier était déjà à moitié plein. Il s'élevait plus haut encore et mon panier était presque plein. Il était presque au zénith lorsque je m'aperçus que l'oncle et la tante devant moi étaient déjà partis faucher une autre rangée. J'étais encore loin derrière, aux deux tiers de la première rangée, alors que les autres enfants et adolescents, mes camarades, la plupart sinon tous, avaient suivi les adultes derrière lesquels ils ramassaient les épis et se trouvaient déjà sur une autre rangée.

Je m'inquiétai.

Je me dépêchais tant de ramasser les épis que j'en aurais pissé dans ma culotte.

Pour six points de travail et sept fens, je me hâtais au point de ne plus pouvoir me retenir. J'allais vraiment faire dans ma culotte quand je découvris que dans la rangée devant moi, aucun épi de blé ne restait à terre ; tous s'étaient envolés comme une nuée de moineaux.

Saisi, je m'arrêtai.

Ma deuxième sœur s'approcha, son panier au bras, pour moitié empli d'épis pour moi. Elle s'empressa de les verser dans le mien et me dit doucement : « Dépêche-toi ! Va vite donner les épis au chef d'équipe ! »

Puis elle s'éloigna.

Elle s'était empressée de ramasser les épis de sa rangée avant de venir me secourir. Je courus apporter mon panier plein au chef d'équipe. Il en fut si content qu'il me donna une légère tape sur les fesses. Cette année-là, ma deuxième sœur et moi fûmes rémunérés à six points de travail par jour. En fin d'année, nos dividendes étaient de 7,2 fens. C'était plus ou moins le prix de trois œufs.

Dès lors, je ne traitai plus jamais ma sœur de rave.

Aller chercher le charbon

A cette époque, les familles aisées cuisinaient au charbon, les autres au bois. C'était le moyen le plus sûr d'évaluer la situation d'un foyer. Lorsqu'une fille ou un garçon était à marier, pour savoir si la belle-famille éventuelle vivait dans l'aisance ou dans le besoin, il ne fallait surtout pas s'arrêter à considérer l'état de sa maison. Ne pas se contenter de mesurer la situation à l'aune d'une chaumière, d'un toit de tuiles, de murs de torchis ou de briques, mais observer les fourneaux.

Ma famille n'était pas dans le besoin. Nous avions une maison au toit de tuiles et cuisinions, en particulier lors des fêtes du nouvel an, au charbon que nous achetions dans une mine appelée Gaoshan, à une centaine de lis de chez nous. Avec ma deuxième sœur et d'autres villageois, nous empruntions un chemin de terre où côtes et pentes se succédaient. Aller chercher du charbon était une tâche solennelle, une cérémonie. Pouvoir s'en acquitter prouvait que nous étions grands, ma sœur et moi, et que nous pouvions travailler comme une main-d'œuvre véritable. Mon père n'avait pas à affronter le froid et le vent du nord avec sa toux d'asthmatique, à lutter sur le chemin tel un bœuf malade pour reprendre son souffle ; il n'avait pas non plus à demander une aide dont il serait redevable, à se lever tôt et à rentrer à la nuit tombée avec notre charbon.

En pleine nuit, alors que l'aube était encore lointaine, le chant du coq s'élevait, strident, au-dessus du village. Nous attelions la charrette et nous vêtions pour partir. Nous fixions le sac de provisions que notre mère avait préparé la veille, tâtions de toutes nos forces les pneus pour vérifier qu'ils étaient suffisamment gonflés avant de ranger la pompe et, pour finir, nous nous rendions au chevet de notre père pour l'écouter répéter ses recommandations. Au retour par exemple, il fallait veiller dans les côtes à conduire en faisant des S, la côte était ainsi moins raide et on économisait ses forces ; si le chemin était trop étroit et qu'il était impossible de faire ces S, il fallait absolument s'arrêter et attendre que quelqu'un passe, l'appeler « oncle » bien fort et lui demander de nous aider à pousser la charrette. Bien sûr, la chose la plus importante était la suivante : le chargement étant de cinq cents livres, il fallait veiller à bien en aplatir le contenu une fois versé dans la charrette en tapant avec la pelle en fer. L'un d'entre nous pouvait s'occuper de verser le charbon et l'autre de le tasser en le piétinant ; au moment de peser la quantité de charbon, l'achat de cinq cents livres correspondrait peut-être alors à cinq cent cinquante livres et celui qui voudrait pelleter le charbon pour arriver à la bonne pesée se mettrait à grommeler grossièrement sous la fatigue, il s'arrêterait au bout de vingt ou trente livres. Nous pourrions ainsi acheter pour cinq cents livres de charbon en en chargeant beaucoup plus.

C'était là une expérience de vie très confidentielle. Ma sœur et moi prenions la route avec l'enthousiasme de détenir un secret.

La nuit était hivernale, profonde et froide, le ciel de verre concave au-dessus de nos têtes. Nous reconnaissions les aboiements des chiens, les chants des coqs, tandis que nos pas sur le sol semblaient plus que des pas humains, martelant la porte de la vie. Il y avait cinq ou six charrettes, chacune tirée par un homme ; nous étions les seuls, ma sœur et moi, à être deux pour tirer la nôtre. Craignant que le convoi ne nous distance, les villageois nous avaient placés au centre. De peur que sur ce trajet de plus de cent lis nous nous blessions les pieds, dès que la route était plate, ils nous faisaient monter dans l'une de leurs charrettes et tiraient la nôtre, ainsi économisions-nous nos jambes et nos forces. Après une trentaine de lis, arrivés à un endroit nommé Minggao, il fallait quitter la route pour emprunter un chemin de terre. Les villageois suggérèrent que l'un de nous tirât la charrette tandis que l'autre s'y assoirait, et ainsi à tour de rôle, afin que chacun marchât beaucoup moins. Nous garderions de cette manière nos forces pour tirer la charrette pleine au retour. Nous avancions dans la profondeur de la nuit, certains chantaient ou poussaient parfois un cri subit, inexplicablement.

Le village s'éloignait derrière nous, peu à peu.

Le jour pointait lorsque nous arrivâmes à la mine.

En réalité, il y avait une queue interminable pour venir chercher du charbon.

Si nous n'avions d'abord pas vu le flot d'hommes et de convois, une fois au pied de la montagne noire de charbon, nous découvrîmes des automobiles, des tracteurs, des charrettes à n'en plus finir, comme si la terre venait de les vomir. Tout était sens dessus dessous et bruyant. Il y avait les fumées et les odeurs de grillades de ceux qui étaient arrivés plus tôt et avaient cuisiné sur place. Les visages étaient souillés de poussière et de charbon. Ceux qui avaient terminé repartaient, tirant leurs charrettes, le sourire aux lèvres. Comme ils passaient près de nous avec leurs chariots emplis de charbon pur mais également de blocs truffés de noyaux et de grains, les villageois expérimentés nous dirent, à ma sœur et à moi, qu'il fallait veiller à choisir nous aussi beaucoup de ces blocs granuleux car ils brûlaient moins vite et chauffaient mieux, tandis que le charbon pulvérulent était en comparaison une céréale grossière. Nous hochâmes la tête, nous avancions dans la file de charrettes en mangeant les petits pains à l'huile que notre mère avait spécialement cuits pour nous.

Elle y avait mis de la ciboule et le monde fut soudain empli de cette bonne odeur mêlée à celle de la farine. Nous bûmes l'eau qui avait été mise à bouillir un peu à l'écart de la foule, une eau tiède et douce comme si la vie elle-même était un bol d'œufs au plat auxquels on avait ajouté du sucre. Tout était bon, beau, frais et doux. Ainsi le temps passait-il, plein, chaleureux et rapide. Le soleil se levait et c'était déjà notre tour de charger le charbon.

Il fallait utiliser de très grandes pelles en fer qui pouvaient contenir plus du double des pelles de chez nous. Moi qui étais plus fort que ma sœur, je commençai à pelleter pendant qu'elle s'efforçait de ramasser des blocs granuleux pour compléter notre chargement. Lorsque je fus fatigué, elle me remplaça et je sautai dans la charrette pour piétiner le tas de charbon. Notre brancard cerclé de lianes de bambou une fois plein, nous nous rendîmes utiles auprès des autres villageois. Quand notre convoi fut entièrement chargé, nous nous dirigeâmes vers l'aire de pesage avec le ticket de notre achat. Je ne me souviens plus du nombre de pelletées que les deux hommes préposés au pesage prirent dans notre charrette, je me souviens seulement que l'un s'occupait de la pesée tandis que l'autre, qui pelletait, s'exclama en nous voyant, ma sœur et moi : « D'où êtes-vous donc ? Si petits, et vous venez chercher du charbon ! » A chaque pelletée qu'il prélevait, ma sœur et moi sentions nos cœurs se serrer. Finalement, j'ignore au bout de combien de pelletées, ma sœur déclara : « Arrêtez ! Il y en a moins de cinq cents livres ! » Alors l'homme regarda son comparse chargé de la pesée, lequel lui répondit par un hochement de tête. Il cessa et nous rajouta même une pelletée dans notre charrette.

Nous quittâmes l'aire de pesage et tirâmes notre charrette à l'écart pour attendre les villageois. Tout le monde se mit à comparer les chargements et en découvrant au sommet du nôtre le grand trou creusé par les pelletées, on s'inquiéta de ce qu'il n'atteignît pas les cinq cents livres, qu'une trop grande quantité de charbon eût été prélevée au moment de la pesée, et l'on se sentit aussi malheureux que si un morceau de chair nous avait été enlevé. Mais le mal était fait, il était trop tard pour agir ; nous n'avions qu'à endurer notre peine. Ma sœur qui s'était un peu éloignée vers un terrain où des feux de camp avaient été allumés, revint les poches pleines de blocs de noyaux de charbon. Près des feux, elle avait remarqué des escarbilles, de la poudre de charbon, et en avait ramassé. Cela compensa plus ou moins la perte qui nous tourmentait. Nous retrouvâmes un certain équilibre et, satisfaits, nous prîmes la route avec les villageois.

Nous tirions la charrette dans les côtes et les pentes.

Les pentes et les côtes.

Il semblait qu'aucune surface plane n'existât sur le chemin du retour ; du reste, aucune vie humaine n'est rectiligne. Je menais l'attelage par le timon tandis que ma sœur se tenait à droite et tirait les rênes. Au début, le convoi progressait au même rythme, puis les plus forts prirent de l'avance. Notre équipe se dispersa. Ma sœur et moi ignorions si nous nous trouvions devant ou à l'arrière. Nous tirions tête baissée, avancions sans échanger un mot. Après trente ou quarante lis, nous sentîmes soudain le soleil d'un jaune terne au-dessus de nous : ce devait être l'heure du déjeuner. Nous arrêtâmes la charrette en bordure du chemin et je me mis en quête de pierres pendant que ma sœur partait chercher de l'eau au village le plus proche. Lorsqu'elle revint, j'avais bâti un fourneau de fortune, ramassé du petit bois et allumé le feu.

Ce jour-là, nous déjeunâmes d'une soupe de nouilles. Nous y avions ajouté ce que notre mère avait préparé : du chou, du saindoux enveloppé dans une feuille de chou et des grains de sel. Ma sœur concocta une soupe au goût de légumes sautés et de raviolis d'un premier de l'an. Nous nous assîmes sur des pierres au bord du chemin, chacun avec son bol émaillé dans les mains, et nous mangeâmes face au monde immense et désert qui s'étendait alentour. Nous vîmes la lumière décliner, l'avenir devant nous ; les paysans de notre village partaient aux champs après avoir déjeuné, un chien à leur suite. Une charrette pleine de charbon nous frôla et l'homme qui la tirait nous regarda sans nous voir.

Nous allions achever notre repas lorsque ma sœur me demanda :

« Lianke, que comptes-tu faire quand tu seras grand ? »

Je la regardai, hébété. J'ignorais pourquoi elle me posait soudain cette question et ce que je devais lui répondre. Le vent du nord était rude et glacial ; sur le chemin, l'eau se changeait aussitôt en glace. Dans les champs, les pousses de blé gelées prenaient une teinte noirâtre et l'on craignait qu'elles ne repoussent pas au printemps. Au cœur de l'hiver, je n'avais pas froid grâce à la soupe chaude que nous venions d'avaler ; j'éprouvais seulement une immense vacuité intérieure, la sensation que mon âme était sans attache, pareille à un être flottant dans les airs que nul effort ne parvenait à faire redescendre sur terre. Lorsque j'appris plus tard l'histoire légendaire d'Antée, j'eus de la compassion et de la tristesse pour le destin de cet être qui mourut d'avoir été soulevé de terre. Au moment de répondre à ma sœur, j'étais ignorant, intérieurement vide et ahuri, mon esprit semblable à un désert sans bornes. Je la regardai, peut-être dans l'attente qu'elle m'expliquât mon avenir et m'orientât dans une direction.

Elle médita un moment, sérieusement.

« Tu es un garçon. Tu dois t'efforcer de partir. »

Plus perplexe encore, je la regardais avec son bol dans les mains.

« Au pire, tu pourras toujours devenir soldat. Une fois soldat, tu pourras monter en grade, tu n'auras pas à peiner au travail chez nous. »

Elle se tut. Nous demeurâmes muets. Mes yeux grands ouverts tentaient en vain d'apercevoir l'avenir. Nous reprîmes la route, dans cet environnement sauvage, dans l'ignorance et la perplexité. Nous ne songions pas que nous étions aussi fatigués l'un que l'autre, ni que notre retour à la maison pouvait attendre un peu. Nous ne pensions qu'à avancer le plus vite possible. Notre maison risquait-elle de disparaître si nous ralentissions ? Dans l'après-midi, nous atteignîmes la route goudronnée et ma sœur prit ma place au timon. Attelée au brancard de la charrette, elle me fit l'effet d'un mouton tirant l'attelage d'un cheval. Saisi, je la laissai pourtant faire.

Sur la route, nous avancions pas à pas ; dans les côtes, nos épaules tiraient.

Les routes ne sont pas seulement faites pour que les hommes y passent, elles sont aussi faites pour que des humains y peinent comme des bêtes de somme en tirant des charrettes pleines de charbon. Nous grimpions, grimpions. Puis le vent se leva et, de peur que la poudre de charbon ne s'envole, ma sœur alla chercher de l'eau dans la rigole gelée ; elle en emplit deux casseroles et arrosa doucement le charbon. Il y en avait encore un tas à l'avant du brancard cerclé de bambou : j'y plaçai tout bonnement deux morceaux de glace. Nous repartîmes. Selon les indications de notre père, nous avancions en S, et lorsque ce n'était pas possible, nous nous arrêtions pour attendre un passant, l'appeler « oncle » ou « tante » et lui demander de nous aider à pousser.

Tandis que nous peinions en silence, le temps s'écoula jusqu'au crépuscule. Les peupliers au bord de la route agitaient leurs rameaux doucement pour nous faire signe, en vain. Toujours tête baissée, nous ne cessions de tirer, d'avancer, l'un au timon, l'autre aux rênes, à tour de rôle, pareils à deux bœufs nains convaincus d'être nés pour tirer la charrue du labour et que peiner tête baissée est la seule chose qu'ils puissent et doivent faire.

La nuit tombait, nous étions à bout de forces mais il nous restait encore du chemin à parcourir. De chaque côté de la route s'élevaient, des champs et des terrains en friche, d'étranges bruits. Au-dessus du versant montagneux, le ciel s'était obscurci jusqu'à devenir un monde de ténèbres. Ma sœur sortit alors de je ne sais où une part de galette, en détacha un petit morceau et me tendit le plus gros. Je ne refusai pas et le dévorai. Avec ça dans le ventre, je devais reprendre le timon. Je comprenais mieux l'importance de ce charbon qui nous permettrait au nouvel an de cuisiner, de nous chauffer et de prouver à nos voisins que nous vivions dans une certaine aisance. Plus important encore, ma sœur et moi pourrions déclarer aux autres enfants, à nos camarades de classe : « Nous sommes allés chercher du charbon. Nous sommes plus grands, plus mûrs, plus forts que vous ! » Les villageois raconteraient partout : « Les enfants Yan sont extraordinaires : le frère et la sœur, si jeunes, ont parcouru plus de cent lis pour aller chercher du charbon ! »

Mais ni ma sœur ni moi n'arrivions plus à tirer la charrette.

Passé le panneau indiquant le village de Minggao, nous savions qu'il restait trente lis pour arriver chez nous. Trente lis qui en paraissaient mille. Il faisait un noir de boue. De chaque côté de la route, d'innombrables craquements de glace en formation retentissaient dans le silence. La chaussée avait été goudronnée l'année précédente et, dans l'obscurité, brillait d'un éclat noir et or. Dans cette lueur, je demandai à ma sœur :

« Tu crois que papa et maman vont venir nous chercher ? »

Elle s'avança pour tenter de regarder au loin, puis, sans me répondre, vint prendre ma place au timon.

« Papa a son asthme, mais maman va certainement venir nous chercher, non ? » demandai-je à nouveau après un bout de chemin. Ma sœur ne répondit pas, elle se contenta de dire que, devant nous, les villageois devaient être arrivés ; avec encore un peu d'efforts nous arriverions, nous aussi. Aussi soutenions-nous nos efforts. Nous avancions encore. Nous tirions encore. Nous progressions un peu puis nous arrêtions pour souffler. La sueur sur nos corps gelait. Transis de froid, nous nous hâtions de repartir. Lorsque dans une côte, voire un plat, nous ne parvenions plus à tirer, nous stoppions la charrette sur le bas-côté. Des véhicules aux phares allumés passaient et nous songions qu'être chauffeur de camion était un métier ô combien magnifique et sublime. Avec un chargement de plusieurs tonnes – d'une bonne dizaine de tonnes de marchandises –, il lui suffisait d'appuyer sur l'accélérateur pour filer. Si une charrette tirée par un cheval ou un bœuf passait près de nous, j'enviais le sort du cheval ou du bœuf vigoureux : qu'importait le chargement, il lui suffisait de baisser la tête pour tirer et avancer.

En tant qu'humain, peiner dans l'effort est un malheur. Vivre sans effort, rester assis chez soi, qu'il vente ou qu'il pleuve, et pouvoir se nourrir, se vêtir, n'est-ce pas l'existence des immortels ? Décidément je n'aimais pas être un humain, je ne voulais plus suer comme une bête de somme pour tirer une charrette. Je ne pouvais vraiment plus mettre un pas devant l'autre. Ma sœur s'en aperçut et s'assit à mes côtés pour souffler un peu, le regard vide. Nous faisions d'abord des pauses de quelques minutes, puis d'une bonne dizaine de minutes. Nous avancions dix minutes puis nous reposions autant. Nous avancions une demi-heure puis nous reposions une demi-heure. Devant nous, la route semblait contredire nos pas ; plus nous avancions, plus s'éloignait notre maison ; si loin qu'elle nous parût, nous devions avancer, nous étions tout de même dans la bonne direction ! Alors le miracle se produisit. Le Ciel avait-il vu que nous étions à bout de forces ? Il nous envoya de l'aide. Assis au bord de la route, la gorge sèche, nous cherchions dans la rivière des morceaux de glace pour étancher un peu notre soif. C'est alors que nous entendîmes appeler : « Suofen ! Lianke ! » Puis nous vîmes briller la lueur d'une lampe torche et ce fut comme si, Dieu ayant dit que la lumière soit, le chaos du monde se trouvait soudain illuminé.

Dieu dit, les humains doivent avoir de quoi se nourrir, et la terre devint fertile, il y eut des céréales.

Dieu dit, quelqu'un va venir vous chercher, et notre frère aîné vint à notre rencontre.

Il nous entendit lui répondre et courut vers nous.

Il nous raconta qu'apprenant que nous étions partis chercher du charbon, il s'était dépêché de quitter le chef-lieu du district pour nous rejoindre. Le chef-lieu du district est à trente lis de chez nous – cela depuis toujours. Notre frère avait quitté son travail à vingt heures et enfourché sa bicyclette spécialement pour nous. Certes, il arrivait un peu tard mais il était arrivé quand même ! Si nous avions atteint la maison sans son aide, il aurait parcouru tout ce chemin pour rien, nous dit-il.

C'était heureux qu'il nous eût rejoints. Tout était pour le mieux. La vie était belle, nos cœurs clairs et vastes ; au plus fort du désespoir, le monde reprend toujours espoir. Notre frère était venu nous chercher et ma sœur et moi trouvions le monde et la vie aussi doux qu'un bon feu de charbon en plein hiver, qu'un ventilateur ou un climatiseur en ville au cœur de l'été.

Notre frère accrocha sa lampe torche au brancard de la charrette, nous dit de nous asseoir devant le tas de charbon et se mit à tirer : n'était-il pas l'aîné ? Nous obéîmes, nous le laissâmes tirer et nous le regardâmes, cheval ou bœuf, si puissant.

La vie était si belle !

Notre frère tirait la charrette, nous étions assis. Je me tenais d'une main au brancard pour ne pas tomber et, de l'autre, je tenais celle de ma sœur. Sa paume pleine de durillons restait aussi douce qu'elle l'était elle-même. Un village s'éloigna derrière nous. Puis un autre. Nous atteignîmes le pont devant notre village : notre mère nous y attendait. Nous traversâmes le village et atteignîmes la maison : notre sœur aînée et notre père patientaient sur le seuil. L'affection qui nous unissait était comme un feu en hiver, une brise en été. L'éthique des liens du sang nous réunissait. Je devais être reconnaissant au Ciel de m'avoir fait naître dans cette famille, de m'avoir donné cette mère, ce frère et ces sœurs.

Il neigea en abondance cette année-là. Nous réveillonnâmes avec un bon feu grâce au charbon que ma deuxième sœur et moi-même avions rapporté. Il faisait bon, même dans la pièce la moins étanche où nous ne sentions pas le moindre filet d'air glacé. Les villageois, les voisins vinrent chez nous veiller près du feu et notre charbon consuma ainsi la totalité du froid de notre village, de notre univers.

Le lycée

Que l'on me permette de copier ici sans en rien omettre un passage que j'ai écrit dans *Mes oncles et moi* :

Précisément cette année-là, lors du passage du collège au lycée, nos notes devaient à nouveau déterminer notre avenir. A l'époque, je m'étais tant passionné pour la lecture de romans que j'en étais devenu perplexe face à la vie et à mon destin. Je pensais que de toutes les façons mon lot serait de cultiver la terre comme mes parents, de me lever avec le jour et me coucher avec la nuit. Je ne croyais pas du tout qu'être admis au lycée m'ôterait la honte d'une vie de labeur dans les champs en me permettant de ne plus être paysan mais de devenir citadin. Sans songer à être admis nulle part, acceptant mon sort, je suivis mes camarades et me présentai à l'examen d'entrée au lycée comme si j'allais au spectacle. La règle imposait l'admission de tous les collégiens dont la résidence permanente se trouvait en ville, tandis que, pour les habitants des villages, cela dépendait à la fois des notes obtenues, des recommandations de l'école et de la brigade de production. Des notes, ma deuxième sœur en avait obtenu de meilleures que moi ; quant aux recommandations, seul l'un de nous pourrait étudier au lycée.

C'est pendant le déjeuner que mon père nous en informa. C'était l'été et les cigales s'en donnaient à cœur joie ; dans les arbres chargés de fruits, leur chant était intense. Assis dans la cour, notre père nous annonça que seul l'un de nous deux pourrait poursuivre ses études au lycée, puis il nous regarda, embarrassé, hésitant, avant d'ajouter, vous connaissez la situation familiale, nous sommes nombreux, chacun doit pouvoir manger et il faut aussi faire soigner votre sœur aînée ; il est nécessaire que l'un de vous reste à la maison pour travailler la terre et gagner quelques points de travail. Nous demeurâmes un moment, ma sœur et moi, sans mot dire. Le temps s'était solidifié, il ne s'écoulait plus avec la fluidité d'une eau souple et vive. Le destin brillait avec la froidure et l'éclat de la glace entre ma sœur et moi. On eût dit que le temps s'était transformé en un bloc de pierre ou de glace qui, invisible, s'était placé dans notre cour et l'obstruait entièrement. Cela dura très longtemps, jusqu'à ce que notre mère surgît de la cuisine pour déclarer : « Mangeons ! Nous reparlerons de tout cela après ! »

Chacun prit alors son bol.

Je ne me souviens plus si ma sœur l'emporta à l'intérieur de la maison ou ailleurs, quant à moi, avec mon bol de riz noir et de nouilles de patates douces, je sortis m'installer au pied d'un arbre. Il n'y avait personne d'autre que moi et, dans cet espace vide, j'avalai ma nourriture sans appétit. C'est à ce moment-là, à ce que l'on appelle le carrefour de l'existence, alors que j'ignorais si je pourrais ou non poursuivre mes études, qu'un jeune instruit fit son apparition. Vêtu d'un uniforme bleu, il passait lentement dans la rue et échangea quelques mots avec des connaissances. C'étaient les villageois qui d'abord s'adressaient à lui avec respect, lui se contentait nonchalamment de hocher la tête et de bredouiller une réponse.

Je le regardai longuement s'éloigner, suivant des yeux sa silhouette comme une route conduisant très loin.

A cet instant, je décidai brusquement de continuer à étudier. D'aller au lycée. De m'emparer de cette moitié d'aspiration qui appartenait à ma sœur. J'achevai en hâte mon repas et entrai dans la cour où ma sœur, son bol à la main, se dirigeait vers la cuisine pour se resservir.

Nous nous regardâmes, muets, pareils à deux êtres qui ne se connaissaient pas vraiment.

L'après-midi, j'ignore pourquoi, ma sœur ne vint pas travailler aux champs.

Le soir venu, elle ne dîna pas non plus à la maison.

Elle ne rentra pas.

J'interrogeai ma mère qui me répondit que ma sœur était allée chez une camarade de classe. Puis je laissai ce morceau de son destin loin derrière moi, comme l'on place un emplâtre sur une cicatrice. Je me couchai. Même, je m'endormis. Dehors le ciel était étoilé, la nuit claire et limpide, un grillon chantait et l'on sentait l'air humide et translucide. Je dormis jusqu'au milieu de la nuit. J'étais sur le point de m'éveiller lorsque j'entendis la porte grincer. Je reconnus les pas souples et légers de ma sœur dans la cour, tout près bientôt de la pièce où je dormais. Il me sembla qu'elle hésitait avant d'entrer et de venir à mon chevet.

Je m'assis sur le lit.

« Tu ne dormais donc pas ? » demanda-t-elle.

Je confirmai.

« Lianke, pour ce qui est du lycée, je n'irai pas, il vaut mieux que ce soit toi. »

A la faveur de la clarté lunaire, je la vis sourire tristement. Elle s'éloignait mais se retourna pour ajouter : « Tu dois bien étudier. Moi, je suis une fille, je dois rester ici pour cultiver la terre. »

S'ensuivit l'interminable attente de la rentrée des classes au lycée.

La veille, ma deuxième sœur m'offrit un stylo-plume noir. Les larmes aux yeux mais toujours souriante, elle me dit : « Tu dois bien étudier, tu dois étudier pour nous deux ! »

C'est ainsi que je fus scolarisé au lycée numéro 4 du district de Song. Certes, cela ne dura qu'un an, après quoi je partis travailler ailleurs, mais cette année d'études au lycée, ce fut ma deuxième sœur qui en traça pour moi la voie avec le gravier de son propre destin. Sans cela, sans cette unique année de lycée, je n'aurais pu me faire passer pour un lycéen diplômé et m'engager dans l'armée.

Si je ne m'étais pas engagé dans l'armée, mon travail d'écriture et mon existence auraient inévitablement pris une autre tournure.

Le mariage de ma deuxième sœur

J'étudiai. J'interrompis mes études pour travailler, puis je partis m'engager dans l'armée.

Je n'avais pas réalisé que le temps et les années sont comme un fleuve sous le vent. Le vent pousse-t-il l'eau du fleuve ou est-ce le fleuve qui donne son souffle au vent ? J'étais soldat depuis trois ans et, selon le règlement, je pouvais rentrer voir mes parents. Je pris donc un congé.

Notre maison n'avait pas changé. Le tsubaki devant l'entrée ne s'était guère étoffé et soulevait exactement les mêmes rameaux de feuilles mortes qui n'étaient pas encore tombées – le même nombre que trois ans auparavant, aux mêmes endroits, de formes semblables.

Le nombre de tuiles sur notre toit était identique également.

Dans la cour, les dalles de pierre veinées de rouge que ma deuxième sœur et moi avions rapportées des bords de la rivière Yi recouvraient toujours le sol. Le temps était demeuré là, bien installé, mais afin de prouver qu'il s'écoulait, on avait détaché une à une les pages du calendrier. J'arrivai un soir au début de l'hiver. Le soleil déjà fourbu s'était couché à l'ouest. Pour fêter ma venue, ma mère préparait le repas avec ordre et diligence, mon père toussait de même et, entre deux quintes, allumait le feu. Je remarquai alors un profond changement dissimulé dans notre maison : la maladie de mon père s'était beaucoup aggravée, il avait le teint plus cireux que jamais. Tandis qu'il s'affairait pour allumer le feu, un infime filet d'air frais, de poussière ou de fumée accentuait sa toux, si bien qu'il avait du mal à retrouver son souffle. Aussi me précipitai-je ; je lui tapai dans le dos et lui pris des mains la pince à feu, puis, tout en ajoutant du petit bois, je lui demandai tout naturellement :

« Où est ma deuxième sœur ?

— Elle s'est mariée. »

Mon père me répondit d'une voix ferme et égale, comme s'il m'avait dit qu'elle n'était pas encore rentrée des champs. Je restai un peu interdit, devant les flammes tremblotantes, la pince à feu dans ma main. Tout était très calme. Le crépitement du feu évoquait une écume que le ressac écrase. Je regardai le visage de mon père : il trahissait un léger embarras, une impuissance. Il ajouta que ma deuxième sœur était mariée depuis bientôt six mois, son époux était du village, un homme honnête, d'une famille aisée, capable d'assurer paix et stabilité. Elle ne m'en avait pas informé car je n'aurais de toute façon pas pu venir ; dans l'ignorance, je pouvais travailler le cœur léger.

Je me rappelai à nouveau cette phrase :

La vie n'est pas extensible, elle est comme l'eau qui coule…

Au dîner, nous n'étions plus que trois, mon père, ma mère et moi, assis près du feu. La maison était aussi déserte qu'un monde où seuls auraient vécu Adam, Eve et leurs enfants. Je me souviens confusément que nous nous tûmes et échangeâmes beaucoup tout à la fois. Après le repas, ma deuxième sœur et son mari arrivèrent. Ma sœur aînée et son époux aussi. Nous nous réunîmes tous autour du feu. Silencieux, mais aussi très bavards. Puis la nuit se fit plus profonde, si bien que, j'ignore comment, dans la maison déserte et solitaire s'accumulait un certain embarras. Cette gêne, ce sentiment d'esseulement, je le sais, venaient de ma désapprobation à l'égard des époux de mes sœurs qui m'étaient étrangers. Peu m'importait qu'ils fussent riches ou pauvres, sots ou intelligents, loquaces ou taciturnes, ils s'étaient accaparé mes sœurs. Je ne comprenais pas comment mes parents qui les avaient élevées durant une vingtaine d'années pouvaient sans protester laisser quelqu'un les emmener. Ce soir-là, j'en voulais terriblement à mes sœurs et à leurs maris, je les détestais et souffrais. Ce soir-là, je restai assis, quasi mutique, jusqu'à l'approche des pas de la nuit profonde. Mes sœurs et leurs conjoints s'apprêtèrent à partir, à rentrer chez eux, ils se levèrent de concert et je les raccompagnai. Dans la cour, ma deuxième sœur se tourna vers moi pour me dire :

« Tu n'es plus tout jeune, toi non plus, tu devrais te chercher une épouse, sinon comment feront nos parents tout seuls ?

Alors, je me rappelai à nouveau cette phrase : *La vie n'est pas extensible, elle est comme l'eau qui coule*... C'était donc la vie !

Troisième digression

Inexplicablement, je sens qu'il me faut revenir à des propos subsidiaires.

Les mariages de mes sœurs évoquent pour moi le carcan de la révolution et des calculs relatifs à cette institution. A l'époque, la révolution était le principe directeur de toute chose et les spéculations et les calculs liés au mariage visaient à rompre ce carcan, à s'en défaire. Avant 1949, le beau-père de ma sœur aînée s'était engagé pour assurer sa subsistance ; il était devenu soldat dans l'armée du Parti nationaliste et était parti se battre pour survivre. Mais après 1949, à chaque mouvement révolutionnaire, il avait été critiqué en public, exhibé dans les rues, et sa famille entière avait été vouée aux tourments et à la tristesse. Son fils aurait beau devenir un homme séduisant et instruit, il serait méprisé par la société et la révolution, rejeté comme les ronces ou les herbes folles.

Puis en 1978, la notion de classe céda place à la logique économique, libérant sa famille du carcan politique dans lequel elle avait été enfermée pour rejoindre le lot des foyers ordinaires. Alors le mariage de ma sœur aînée put avoir lieu.

La belle-famille de ma deuxième sœur n'était pas tant marquée au fer rouge de la politique et des classes, et son niveau de vie lui donnait toute liberté pour le choix des épouses. Le choix de ma deuxième sœur se porta sur mon beau-frère car, hormis qu'il était plus honnête et loyal que d'autres, il était de notre village et nos familles se connaissaient très bien. Il y avait des perspectives à évaluer, des objectifs à définir, des conjectures à soupeser. Comme il était fils unique, ses sœurs se marieraient et quitteraient la famille, aussi n'y avait-il aucune brouille à prévoir quant au logement et au patrimoine. De plus, il avait un travail, il percevait un salaire – en travaillant dans une usine de mécanique du district –, ce qui représentait aux yeux de mon père une garantie contre la pauvreté. De son côté, la famille de mon beau-frère avait également réfléchi à la fiabilité des moyens de subsistance de sa future épouse ainsi qu'à la bonne réputation de notre famille dans le village. Ma deuxième sœur épousa donc mon beau-frère. Il semble qu'à la campagne, ces calculs préliminaires de chacune des parties fassent office de balancier par lequel jauger l'avenir d'une union. Aujourd'hui, avec le recul, je m'aperçois qu'ils étaient aussi une réaction contre le filet révolutionnaire dans lequel était pris le mariage. Les engagements de mes sœurs étaient libres tout autant que contraints, leurs vies étaient placées sous la bannière d'une liberté limitée par la conscience sociale et les droits des paysans.

Certains aspects des mariages dans la campagne chinoise se retrouvent partout dans le monde : amour et mariage allant de pair dans l'imaginaire collectif, on use souvent des arguments de raison, de force ou de droit pour décider qu'une union peut s'en passer – cela fait consensus dans bien des sociétés. Ainsi en a-t-il été du mariage et de la vie de mes sœurs, et de presque toutes les femmes des campagnes depuis bien longtemps. En fin de compte, quels que soient les individus, les familles et le genre de mariage, les unions légitimes vérifient toutes la véracité de cet énoncé :

Si le mariage est un large portail, étroite est ensuite la porte de la vie maritale.

Ma belle-sœur

Il faut que je parle un peu de ma belle-sœur.

Elle travaillait au service médical du chef-lieu du district. J'ignore comment mon frère l'avait rencontrée. Une année, alors que je rentrais à nouveau au village, elle surgit subitement devant moi et me tendit un pull qu'elle avait tricoté à mon intention. Mon frère me dit : « Voici ta belle-sœur. » Je tressaillis avant de la saluer en l'appelant « belle-sœur », intérieurement décontenancé. Je n'aurais su dire comment ma belle-sœur aurait dû être, mais je sentais qu'elle aurait dû être différente. Son apparence était correcte, ses paroles convenables, et elle était très polie, mais je ne comprenais quand même pas comment elle pouvait être ma belle-sœur. Comment pouvait-elle ainsi arriver dans notre famille ? Notre patronyme était Yan, le sien Cui ; sans avoir les mêmes racines, comment pouvions-nous former une même famille ? Les mariages de mes sœurs m'avaient laissé l'impression d'un effondrement de notre famille et l'arrivée de cette femme ne redressait absolument rien. Bientôt pourtant, je la reconnus comme parente et trouvai même qu'elle était précisément le genre de personne dont nous avions manqué.

Les turpitudes des familles sont une porte d'entrée pour les narrateurs. En franchissant cette porte, je peux voir l'inimitié qui existait entre mes parents et mon troisième oncle.

Il était le troisième frère de mon père ; le même sang coulait dans leurs veines et les nôtres. J'étais lié à ses enfants comme à des frères. Nous étions cousins, ils étaient de mon sang. La relation entre mes parents et mon troisième oncle et ma tante était faite de querelles, de luttes, de larmes et de colère étouffée depuis des années à cause d'un mur de clôture que nos deux foyers avaient en commun. C'était une clôture mobile et la famille de mon oncle, en construisant sa maison, avait coulé des fondations qui mordaient sur notre terrain. S'il me fallait définir aujourd'hui ce qu'étaient alors dans les campagnes ces clôtures mobiles, ces murs privés ou morts, ou expliquer comment un coup de râteau ou de charrue donné dans le champ adjacent de l'une ou l'autre famille provoquait une rixe, je ferais l'analogie avec deux hommes faméliques et presque morts de faim se querellant pour savoir lequel des deux est le plus gros ou le plus grand. Ainsi mon père et mon troisième oncle se disputèrent-ils chaque pouce du mur de clôture, sans répit, des années durant. Mon troisième oncle était un homme prompt à hausser le ton, à en venir aux mains avant même de s'être expliqué. Il s'armait de sa pelle en fer ou de sa hache, prêt à pourfendre son adversaire, à le tuer sur place. A l'issue de chaque dispute, mon père et ma mère devaient s'aliter, soupirant et pleurant, tandis que mes sœurs, mon frère et moi-même ne pouvions que nous tenir à leur chevet, tête baissée, mutiques.

Un été, j'avais alors une dizaine d'années, une nouvelle dispute éclata au sujet de ce mur. Mon troisième oncle était campé devant chez nous, une pelle en fer à tête ronde à la main, et criait : « Le premier qui sort, je le dégomme ! Que vous soyez deux à sortir et je vous décapiterai tous les deux ! » Ma tante, à ses côtés, soutenue par la puissance de son mari, proférait des insultes choquantes et gênantes à rapporter. Les villageois s'étaient peu à peu approchés, d'abord une dizaine, plusieurs dizaines, jusqu'à une centaine. Au milieu des vociférations, mon père éprouva l'obligation de sortir s'expliquer avec mon troisième oncle. Ne pas le faire lui aurait coûté sa dignité. Il nous déclara : « Je sors me faire tuer par votre troisième oncle. Lorsqu'il m'aura tué, il faudra vous souvenir des circonstances de ma mort. » Il sortit calmement, vêtu et boutonné correctement. Sans faire aucun cas de nos tentatives pour le retenir, il se dirigea vers l'oncle et la tante en criant :

« Troisième frère ! Les enfants sont encore petits, si tu dois absolument tuer quelqu'un aujourd'hui, que ce soit moi, mais laisse vivre ma femme et mes enfants ! »

Mon troisième oncle se figea.

Ma tante qui se répandait en injures resta coite.

La chaleur étouffante de cet après-midi d'été nous plongeait dans une eau bouillante. Devant chez nous, les visages des villageois attroupés dégouttaient une sueur blême. Mon oncle était-il surpris de voir mon père prêt à se laisser tuer ? Attendait-il précisément de le voir sortir pour lui asséner sa pelle en fer sur la tête ? Ma mère se précipita pour rattraper mon père et le tirer en arrière, mais il l'écarta : « Quand je serai mort, tu t'occuperas des enfants pour moi ! » Après cette recommandation, d'un pas ferme et tranquille, il quitta notre cour.

Mon frère, mes sœurs et moi, nous étions ahuris d'effroi. Nous le suivîmes et le regardâmes s'avancer vers notre oncle et les villageois sans tenter de lui retenir les jambes pour l'empêcher d'aller à la mort ; personne non plus ne prit la pelle, la hache ou le couteau des mains de notre oncle, personne ne s'opposa, ne résista désespérément. Saisis d'effroi et de stupéfaction, nous laissions les choses se produire. Nous étions sous l'empire de la faiblesse et de la crainte, à l'instar d'une vie humaine face à l'évolution d'une tumeur cancéreuse.

Notre père s'avançait vers notre oncle.

Le silence était tel que les respirations semblaient un flux d'air confluant entre les murs du village. Notre père s'était approché de notre oncle. Ce dernier ne pouvait plus reculer ; il ne lui restait plus qu'à brandir sa pelle. Il cria de toutes ses forces : « Tu crois que je n'oserai pas ? » et souleva vivement l'outil, prêt à l'abattre. Mais au même instant, un cri éclata dans la foule. Un homme se rua sur notre oncle pour le tirer en arrière.

On eût dit deux armées qui s'affrontaient. Certains retenaient mon père, d'autres mon oncle ; on finit par les séparer de cinq à six pas, mon père resta là à fixer mon oncle, lequel, cloué sur place, fusillait du regard son aîné. Ils se dressaient ainsi face à face, impavides, lorsqu'enfin parmi les voix qui les exhortaient à faire la paix, l'une se fit entendre : « Vous êtes frères ! Vous êtes frères tout de même ! » Enfin, mon oncle déclara : « Parce que nous sommes frères, aujourd'hui je range cette pelle en fer ! » Ce qu'il fit avant de s'en retourner chez lui.

L'issue de cet incident fut la suivante : après que les villageois eurent ramené mon père à la maison, ma mère nous dit en nous dévisageant : « Votre père vous a élevés tout ce temps et vous êtes restés là sans bouger ; vous alliez le regarder se faire tuer ? » Il y avait dans le ton de ses paroles du mépris pour notre faiblesse et le regret de nous avoir élevés. Sa voix était aiguë, enrouée ; ses yeux froids et perçants. Aujourd'hui encore, le souvenir de ce regard et de ces paroles me fait trembler intérieurement ; je ne savais que lui répondre, n'ayant pas eu le courage d'affronter l'oncle brandissant sa pelle telle une lame.

Je suis plutôt faible et lâche. Je l'ai été à tous les âges. Aujourd'hui encore la lâcheté est comme un serpent qui m'enserre. Il enceint ma plume, mes pas et mon destin. Si l'on me demandait ce qui me pèse le plus dans la vie, je répondrais sans hésiter : la lâcheté !

C'est la lâcheté qui a décidé de mon destin, de mon travail d'écriture, et aussi de la vie de mon frère et de mes sœurs, de leurs mariages, leurs familles et de la vie qu'ils mènent.

A compter du jour où mon oncle avait voulu tuer mon père et ce dernier se laisser tuer, les liens du sang furent brisés entre nos deux familles ; nous vécûmes longtemps dans une bonne entente superficielle. Quelques années plus tard, nous déménageâmes. Nous pensions que ce départ était une bonne manière de régler le différend. Mais notre vieille maison n'étant plus habitée, mon oncle entreprit de détruire le mur de clôture afin d'agrandir sa propre demeure. Plus inattendu encore, du fait que mon père nous avait quittés, que j'étais à l'armée, mon frère au chef-lieu du district et mes sœurs mariées, il n'y avait personne à la maison pour se comporter en chef de famille, sans crainte de mourir, et l'empêcher d'agir. Personne n'avait la capacité et le courage d'aller parler à notre oncle et notre tante. Ma mère téléphona à mon frère pour lui demander conseil et, tandis qu'ils discutaient tous deux à n'en plus finir, ma belle-sœur prit le train pour venir jusqu'au village. Au sortir de la gare, elle ne se rendit pas à la maison mais directement chez notre oncle. Elle s'arrêta devant les travaux en cours, de même qu'autrefois notre oncle s'était arrêté devant chez nous avec sa pelle. Elle se mit à interroger calmement notre oncle : pourquoi voulait-il agrandir sa maison, pourquoi empiétait-il ainsi sur un si petit morceau de terre ? La surface de leur cour y gagnerait peut-être d'une baguette en longueur et en largeur, y avait-il là de quoi garer une voiture ? Leur cour deviendrait-elle aussi vaste que la place Tian'anmen ? Y aurait-il de quoi réunir des foules ? Elle venait d'épouser le fils Yan, faisait désormais partie de la famille Yan ; et si notre oncle souhaitait se battre, il pouvait s'armer d'un couteau ou d'une pelle en fer et la tuer la première. S'il voulait porter plainte, elle pouvait prendre un congé et les accompagner chaque jour, sa femme et lui, pour aller déposer plainte. Parlant et questionnant, ma belle-sœur s'avança tranquillement jusqu'à lui et déclara qu'étant jeune mariée et nouvellement membre de la famille Yan, elle n'avait pas voulu venir les mains vides à cette première visite chez eux.

Avec beaucoup de courtoisie et de décence, elle lui fit présent de quelques aliments vertueux achetés au chef-lieu du district.

Troisième oncle, troisième tante, dit-elle, vous êtes tous deux bien âgés. Se fâcher et se battre pour un pouce de terrain, cela en vaut-il la peine ? Emmènerez-vous ce pouce de terre dans vos tombes ? Vous permettra-t-il de vivre huit ou dix années de plus ? Votre longévité en dépend-elle ? Si tel est le cas, non seulement je vous l'offre au nom des Yan, mais aussi toute notre cour. Sinon, cessez donc ces travaux et profitez de votre temps libre pour venir avec moi au chef-lieu du district. Je vous conduirai à l'hôpital pour une consultation ; si vous êtes malades, on vous soignera. Vivre en bonne santé, voilà l'important, mais sûrement pas de continuer à vous battre pour ce pouce de terre.

Le différend fut ainsi réglé.

Notre troisième oncle renonça à ses travaux et à son désir de modifier l'emplacement du mur de clôture. De surcroît, conséquence du long discours de ma belle-sœur ce jour-là, les relations entre ma mère et mon oncle et ma tante s'apaisèrent et la concorde se rétablit.

J'aime tant ma belle-sœur !

Ce jour-là, je compris qu'elle était non seulement la personne la plus droite de la famille, mais également, à l'image de mes parents, la cheville ouvrière apte à venir à bout de tous nos embêtements. Dès lors, ma belle-sœur et ma femme pallièrent le sentiment d'effondrement provoqué par le départ de mes sœurs ; elles comblèrent le gouffre creusé par les liens du sang et les sentiments et y élevèrent une montagne.

Longtemps après, j'ai eu une conversation avec Fangfang, la fille aînée de mon frère, et voici ce que cette fille de la jeune génération m'a confié :

« Maman est parfaite, seulement elle parle trop. Elle est si bavarde que du matin au soir, chaque avenue du chef-lieu de district, chaque rue, chaque ruelle déborde de sa voix et de ses raisonnements ! »

Chapitre III

LES SŒURS DE MON PÈRE

Ma première tante

J'ignore comment s'appelait ma première tante, mon étourderie ne m'a jamais laissé l'opportunité de poser la question à mes parents. Mes souvenirs remontent à l'époque où j'appris qu'elle était la sœur aînée de mon père et qu'elle avait épousé un homme du village de Zhaigou, à moins de dix lis de chez nous. Une année, je suivis mon frère et mes sœurs jusque chez elle. Je découvris que son village était tout proche et que son nom venait du fait que ses maisons et son fleuve s'enroulaient autour de la montagne. Ma première tante habitait à l'entrée de Zhaigou une maison de trois pièces avec un épais toit de chaume. Il y avait une cuisine petite et propre, propre également était la petite cour de terre battue que le sable avait solidifiée. Il y avait les portraits du président Mao et d'un bodhisattva, un encensoir, une tablette commémorative et une table longue et étroite sur laquelle étaient disposées des bricoles.

Toutes les pièces principales des maisons de village sont ainsi aménagées, de même que l'on appelle première tante la sœur aînée du père et troisième tante la troisième sœur. A propos de ma première tante, il y a une chose que j'ai cherché pendant longtemps à comprendre sans jamais y parvenir, sans jamais non plus creuser la question plus avant. Elle était très belle, grande, les pieds petits, un teint plein de santé et les cheveux toujours ramenés derrière la tête ; surtout, elle avait des yeux rieurs qui donnaient à son visage clair et lumineux un air de bodhisattva, plein de compassion et de sérénité.

Pour moi, la beauté des bodhisattvas n'égalait pas la sienne.

Son mari, en revanche, était loin de lui être assorti ! Grand, la peau rugueuse, le visage terreux, son timbre de voix était aussi désagréable qu'une pluie de météorites. En outre, il faut bien le dire, il était sourd ; pour lui parler, nous étions obligés de crier comme lors d'une dispute.

Comment ma tante avait-elle pu se fourvoyer à ce point ? Comment avait-elle pu épouser cet homme pauvre, laid, sourd et… C'était certes un homme bien, vigoureux, travailleur, le plus sûr bouvier du village. Il aimait les bœufs comme ses propres enfants. Quiconque s'aventurait à frapper une bête sans raison, il le réprimandait haut et fort, expliquant que les bœufs étaient intelligents, qu'ils étaient des êtres vivants eux aussi, que leur destinée se résumant à labourer la terre ou tirer la charrue, ils avaient déjà leur compte de souffrances, pourquoi donc les battre encore ?

Etait-ce là la raison pour laquelle ma première tante l'avait épousé ?

Ce n'était tout de même pas suffisant !

Tandis que sans y prendre garde, je dépassais ma dixième année, j'appris que la fille unique de ma première tante avait été adoptée. Le mystère du mariage de ma première tante me donna alors beaucoup à penser. Je crus deviner que, l'enfant ayant été adoptée, mon oncle et ma tante devaient avoir un problème de stérilité, mais lequel des deux ? Je conclus qu'il s'agissait de ma tante, trouvant ainsi la réponse au questionnement initial : le fait de ne pas pouvoir donner naissance l'avait amenée à épouser cet homme. Quant à lui, sa pauvreté, sa laideur et sa surdité l'avaient conduit à épouser ma première tante. Mais alors, comment avait-elle découvert qu'elle était stérile ? Avait-elle déjà été mariée à un autre homme ? Si c'était bien le cas, pourquoi mes parents, mon premier oncle et les autres n'avaient-ils jamais évoqué ce précédent mari ? Ma plus jeune tante a choisi librement son futur époux, un beau jeune homme instruit qu'elle a suivi à plusieurs dizaines de lis au fin fond de la montagne. Devant chez eux s'étend un terrain plat d'une dizaine de mètres carrés que leurs voisins considèrent comme une place citadine. Nous autres, habitants des villages de la lignée des Yan, nous nous moquons souvent de ce trou perdu où le mariage libre de ma plus jeune tante l'a conduite. Ce souvenir et la leçon à en tirer reviennent souvent sur les lèvres des gens de chez nous et donnent lieu à bien des palabres. Etant donné la générosité et l'humour de nos villageois, si ma première tante avait eu un premier mari, on en aurait forcément parlé. Dans le cas contraire – si elle avait eu une aventure immorale, honteuse, dont ses frères auraient dissimulé la confidence sous une couverture de cuir –, les femmes auraient eu plaisir à transmettre ce secret, véritable trésor de la famille Yan, à la postérité.

Rien de tout cela ne s'est produit.

L'intégrité de la vie de ma première tante est pareille à la toile d'une voile que ni le vent ni la pluie ne transpercent. Elle n'a jamais cherché querelle à son mari ni montré de mécontentement à son égard. Lui ne s'est jamais plaint d'elle non plus. Lorsqu'il allait labourer la terre, elle gravissait la montagne pour lui apporter son repas, de façon qu'il pût se reposer en bordure de champ au lieu de marcher pour aller déjeuner. Lorsqu'il conduisait la charrette, qu'il emmenait des voisins au marché du bourg ou plus loin à quelque rassemblement, elle venait à sa rencontre au crépuscule, une lanterne à la main. A l'époque, les gens revenaient toujours du marché avec des sacs plus ou moins lourds. Mon oncle, lui, rapportait toujours une poignée de bâtons d'encens de première qualité, pour que ma tante les fît brûler révérencieusement sur l'autel du bodhisattva, des bâtons d'encens qui dégageaient une fumée bien blanche au parfum décent, qui, en se consumant, formaient une colonne de cendres bien droite qui ne s'affaissait pas.

L'amour qui unissait ces deux êtres était un modèle, un exemple pour notre famille. Mes parents, mes oncles et tantes le révéraient et en chantaient les louanges. Ils nous disaient toujours : « Quand vous serez grands, si vous pouvez vivre comme votre première tante et son mari, alors tout ira pour le mieux. » Au cours de cette existence dont les jours s'écoulent comme l'eau, parmi toutes ces familles que nous avons formées, mon frère, mes sœurs et moi et tous ceux de notre génération, aucune n'a pu suivre une route aussi lisse et calme, sans dispute ni mécontentement, à croire que l'incompatibilité et l'incompréhension qui existent entre les hommes et les femmes constituaient le fondement même de leur amour silencieux et quotidien.

Quatrième digression

Ma première tante nous a quittés il y a déjà plus de dix ans ; son mari, près de vingt. Tandis que je note ici mes souvenirs, ce qui remonte à la surface de ma mémoire, ce ne sont ni les denrées de première nécessité qui leur ont permis de vivre, ni cet amour conjugal qui les a unis durablement, mais ce mystère sur le mariage de ma tante, sa destinée inexplicable. Pourquoi donc a-t-elle épousé mon oncle ? A-t-elle décidé librement de retirer les bandelettes de ses pieds à un moment donné ? Est-ce le vent de la révolution qui a soufflé jusque dans la plaine centrale pour les lui défaire ? Ou encore, ses parents l'ont-ils décidé eux-mêmes par compassion face aux pleurs et aux souffrances de leur enfant ? Plus important : ma première tante a-t-elle ou non eu un premier mari ? Si tel n'est pas le cas, comment une beauté comme elle a-t-elle pu épouser cet homme à l'apparence et au naturel boueux ? Comment leur amour a-t-il pu couler doucement tel un fleuve silencieux sous le prosaïsme du quotidien ? Si j'imagine audacieusement que ma première tante a connu une romance dont la conclusion tragique l'a contrainte à épouser mon oncle et réduite à prier le Bouddha chaque jour, alors sa vie dont j'ignore tout est une part magnifique de l'histoire moderne de la Chine et de la lutte paysanne menée pour la liberté des femmes et l'égalité de leurs droits.

Mais je n'en sais rien du tout.

J'ignore ce qu'a été la vie de ma première tante comme j'ignore le nombre de cheveux sur ma tête.

La libération des femmes, de leur féminité, de leur personne, le droit au mariage libre, celui d'avoir ou non des enfants, les contradictions de l'environnement et de l'éducation quant au fait de ne pas avoir d'enfants dans les campagnes, toutes ces questions relatives à la féminité dans la société moderne ont dû germer et se développer durant la vie de ma première tante ; elle et mon oncle les ont malheureusement emportées dans un autre monde.

De la génération de mes parents ne restent aujourd'hui que ma mère et ma plus jeune tante. Si je souhaitais faire de ce livre une monographie consacrée à l'étude des femmes paysannes, à l'histoire de leur condition féminine, il me faudrait partir sur-le-champ auprès de ces deux femmes, muni d'un stylo enregistreur et d'un appareil photo.

Mais je ne songe qu'à une chronique, écrite au fil de la plume, non à une monographie.

Ma deuxième tante, ma troisième tante et ma cousine aînée

Ma deuxième tante a épousé un homme d'un village appelé Tengwanggou, à plusieurs dizaines de lis à l'ouest de chez nous. Elle était déjà morte quand j'ai appris son existence dans ce village perdu de Tengwanggou. On dit qu'une maladie inattendue l'a terrassée. Aussi n'ai-je de ma deuxième tante que le souvenir d'une silhouette et une impression de tristesse. Adolescent, chaque fois que je passais par ce village à flanc de montagne et en bordure de fleuve, je songeais : « Ma deuxième tante s'est mariée et a vécu ici. Elle est morte il y a bien longtemps déjà. » Son mariage, sa mort sont restés ainsi accrochés à mes pas, enchevêtrés dans mes chaussures et mon esprit.

Ma troisième tante a épousé un homme de Jiugaoshan, un village à flanc de montagne à l'est du nôtre. Li Bai a autrefois gravi cette montagne jusqu'à son sommet. Là, il a écrit deux poèmes dont l'un, *Le Cri de la grue à Jiugao,* que nous avons tous appris et récitons aujourd'hui encore dans ma contrée natale.

Dans mon livre *L'Enfant de Tianhu,* j'ai parlé en détail de ma troisième tante et de sa famille, avec une minutie ennuyeuse, jusqu'à ne plus rien avoir à en dire, comme un seau dont on ne finit pas de déverser l'eau. Pourtant, j'ai omis une chose, dont je ramasse aujourd'hui dans cet essai le diamant de larmes solidifiées.

Ma troisième tante avait deux enfants, un fils et une fille, deux descendants pour sa famille. La coutume paysanne voulait que j'appelle « cousin aîné » le garçon et « cousine aînée » la fille. Subitement, ma cousine grandit. Subitement à nouveau, le temps vint pour elle de se marier. Et subitement encore, un jour d'été, alors que j'étais collégien et que je rentrais déjeuner à la maison, ma troisième tante vint jusque chez nous pour parler à son frère cadet, pour se plaindre auprès de mon père que sa fille, ma cousine aînée, divorçait moins d'un an après son mariage. « Ils ne la veulent plus, disait-elle en pleurant. C'est à cause de son problème de somnolence, elle s'endort et on ne peut plus la réveiller. » Ma troisième tante raconta que chez eux, ils laissaient leur fille dormir quand elle en éprouvait le besoin, mais la belle-famille considérait que c'était une paresseuse, une fainéante ; ils ne voulaient plus d'elle et s'étaient résolus au divorce.

Notre maison était toujours la même, avec ses tuiles aux quatre coins du mur d'enceinte ; l'été était comme toujours étouffant, mais l'atmosphère de notre maison n'était plus celle des jours simples et chaleureux où mes tantes venaient nous rendre visite. Il faisait triste et lourd dans la pièce, l'air avait pris l'épaisseur de la boue. Qu'un problème de sommeil entraînât un divorce, on ne pouvait le comprendre. Pas plus qu'en pleine période de moisson, lorsque le labeur nous laissait à peine le temps de respirer, quelqu'une ne pût être tirée de sa somnolence. Même quand on l'avait réveillée, qu'on était allé jusqu'à placer la faucille au pied de son lit, qu'elle avait dit « je me lève immédiatement », elle se retournait et se rendormait aussitôt.

Tandis que son beau-père, sa belle-mère et son mari fauchaient depuis un bon moment déjà, elle continuait à dormir.

Alors le divorce avait eu lieu.

Elle avait été chassée. Elle avait eu beau s'agenouiller, ses supplications avaient été vaines. Ma troisième tante racontait tout cela en gémissant, le teint livide, cadavérique. L'événement les couvrait de honte, à tel point qu'elle n'arrivait pas en parler ni à l'expliquer. « Avoir été chassée, forcée de divorcer parce qu'on dort trop, comment expliquer cela ? Comment ne pas le taire ? »

Elle nous raconta que ma cousine était rentrée chez eux avec ses affaires, en cachette, et qu'à maintes reprises, elle avait confié à sa mère vouloir se suicider, aussi ma troisième tante ne resta-t-elle pas déjeuner. Elle était venue parler à mon père et se hâta de repartir.

Mon père me demanda de la raccompagner.

Je reconduisis ma troisième tante jusqu'à l'extérieur du village et, sur le pont en bois de la rivière Yi, je la regardai s'éloigner dans la fange du jour, s'enfoncer profondément dans la boue de son destin et s'y noyer.

Plus tard, ma cousine aînée se remaria. Elle épousa un homme de la montagne bien plus âgé qu'elle et pour qui il s'agissait également de secondes noces. On raconte que sa première femme avait subitement disparu, laissant deux enfants sans soins maternels. Ma cousine déclara qu'elle voulait être leur belle-mère et veiller sur eux. Lorsqu'elle partit pour se marier une seconde fois, personne n'était au courant, de même que personne n'avait appris son divorce forcé. Elle déclara à ses parents qu'elle ne reviendrait plus, qu'elle n'irait plus non plus au village de Tianhu voir ses oncles car sa vie était trop pitoyable, il lui était trop difficile d'en parler et de s'expliquer.

Des années plus tard, à cause d'un problème de dos et de cervicales, j'allai à Xi'an chez un spécialiste de l'acupuncture et du massage. Comme je lui racontais cette histoire, il me répondit en souriant : « Ce problème de sommeil vient d'une neuropathie de la zone médiane ; si votre cousine vient me voir, je la piquerai aux vertèbres cervicales et après deux jours elle pourra dormir et s'éveiller tout à fait normalement. » Je rapportai cette bonne nouvelle à la maison mais chez nous, ma mère, ma sœur aînée et ma belle-sœur, les enfants de mes oncles et leurs femmes, personne ne savait où ma cousine vivait avec son second mari, personne n'avait eu de nouvelles depuis plus de dix ans. Mon père, ma troisième tante et son mari nous avaient déjà quittés. Le départ d'une génération avait abattu une forêt d'arbres et il nous semblait que pour rejoindre ma cousine, la route avait été coupée, elle n'existait plus. Personne ne partit à sa recherche pour voir comment elle vivait, si sa maladie du sommeil perdurait ou si elle se portait mieux.

Quelques jours plus tard, je regagnai l'armée, le cœur un peu désolé. Chaque fois que je songeais à ma troisième tante, je songeais également à ma cousine, ou peut-être était-ce ma cousine qui me rappelait ma troisième tante. Mais à dire vrai, la ténacité des principes moraux est moins forte que celle du temps ; la vie et l'absence ont fini par effacer son souvenir de ma mémoire, aussi naturellement que la mort m'a privé à tout jamais de la possibilité de revoir ma première tante et ma troisième tante. La dureté de mon cœur m'a finalement fait oublier ma cousine.

Cinquième digression

On pourrait déduire de l'histoire de ces femmes, mes tantes et ma cousine, une chose remarquable : en ville ou à la campagne, dans la mémoire morale d'une famille contrôlée par une société patriarcale, les femmes sont toujours rapidement oubliées et gommées. Sur le registre mémoriel des mariages et des décès, aucune fille, aucune femme ne figure. Ce n'est qu'en tant qu'épouses, en suivant les hommes dans la tombe, qu'elles apparaissent en dernière page. Le mariage de ma deuxième tante et sa mort prématurée ne font que confirmer cette disparition sans retour de la mémoire. Le souvenir de son existence a d'abord été lié à la dot avec laquelle elle était partie pour ensuite s'effacer de la mémoire des Yan. Personne ne mentionnait son nom, personne ne demandait de ses nouvelles, y compris ses propres frères – mon premier oncle, mon père, mes autres oncles. Tout le monde l'avait plus ou moins volontairement oubliée.

Après leur mort, ma première tante et ma troisième tante n'ont pas été inhumées avec leurs ancêtres mais auprès des tombes de leurs belles-familles respectives. Cela correspond en substance à une greffe, un échange dans la mémoire humaine. Elles parties, ma mère et ses belles-sœurs sont arrivées. A condition de rompre leurs propres liens mémoriels avec leurs ascendants, elles ont procédé à cet échange pour demeurer dans le souvenir de leurs belles-familles. C'est précisément à cause de cette rupture et de cet échange des liens mémoriels opérés par le mariage que ma cousine a si facilement, si cruellement disparu de nos mémoires. Qu'elle fût vivante ou morte, nous ne nous en soucions plus, moi y compris. « Le départ d'une femme qui se marie, c'est de l'eau qui s'écoule vers les lointains. » Voilà ce qu'il y a de plus cruel, de plus dur dans la culture et l'ordre sociétal en Chine – cette vague qui emporte les femmes. Ainsi mes tantes ont-elles été ces femmes parties pour se marier, cette eau s'écoulant vers les lointains, et leurs filles l'ont été davantage encore. Un train dont les wagons de queue se détachent les uns après les autres pour suivre les rails d'une autre existence, aiguillés les uns après les autres sur les rails du malheur ou du bonheur. Si personne ne se préoccupe plus de leur existence, l'oubli est juste et légitime car elles ont été dès le départ écartées de la chaîne morale du souvenir. Le divorce, le remariage de ma cousine et sa nouvelle famille, tout cela ne nous concerne pas.

Personne ne regrette d'avoir perdu la mémoire de ma cousine. Personne ne se dit que l'éthique voudrait que son souvenir perdure. Moi-même, sans ce texte que j'ai entrepris d'écrire, me souviendrais-je d'elle ? Me rappellerais-je qu'à cause de cette maladie du sommeil, de cette maladie si bénigne, un homme a poussé son destin vers un abîme obscur et inconnu ? Notre indifférence, notre oubli vont de pair avec le fait que nous nous recueillons chaque année, lors de la fête de la pleine lumière, sur les tombes de nos parents et de nos grands-parents paternels pour leur rendre hommage, leur témoigner notre douleur et notre souvenir, tandis que nous n'allons jamais auprès des tombes de nos tantes.

Ceci parce qu'elles sont filles ou femmes, et surtout filles et femmes de la campagne. Si la campagne évoque une terre en friche et une société antique, traditionnelle, les hommes et les femmes en sont les défricheurs, pourtant, lorsqu'ils quittent cette terre aride, seuls les patronymes masculins figurent sur les tombes, comme si les femmes n'y avaient guère versé leurs larmes, leur sueur et leur sang.

Notre mémoire supprime les femmes dès qu'elles sont mariées, pourtant, personne ne la considère comme criminelle. L'oblitération est originelle – les filles ne doivent-elles pas se marier ?

Ma plus jeune tante

Ma plus jeune tante était partie vivre avec son mari très loin de chez nous.

A l'époque, les charrettes étaient tirées par des chevaux ou des bœufs ; les moyens de transport plus grandioses comme les voitures ou les autocars faisaient un sacré vacarme en traversant la campagne, comme des gongs et des tambours les jours de fête. Une telle comparaison peut donner à penser que cette époque était celle des origines du monde, une étendue de terre et de ciel infinie marquée par l'empreinte de la haute antiquité. Les routes n'avaient pas encore été aplanies sous les pas des humains, ni les lacs délimités par les terres. L'océan ignorait l'emprise du littoral. Plaines et forêts étaient encore mêlées. La réalité n'était bien sûr pas celle-ci. Je veux seulement dire qu'il y a plusieurs dizaines d'années, alors que nos pères voyaient tout juste pousser leurs barbes, nos mères rassemblaient leurs modestes effets pour partir rejoindre leur belle-famille sans savoir où elles allaient.

Ma plus jeune tante, elle, savait où elle irait.

L'amour l'avait appelée comme le soleil les tournesols. L'élu de son cœur était l'expert-comptable du centre de distribution des céréales du bourg. Il était capable de lire les livres et les journaux et se servait d'un boulier avec une adresse d'orfèvre. A cette époque, dans les années 1950, être instruit était non seulement une bénédiction mais pesait aussi d'un poids certain dans la balance de l'amour. A y regarder de près, ma plus jeune tante n'avait aucune raison de ne pas tomber amoureuse de lui. Cela dit, la famille du jeune homme vivait si loin qu'on aurait dit qu'il s'agissait de quitter la Chine pour rejoindre le village d'une tribu d'Afrique ; pour s'y rendre, même sur le morceau de route le plus large et le plus plat, les bêtes de somme haletaient longuement. Ma plus jeune tante se décida. La puissance de l'amour est pareille à une locomotive tirant une charrette à pneus. Deux cœurs qui s'aiment librement sont semblables à l'éclat d'une lanterne brillant comme un projecteur. Face à l'opposition de ses parents et de sa famille, ma plus jeune tante se rebella et, un matin, s'en fut avec ses affaires enveloppées dans un baluchon.

Elle s'envola vers l'amour.

Comment s'appelait le village vers lequel elle s'enfuyait ? Personne ne le savait.

Sa belle-famille vivait-elle ou non dans la gêne ? On l'ignorait.

A quelle distance se trouvait-elle de notre avenue si animée de Tianhu ? Seuls l'amour et une indicible liberté pouvaient répondre à ces questions. En y songeant aujourd'hui, ma plus jeune tante et son époux ont dû être les fondateurs du mariage libre dans notre campagne de la plaine centrale. Si chacun de nous connaît désormais la liberté de sentiments et l'amour mutuel, eux ont d'abord dû débroussailler les ronces pour nous ouvrir la voie, y laissant larmes et empreintes. « Là où beaucoup d'hommes sont passés, là naissent les routes », a dit

Lu Xun, et cela correspond à ce qu'ont vécu ma plus jeune tante et son mari. Si beaucoup d'hommes sont passés par là, eux étaient en première ligne.

Plus tard, mon père évoqua sa première visite chez eux : « C'est au bout du monde. Il faut tellement marcher qu'on en a les chevilles brisées ! »

Mon premier oncle nous décrivit leur région : « Là-bas, il y a de l'herbe à foison, tu donnes quelques coups de faucille en sortant de chez toi et tu as de quoi couvrir le toit d'une maison ! »

Quant à ma mère, elle résumait les choses avec ordre et propreté en une sorte de philosophie fataliste ultime : « Tout cela, c'est le destin. Le Ciel arrange le destin des hommes comme celui de ses propres fils et le destin des femmes comme celui de ses belles-filles. »

Lorsque je fus capable de me rendre chez ma plus jeune tante, une route serpentait alors dans le massif montagneux. J'attendis le bus pendant une heure ; j'y demeurai debout, serré contre les autres passagers, deux heures et demie durant, puis je marchai encore longtemps d'un bon pas. Le soleil se levait quand j'avais quitté la maison et se couchait lorsque j'arrivai enfin dans ce village appelé Liujiajian. Il y avait une vingtaine de maisons disposées en deux rangées sur un versant de la montagne. Une dizaine se trouvaient sur un méplat, quelques autres accrochées à la falaise, assez éloignées des premières. Celle où vivait ma tante était la plus haut placée, une maison de trois pièces avec un toit de chaume, les deux petites pièces latérales occupées respectivement par la cuisine et le moulin. Dans la cour, il y avait une porcherie, une étable, un poulailler et une grange où s'entassaient bois de chauffage et branchages. Devant l'entrée de la maison, il y avait un terrain plat d'une dizaine de mètres carrés, cette « place citadine » comme l'appelaient les villageois, qui versait ensuite brutalement dans le gouffre du ravin. En avril, après l'arrivée tardive de la douceur printanière, la falaise et le versant de la montagne se couvraient de la splendeur et de l'éclat d'azalées et de jasmins d'hiver.

Etait-ce cet environnement clément qui avait décidé ma plus jeune tante à rejoindre sa belle-famille ?

Qui sait ?

Avait-elle eu des regrets, des raisons de se plaindre de son destin ?

Interrogez-la !

Oui. C'est à elle de répondre. Devant nous, jamais mon père et mes oncles ne lui ont demandé si elle avait regretté ou non d'être ainsi partie par amour. Ma mère lui a posé la question en présence de mon frère et de mes sœurs : « Regretter quoi ? Je vis très bien. Je n'ai pas à me tourmenter pour me nourrir ou pour me vêtir. » La réponse était nette et ma plus jeune tante l'adressait en souriant à tous ceux qui l'interrogeaient.

Les années soixante arrivèrent. En Chine, les années soixante et soixante-dix du siècle dernier furent emplies du feu ardent de la révolution et d'aspirations réduites en cendres. Le communisme était une parfaite nourriture spirituelle et les besoins des ventres paraissaient aussi fades qu'une bouffée d'air frais pour une cigale. J'ignore comment ma plus jeune tante a enduré les années de famine. Je me souviens seulement que ma mère m'a dit qu'à l'époque, elle pouvait avec son mari marcher une journée entière pour nous apporter en pleine nuit du son de blé – auparavant destiné à leurs cochons – et déclarer devant ses frères : « J'ai eu raison de partir et de me marier là-bas, personne n'y est mort de faim ! »

Une fois encore dans les années soixante, les céréales vinrent à manquer. Or, quiconque dans notre village se nourrissait de farine de blé ou de riz était presque considéré comme un voleur ou un criminel. Ma plus jeune tante vivant au plus profond de la montagne, le retentissement du gong et la clameur de la révolution y étaient moindres, les gens avaient encore du temps et de la force pour semer ; ils mangeaient souvent des nouilles sèches ou des petits pains, jours de fête ou pas.

Pendant les vacances, je préférais aller chez ma plus jeune tante. Là-bas, on pouvait attraper des crabes dans le fleuve, grimper aux arbres pour prendre des nids à l'époque des moissons. Quand je rentrais, ma tante me servait un bol de nouilles arrosées de jus d'ail. Ses beignets en torsade frits à l'huile de coton étaient dorés et croquants, ils auraient pu constituer un excellent tribut pour un empereur. Et puis, mes vacances d'été finissant, ma tante et son mari me donnaient toujours un sac de farine fraîchement moulue que je rapportais à mon père.

Plus tard, quand mon père tomba malade, chaque fois que ma plus jeune tante venait nous voir, elle apportait toujours de la farine de blé et de soja de première qualité.

Une fois, elle passa la nuit au chevet de mon père et tous deux parlèrent à cœur ouvert. Il demanda subitement à ma mère d'aller fermer la porte de la cour et celle de la maison, puis il réfléchit un moment, vérifia que les alentours étaient calmes et déclara à ma tante que la révolution était très dure. Les céréales allaient manquer et il craignait que nous ne revivions la famine des « trois années noires. » Pour se prémunir, elle devait stocker du grain avant qu'il ne soit trop tard. Ma plus jeune tante eut alors un sourire mystérieux : son frère pouvait se tranquilliser, elle vivait certes en pleine montagne mais les gens n'étaient pas idiots pour autant ; du grain avait été discrètement stocké, certains avaient même creusé des trous pour y enterrer des jarres. On avait répandu de la chaux tout autour avant de les placer, bien fermées, dans les trous, et de les recouvrir de terre.

Mes parents regardèrent ma tante avec surprise et contentement. Silencieux, tous trois souriaient sereinement. A l'époque, l'électricité nous parvenait tout droit de Luoyang, à la manière d'un dieu séparant le jour de la nuit ; les visages éclairés par la lumière de la lampe prenaient l'allure de saintetés. Chacun semblait avoir été caressé par la main sacrée du dieu des céréales et rayonnait de bonheur, de consolation, de confiance dans la solidité de l'existence. On eût dit qu'avertis de la famine imminente, ils avaient déjà empli et dissimulé une Arche de Noé de céréales.

Ainsi demeurèrent-ils silencieux et souriants un temps interminable, puis, en qualité de frère aîné, mon père s'adressa à ma plus jeune tante en des termes qui semblaient énoncés par le destin lui-même :

« Cui… » Il l'appela par son prénom, marqua une pause et reprit : « C'est une bonne chose que tu te sois enfuie pour te marier là-bas. Ta vie est meilleure que celle de notre sœur aînée et de nos deuxième et troisième sœurs » (ma première, ma deuxième et ma troisième tante).

Je vis alors les yeux de ma plus jeune tante briller de larmes et son sourire devenir plus radieux qu'il n'avait jamais été, le sourire d'un dieu apparaissant sur un visage humain en signe de témoignage.

Puis la nuit se fit plus profonde, la vie pleine de la poésie de l'amour.

Sixième digression

Aujourd'hui, ma plus jeune tante a dépassé l'âge de quatre-vingts ans. Plus de soixante années de vie, d'amour et d'endurance l'ont attachée à cette maison et ses alentours sur la falaise. Là, ses enfants sont nés et elle les a élevés ; là, elle a cultivé la terre, gouverné le quotidien, organisé le travail dans les champs et les temps de repos. Lorsqu'elle songe tranquillement à sa vie passée, à cet amour dont on pourrait dire qu'il a déferlé avec l'impétuosité des vagues, au silence, à l'isolement et à la solitude consécutifs, considère-t-elle toujours qu'elle devait accepter et faire face ? N'éprouve-t-elle jamais le besoin de se plaindre ou de regretter ? En tout cas, nous ne l'avons jamais entendue formuler la moindre doléance, de même que ma première tante ne perdait pas de temps à s'apitoyer sur la laideur de son mari. Les quatre filles de ma plus jeune tante ont depuis longtemps quitté leur village natal pour se marier très loin, ses deux fils sont partis eux aussi sur la route de la jeunesse, vers la ville ou plus loin encore vers Kashgar au Xinjiang. Elle reste donc seule à veiller sur son existence dans ce village perché sur la falaise. Son mari est mort il y a vingt ans. Sur leurs six descendants, hormis la fille aînée prénommée Aixiang, les cinq autres se sont mariés et ma tante a organisé seule toutes les cérémonies. Une chose amusante et assez paradoxale est que, alors qu'elle n'avait jusque-là exprimé presque aucune exigence ou réprimande, quand ses enfants ont choisi leurs futurs partenaires, elle leur a recommandé, pour les garçons, d'aller s'installer en ville dans un endroit animé et prospère où il serait aisé de gagner de l'argent, et pour les filles, si elles ne pouvaient épouser un citadin, de trouver au moins une belle-famille habitant près d'une grand-route, afin de se rendre aisément au marché du bourg.

Il m'est impossible de deviner quel était l'avis de ma plus jeune tante sur ces questions à la fois simples et profondes du mariage, de l'amour, des femmes et de leur condition. Dans notre famille, elle a été pionnière en se laissant guider par l'amour en dépit de tout. Est-ce pour prouver qu'elle avait eu raison de choisir la liberté qu'elle n'a jamais exprimé de regret ? Dans les années qui ont suivi son mariage, la démonstration qu'elle avait eu raison n'a pas été révélée par l'éclat sacré illuminant son visage et celui de son mari, mais par les contingences, par la réalité substantielle des céréales qui jamais ne leur manquaient.

C'est grâce aux circonstances que ma plus jeune tante a pu faire un mariage libre, et les terribles blessures de l'histoire, la famine et le manque de céréales – faits matériels – ont apporté la preuve de la noblesse et la justesse de l'amour – fait spirituel. Cette logique évoque autant l'écrivain devant manger à sa faim pour pouvoir écrire un roman, que la venue sur la table du commun des mortels d'une nourriture théologique ou philosophique : voyant les hommes semer, ma plus jeune tante semait ; les voyant construire leurs maisons, elle construisit la sienne ; les voyant partir pour gagner leur vie, elle encouragea ses enfants à aller vers Guangzhou ou Shenzhou pour y trouver du travail. Vie et matière ont été comme une mer encerclant l'île de la pensée et de la vitalité de ma plus jeune tante.

Aujourd'hui, son village, ce village aussi lointain que celui d'une tribu africaine, les jeunes l'ont quitté pour aller chercher du travail et s'établir dans des régions plus prospères et animées. Beaucoup de personnes âgées ont suivi leurs enfants vers les bourgs ou les villes. Il ne reste plus que quelques foyers, une vingtaine de personnes qui, solitaires, veillent sur le village en attendant la fin et celle d'une génération. A maintes reprises, mon frère, ma sœur aînée et ma mère ont voulu rendre plus commode et plus sûr le quotidien de ma tante ; ils lui ont proposé de revenir habiter chez nous, dans sa région natale, profiter des rues et du bourg au soir de sa vie. Systématiquement, elle répondait : « Je n'irai nulle part, je reste ici dans ce village et cette maison. »

Dans son conte *Luvina*, Juan Rulfo décrit un village de montagne livide que les hommes ont quitté. Ils sont partis vers les villes pour gagner leur vie tandis qu'il ne reste au village que les femmes et les vieillards. Lorsqu'on demande aux femmes pourquoi elles n'ont pas suivi les hommes et les enfants, elles répondent unanimes : « Mais si on part, nous, qui se chargera de nos morts ? Eux, ils vivent ici, on ne peut pas les laisser seuls[1]. » C'est exactement la même chose pour

1. Juan Rulfo, *Le Llano en flammes*, traduction de Gabriel Iaculli, éditions Gallimard, 2001.

ma plus jeune tante. Je crois tout simplement que ce conte mexicain, *Luvina*, écrit dans les années cinquante du siècle dernier, n'est pas une fiction mais décrit bel et bien un village de montagne au nord de la Chine. Aujourd'hui encore, ma tante vit là-bas, dans ce coin perdu où les hurlements des loups se font à nouveau entendre, où les lièvres s'aventurent dans les cours des maisons. J'y suis allé récemment, je voulais convaincre ma tante de revenir vivre dans son village natal avec ma mère, pour qu'elles puissent prendre soin l'une de l'autre, mais elle m'a répondu sans aucune hésitation :

« Si je partais, que deviendrait ton oncle ? »

Mon oncle, le mari de ma tante, s'appelait Wang Fulai. A dix ans environ il savait lire et compter, même les gros chiffres sur un boulier ; ses calculs étaient clairs et incontestables. Mon prénom Lianke, c'est un présent qu'il m'a fait à ma naissance, en déclarant : « En Union soviétique, beaucoup de garçons s'appellent Lianke ! »

Chapitre IV

LES BELLES-SŒURS DE MON PÈRE

La femme du frère aîné de mon père

J'ignore comment la première belle-sœur de mon père a épousé mon premier oncle. Je n'ai presque jamais entendu mes cousins et cousines dire qu'ils voulaient aller passer une fête chez les parents de leur mère, c'est-à-dire chez leurs grands-parents maternels.

A croire qu'ils n'avaient jamais eu de grands-parents maternels.

Si tel est vraiment le cas, la vie de la première belle-sœur de mon père a dû être bien triste ! Son enfance a été aussi noire que l'eau dans laquelle Wang Xizhi lavait ses pinceaux et, quelles que soient les bonnes choses qu'elle a vécues ensuite, elle a connu au départ les pires ennuis. Pourtant, du plus loin que je m'en souvienne, elle avait toujours le sourire aux lèvres et fredonnait continuellement un air d'opéra traditionnel du Henan, une ballade chantée ou une chansonnette de la campagne. Elle ressemblait à une artiste qui aurait quitté la scène sans que l'on sût pourquoi et qui, afin de marquer sa différence par rapport aux autres villageois, aux autres femmes, chantait dès le saut du lit, à longueur de temps, à l'instar d'une princesse ayant épousé un prince, de sorte que personne n'aurait su dire si réellement elle vivait heureuse ou non.

Souvent son mari la raillait en déclarant autour de lui que parfois, même en rêve, elle chantait. Personne ne sait pourquoi cette femme était si joyeuse chaque jour et à longueur d'année ; on eût dit que les épreuves et difficultés de l'existence l'avaient épargnée. Dans *Mes oncles et moi,* j'ai raconté en détail la détresse dans laquelle se trouvait sa famille. La vie qu'elle menait avec son mari avait la saveur d'un gruau de piment, de vinaigre de coptide et de bile bouillie qu'ils auraient été forcés de boire. Leurs huit enfants n'avaient pas de quoi se chausser et devaient marcher pieds nus dans la neige en plein hiver. Dans une grande casserole, elle faisait bouillir des feuilles de légumes et ne songeait qu'après coup à y ajouter un peu de farine ou des miettes de maïs ; elle se hâtait alors d'ouvrir des pots pour les découvrir vides de la veille. La tradition chinoise veut que l'homme travaille à l'extérieur et que la femme tienne l'intérieur. Cette division éculée du travail n'existait pas chez elle. Devant ses enfants pieds nus, elle déclarait haut et fort : « Ils sont si nombreux, ces gosses, comment puis-je veiller à tout pour eux ? » L'eau bouillait déjà dans la casserole quand elle réalisait qu'il n'y avait plus de grains dans la maison ; elle éteignait donc simplement le feu, prenait un grand bol ou une louche et se rendait en chantonnant chez ses voisins ou chez nous pour en emprunter, puis revenait en chantonnant et rallumait le feu pour préparer à nouveau l'un des trois repas de la journée.

Pour elle, la misère se muait en joie.

Elle l'acceptait et l'accueillait comme la mer absorbe cent rivières.

Ce sourire qui ne la quittait jamais évoquait un bonheur de printemps éternel, de prairies et de bêtes paissant paisiblement ; elle fredonnait ses airs à longueur de temps, cours d'eau traversant le désert sans tarir, ruisselant sans cesse, et dont le murmure augmentait au contraire, pur et sonore au milieu des sables.

Un été, au plus fort de la saison des moissons, alors qu'elle était rentrée préparer le déjeuner, elle se mit à chanter dans la cour et en oublia le repas. Mon oncle se mit en colère et brisa un bol. « Tu as cassé le bol, avec quoi les enfants vont-ils se servir maintenant ? » demanda ma tante sans avoir aucunement l'air embarrassée ou déconfite, puis elle passa près de lui en chantonnant, alluma le feu pour commencer à préparer le repas et, tout en s'affairant entre deux chants : « Est-ce que le ciel va s'effondrer si l'on mange un peu plus tard ? »

Soucieux de gagner du temps pour retourner faucher le blé, mon oncle trépignait, furieux. « Non ! On ne peut pas attendre ! Allons tous déjeuner dehors ! » Il appela les enfants et décida de leur offrir un repas. Chacun aurait peut-être un bol de soupe à la viande de bœuf ou de mouton, peut-être aussi la moitié d'un petit pain ou d'une galette, c'était si alléchant ! Mes cousins et cousines en étaient reconnaissants à leur mère : si elle n'avait pas chanté et oublié de préparer le repas, leur père les aurait-il ainsi emmenés, quoi qu'il lui en coûtât, faire un si bon repas ? Faucilles et cordes à la main, ils lui emboîtaient le pas lorsqu'ils entendirent ma tante leur crier :

« N'oubliez pas de me rapporter un bol ! Je veux de la soupe de mouton ! »

Elle demeura sur le seuil, souriante, pour chanter à tue-tête un passage de *Hua Mulan* : « Qui a dit que les femmes ne valaient pas les hommes ? »

Lorsque je songe aujourd'hui à cette époque où ma tante chantait sans cesse ces airs d'opéra et ces ballades dont les modulations vibrent encore à mes oreilles et s'enroulent dans le ciel du village, je me dis que si l'histoire doit s'inscrire dans les livres, les exploits être gravés sur les pierres et les stèles, alors les épreuves et les peines de cette famille devaient accompagner son chant.

C'est au centre de ces modulations que les huit enfants grandirent puis s'installèrent. L'aiguille du temps a rythmé les vicissitudes de leurs vies, progressant inexorablement au fil des saisons jusqu'au seuil d'un nouveau siècle, d'une nouvelle époque. En me tournant vers le passé, en écoutant à nouveau ces mélodies dans mon souvenir, ces airs que chantait une femme face aux épreuves, qu'elle chanta inlassablement dès sa jeunesse et jusqu'au soir de sa vie, je réalise qu'ils ne naissaient pas de sa voix mais de sa résistance, de sa ténacité face au mauvais sort. Si elle n'avait pas ainsi chanté et lutté sans répit, durant toutes ces années où ses enfants devaient se serrer dans le même lit, sous une seule couverture, comment auraient-ils pu endurer les grands froids hivernaux ?

Une nouvelle époque ayant succédé à la précédente, je me trouvai un jour dans la nouvelle maison de ma tante et lui demandai : « Comment se fait-il que tu aies toujours tant aimé chanter ?

— Comment vivre sans chanter ? » me répondit-elle.

Elle avait déjà soixante-dix ans. « Voulez-vous que je vous chante quelque chose maintenant ? » reprit-elle. Cela nous amusa beaucoup, mes sœurs et moi ; les rires féminins vivifièrent la maison, la cour, le village et le monde, et tout prit à nouveau forme et relief.

S'il me fallait aujourd'hui élire la femme la plus héroïque, la plus grandiose de notre famille, je crois que je voterais pour la première belle-sœur de mon père.

La femme du quatrième frère de mon père

Bien souvent, examiner la vie des femmes en les considérant uniquement comme des femmes revient à regarder les bois et les plaines avec les yeux des feuillages. Les arbres restent des arbres et les herbes des herbes, sans qu'aucun changement ni transfert ne s'opèrent. Dès lors que l'on abandonne les vues catégorisées de l'un ou l'autre genre et que l'on considère ces femmes comme des êtres humains, des êtres humains avant tout, on perçoit leur beauté, leur rayonnement. Hélas, nul chez nous, dans notre village, dans les campagnes de Chine, ne les regarde ainsi. Les jugements portés au sein de notre famille sur la femme du quatrième frère de mon père se limitaient aux qualificatifs de « mesquine », « rancunière », « regardante ». Le destin avait conduit cette femme dans la famille Yan par un mariage arrangé, mais par hasard, tout autant qu'inévitablement, à peine avait-elle épousé mon oncle qu'elle devint, sans fournir le moindre effort, son intendante, sa directrice et son agent comptable. Lui la laissait faire à sa guise, à l'instar des feuillages qui se laissent bercer par le mouvement des branches et du vent. Il lui remettait systématiquement la somme exacte de son salaire mensuel. Lorsqu'elle lui demandait de porter son vêtement bleu, il ne lui venait pas à l'idée de mettre le noir. Si elle lui disait que le gris irait finalement mieux, il voyait le bleu du ciel à travers ce gris. De ce point de vue, cette femme était un modèle de féminisme dans nos campagnes ! Lorsque son mari prit sa retraite et qu'il fallut envoyer l'un des enfants pour lui succéder, on pensa que le mieux était d'envoyer le fils, mais la voix de ma tante s'éleva contre l'avis de tous pour dire qu'il valait mieux envoyer la fille. Ce fut finalement la fille qui prit la succession du travail de son père en ville tandis que le fils demeura à la maison pour travailler aux champs. Face à la perplexité générale, ma tante exposa ses raisons, claires et simples :

« Le garçon est fort et vigoureux. Pour cultiver la terre, il tiendra le coup ; comment la fille pourrait-elle endurer un tel labeur ? »

Ne croyez pas que ma quatrième tante ne savait pas lire. Elle sut dès sa naissance qu'homme et femme sont deux êtres différents. Que *les femmes sont nées pour être femmes, les hommes pour être hommes* ; elle avait compris la philosophie et les principes moraux de cette assertion. Ma quatrième tante représente un miroir et un étendard d'exception dans notre famille : être humain du genre féminin ou être humain avant tout ? Son cas illustre les questions politiques internationales des droits des femmes et de l'égalité hommes femmes. Une fois, cela remonte à des années, je ne sais ce qu'elle avait dit au sujet de ma mère, mais celle-ci décida de ne plus lui parler. Et réciproquement. Toutes deux se battaient froid et ne s'adressaient plus la parole. Lorsqu'elles se croisaient, elles détournaient la tête et fixaient le ciel ou la cime des arbres. Dans cette ruelle éloignée à l'ouest du village, la politique de réforme et d'ouverture et le développement des affaires avaient incité les habitants à déménager pour s'installer au bourg et ouvrir un commerce dans les rues animées, ou plus loin, à l'écart, pour élever de la volaille ou des cochons. En somme, les rues du village autrefois peuplées se désertifiaient et les deux belles-sœurs étaient presque les seules y à demeurer encore.

Dès lors, comment pouvaient-elles ne pas se parler ?

L'une ou l'autre aurait-elle perdu sa dignité à faire le premier pas ?

Je rentrai chez ma mère à l'automne. Après m'avoir donné des nouvelles du village, elle me raconta la profonde mésentente qui la séparait de ma tante ; celle-ci disait qu'un jour où elles se croisaient, ma mère ne lui aurait pas rendu son salut. Pour quelle raison ? Parce que ma mère se targuait d'avoir un fils qui était un écrivain célèbre et lui envoyait de l'argent, argent qui lui permettait d'avoir son propre potager et d'acheter des légumes dans les rues. Ma tante s'était sentie humiliée et, afin de conserver sa dignité, avait décidé de ne plus adresser la parole à ma mère, qui, de son côté, trouvait cela une immense injustice car elle était toujours la première à saluer ma tante lorsqu'elle passait devant chez elle, et elle n'avait jamais attendu que ma tante la saluât pour lui rendre la pareille. Ma mère s'était toujours montrée humble et discrète et ma tante avait inventé cette histoire de toutes pièces pour semer la discorde, aussi s'était-elle résolue à ne plus lui adresser la parole. « Je ne peux pas la gâter comme le faisait ton oncle », et elle ajouta que le caractère de ma tante (féministe) venait des attentions excessives de son mari qui avait toujours été un bon à rien (sans la moindre idée de pouvoir masculin).

J'avais la responsabilité de m'entremettre entre les deux belles-sœurs afin de les réconcilier car il s'agissait de femmes de soixante-dix et quatre-vingts ans – de régler un différend, commun d'ailleurs à toute l'humanité, entre deux vieilles femmes dont les droits et la dignité étaient en cause. Dès le lendemain, je profitai de l'absence de ma mère pour rendre visite à ma tante et lui apporter quelques provisions de reste : des œufs et de la poudre de lait (tout cela avait été offert à ma mère). Ma tante était assise dans la cour de sa maison. Je lui donnai les provisions en affirmant que ma mère m'avait envoyé, qu'elle m'avait recommandé à plusieurs reprises de venir la saluer, qu'elles deux avaient maintenant soixante-dix et quatre-vingts ans ; dans une ruelle avec si peu d'habitants, elles ne pouvaient pas continuer ainsi à éviter de se voir et de se parler.

Un éclat vermeil irisa le visage de ma tante, son regard enthousiaste et interrogatif se posa sur moi : ma mère voyait-elle vraiment les choses de cette façon ? Avait-elle réellement dit tout cela ? Ces provisions, était-ce bien elle qui m'avait chargé de les lui apporter ?

J'acquiesçai solennellement.

Alors, la dignité de ma tante en tant qu'être humain du genre féminin ou que femme avant tout se manifesta clairement. Elle avait au préalable posé des conditions mûrement réfléchies qu'elle m'exposa :

« Si ta mère souhaite vraiment se réconcilier avec moi, dis-lui de venir passer un moment chez moi ; qu'elle vienne d'abord bavarder un peu avec moi.

— Tu peux aussi aller la voir et la saluer en l'appelant deuxième belle-sœur, non ? répondis-je adroitement en souriant. Qui de vous deux parlera la première à l'autre, est-ce si important ? »

Le visage de ma tante se figea :

« Bien sûr que c'est important ! Votre famille fait partie de la classe supérieure, votre situation est plus aisée que la nôtre, comment pourrais-je faire le premier pas ? »

Je ne trouvai rien à répondre.

Ainsi notre famille faisait-elle partie de la classe supérieure. L'homme de la classe supérieure demeura un instant immobile sous le soleil automnal, à songer à sa tante en tant qu'être humain, à sa vie, à sa sensibilité et à l'importance naturelle qu'elle accordait à la dignité des êtres et des femmes. J'acceptai donc de demander à ma mère de faire le premier pas. Responsable de la dignité et de l'attente d'un être humain et d'une femme, je pris congé de ma tante et contemplai le ciel au-dessus des rues désertes, la terre, les gombos et le soleil éclatant sur la ligne faîtière derrière notre maison. Je rentrai et ressortis pour acheter une boîte de nouilles instantanées de la meilleure qualité ainsi qu'un pack de bouteilles de Coca Cola. Mes courses à la main, j'empruntai une autre ruelle, en foulai le silence et les feuilles mortes, et rejoignis notre maison, le cœur un peu étrange, excité. Ma mère préparait des raviolis pour le déjeuner ; je posai mes achats devant elle et lui déclarai sur un ton triomphant que je venais de rencontrer ma tante à l'entrée de la ruelle, laquelle m'avait retenu avec insistance pour me remettre ces courses ; elle m'avait demandé de dire à ma mère qu'il ne fallait surtout pas croire les commérages, les rumeurs circulant dans le village ne visaient qu'à semer la discorde entre elles, à fomenter leur séparation.

Ma mère me regarda tout en lavant la ciboule.

D'un air dégagé, je déposai les courses devant elle et ouvris même le pack de bouteilles pour en boire une au goulot.

« J'ai du mal à croire que ta tante ait dépensé de l'argent pour m'acheter ces choses, dit-elle doucement.

— Cela m'étonne aussi. » Ecartant le goulot de ma bouche, les yeux sur la bouteille, j'ajoutai : « Le goût est authentique, c'est le genre de bouteille que l'on ne trouve qu'à Luoyang. »

Ma mère réfléchit un instant.

« Peut-être était-ce un cadeau pour Zhangke (le fils aîné de ma tante) ? Comme elle ne pouvait pas tout boire, elle a pensé à m'en donner quelques-unes.

— C'est tout de même un signe d'affection de sa part ! »

Elle se tut puis marmonna : « Si l'on nous offre quelque chose, il faut rendre la pareille. » Elle décida sans attendre de m'envoyer chez ma tante pour l'inviter à déjeuner. Je fis mine de sortir mais, hésitant, je dis à ma mère : « On prétend que j'ai beaucoup d'argent, je ne peux pas aller chez ma tante les mains vides, je ne peux pas non plus lui apporter des cadeaux qui représenteraient la même somme que ceux qu'elle nous a offerts, je devrais plutôt lui laisser quelques centaines de yuans – c'était là une question importante, sérieuse ! »

Parfois, les problèmes spirituels se résolvent dans les faits matériels et un petit détail concret suffit à assurer la victoire. Le matériel triomphe du spirituel. Quelques troubles mineurs triomphent de l'opposition entre les deux sexes et des problèmes de dignité. Personne ne connaît ma mère mieux que moi et l'on affirmerait difficilement que quelqu'un comprend mieux que moi ma tante. On peut même aller jusqu'à dire que, parmi les écrivains contemporains, aucun ne connaît aussi bien que moi la campagne, les paysans, leur terre et leur culture. Que ce soit en tant qu'êtres humains du genre féminin ou êtres humains avant tout, ma profonde compréhension de ma mère et de ma tante est semblable à celle des acheteurs compulsifs qui connaissent parfaitement la taille et la marque des vêtements qu'ils aiment.

Je regardais ma mère comme un produit local bien connu que l'on s'apprête à acheter tout en hésitant. Je savais qu'elle était une excellente mathématicienne. A peine avais-je achevé de formuler ma proposition de laisser de l'argent à ma tante qu'elle avait déjà calculé sans une erreur combien de boîtes ou de packs il était possible d'acheter avec quelques centaines de yuans. L'opération une fois effectuée dans la machine de son cerveau, ma mère partit sans rien dire chez ma tante afin de l'inviter elle-même à déjeuner.

Après ce repas de raviolis, les deux belles-sœurs ne se disputèrent plus jamais, jusqu'en mars d'il y a deux ans, lorsque ma tante quitta ce monde. Elles étaient extrêmement proches, à l'instar des grands intellectuels qui comprennent que les femmes sont d'abord des êtres humains et qu'en tant qu'êtres humains, l'amour et la compréhension leur sont primordiaux, et non la désaffection, la haine et la séparation.

Septième digression

Etre humain et femme ou être humain avant tout ? Cette question relève d'un idéal politique, de la liberté et de la dignité de l'humanité ; un écrivain masculin ne peut la clarifier. Quand un homme débat de la question du féminin, il est plus ou moins comme un voleur qui participe à la discussion en toute sécurité. Mais en Chine, en particulier dans les campagnes, que les femmes soient d'abord des êtres humains est une question d'importance criante. Dans le Nord, étiqueter quelqu'un de femme relève d'une intention obscène. Dans certaines situations publiques, officielles et sérieuses telles qu'une promotion ou une sélection, il suffit qu'un dirigeant masculin déclare : « Laissons tomber ! C'est une femme ! » pour que l'assemblée pouffe de rire. Dans ce rire approbateur, il y a la vision commune qu'une femme n'est qu'une femme (et non un être humain). De ce fait, les femmes victimes de violence domestique sont monnaie courante aujourd'hui encore dans les campagnes. Ces violences sont même atrocement considérées comme traditionnelles et inhérentes à la société patriarcale. Malgré les interdictions répétées, le trafic d'épouses et d'enfants persiste. Le prix des filles se négocie selon les quatre critères de l'âge, l'état de santé, le physique et le niveau d'instruction. Un garçon se vend le double ou plus du double d'une fille. Pour la société, une femme n'est donc pas un être humain à part entière. Elle est une femme avant tout. Son statut dans l'ordre éthique et sociétal la confine aisément dans l'inhumanité. Pour cette raison, lorsqu'au sein de ma famille ou ailleurs, je rencontre une femme qui a le pouvoir (à l'image de ma quatrième tante), je ne peux pas m'empêcher de fixer sur elle mon attention et ma réflexion. J'aimerais savoir si sa position de cheffe de famille est une conséquence de la faiblesse de son mari ou de sa propre tendance dominante, de son intelligence à elle.

Je n'ai jamais rencontré à la campagne de famille où s'exerçait l'égalité entre femme et homme, ni de famille au sein de laquelle un homme libéral aurait concédé des droits à sa femme, et encore moins une famille ou une structure au sein de laquelle l'esprit féministe d'une femme aurait obligé l'homme à lui céder des droits. Dans la plupart des familles où la femme gouverne, qu'il s'agisse par exemple de placer les économies du ménage, de décider de la construction de la maison, du soutien – négligent ou respectueux du devoir de piété filiale – à apporter aux vieux parents, sur toutes ces questions diverses et complexes, le pouvoir de décision reflète le statut de l'individu au sein de la famille, le niveau de liberté des femmes et le degré d'évolution de la société.

Dans presque toutes les familles chinoises, y compris en ville et dans les familles modernes, les femmes après un divorce font valoir par divers moyens leurs droits et intérêts, mais au bout du compte, c'est en majorité le pouvoir patriarcal considéré comme un don du Ciel qui domine. Les rares femmes qui, comme ma quatrième tante, possèdent l'autorité d'un chef de famille la doivent surtout à la faiblesse de leur mari. Précisément pour cette raison, les mœurs dans les campagnes veulent que la future mariée ait un entretien secret avec sa mère, laquelle lui recommande de ne pas se montrer trop docile lors de la nuit de noces, de ne pas satisfaire trop vite les besoins sexuels de son époux. L'homme doit être en demande vis-à-vis de la femme, c'est la condition nécessaire pour qu'il tienne compte de ses opinions et qu'elle puisse avoir du pouvoir et une position au sein de la famille.

Derrière cette pratique familiale, ce marchandage de la chair en échange du pouvoir, du sexe en échange des droits, il y a l'idée que la femme n'est pas un être humain à part entière, tout cela est taillé dans le même bois. De ce point de vue, si je compatissais à la place problématique de mon oncle au sein de sa famille, la pensée confuse que ma quatrième tante était un être humain à part entière, une personne avant d'être une femme, m'emplissait de joie et de respect.

Ainsi, c'est à ma quatrième tante que j'offre un bouquet de louanges : elle est la plus éminente praticienne du féminisme des campagnes chinoises et non un personnage de spectacle ou de jeu d'enfant.

La troisième belle-sœur de mon père

La troisième belle-sœur de mon père a été notre dernière voyante, peut-être aussi la dernière dans bien des régions du nord de la Chine. Avec elle s'est éteinte l'ultime lueur de sorcellerie dans notre village, notre bourg et notre district. Que ce soit en tant qu'être humain ou être humain du genre féminin, son existence a eu une saveur unique, celle d'une fleur dont on entend parler sans être certain de la voir un jour, une fleur à la fragrance insolite et riche d'histoire et de tradition.

Ce qu'elle avait d'original et d'effrayant, on pourrait l'observer aujourd'hui encore. Si votre bébé pleure la nuit, elle vous conduirait à l'entrée du village, au pied d'un arbre ou d'un lampadaire pour y coller un vieux papier sur lequel les sentences suivantes seraient écrites à l'encre noire : *Esprits du ciel, esprits de la terre, quelqu'un chez moi pleure dans la nuit.* Si vous ne parvenez pas à faire tomber la fièvre de votre enfant, un médecin vous donnera des médicaments, mais elle vous dirait de sortir à minuit avec le petit dans les bras et de vous diriger droit vers le nord ou droit vers l'ouest, là où il fait froid, contre le souffle du vent, de traverser la rivière gelée (procédé qui ressemble à celui de la compresse glacée que l'on applique aux enfants fiévreux en Occident), de marcher ainsi jusqu'à une certaine heure, jusqu'au mur pignon d'une maison que vous ne pourrez pas contourner, puis de faire demi-tour, de rentrer chez vous. Alors, la fièvre de votre enfant tombée, il se réveillera et vous pourrez accompagner son traitement des médicaments prescrits par le docteur.

C'est que ma troisième tante était médium !

M'étonnait vraiment de sa part une chose à laquelle j'ai assisté plusieurs fois lorsque j'étais adolescent, et dont j'ai été témoin une fois encore à l'âge adulte : sa capacité à affronter et soigner certaines maladies de l'âme. Par exemple, une fille chétive atteinte de dépression ou d'une autre affection mentale, ou bien un homme atteint du mal de terre – ainsi appelle-t-on l'épilepsie dans les campagnes : le patient tombe et reste à terre, la bouche écumante, grinçant des dents de façon effrayante. Lorsque ces malades se présentaient chez ma tante, elle prenait un plat blanc sur lequel elle disposait trois baguettes rouges, les extrémités carrées au centre du plat, puis elle s'agenouillait à côté du patient et faisait brûler de l'encens avant de s'adresser aux baguettes en murmurant : « Si tu es untel, lève-toi ; sinon, ne bouge pas. » Elle nommait ainsi une personne du village récemment décédée. Celui-ci ou celle-là, elle passait en revue quatre ou cinq personnes mortes depuis peu ou il y a longtemps, jusqu'à ce que les trois baguettes se mettent à bouger lentement, à s'élever, à se dresser miraculeusement au centre du plat.

Ensuite, ciels et monts ébahis, l'assistance stupéfiée, le malade se mettait à marmonner face à ma tante. Il n'était alors plus lui-même mais le défunt qu'elle avait appelé, quelqu'un du même village ou du village voisin. Ma tante lui demandait s'il avait froid, s'il manquait de vêtements, s'il manquait de graines parce que la récolte cette année n'avait pas été bonne, si le toit de sa maison prenait l'eau et nécessitait d'être réparé, s'il avait besoin d'argent pour aller au marché. Le défunt empruntait la voix du malade pour répondre et exprimer ses besoins et sa détresse. Ma tante lui disait : « Pars maintenant ; j'ai compris ce dont tu avais besoin, je vais résoudre tes problèmes dès aujourd'hui, demain au plus tard. »

Les baguettes s'écroulaient brutalement.

Le malade revenait doucement à lui, se redressait et, regardant autour de lui : « Qu'est-ce que je fais ici ? Je dormais et j'ai l'impression d'avoir rêvé. »

L'étonnant spectacle d'une scène de *possession* s'achevait ainsi. Ces exemples de ce que Lu Xun appelait *supercherie* ou *tour de passe-passe* me sont restés en mémoire. Non que la vision du possédé fût pour moi signifiante mais ma tante m'a ainsi très tôt et profondément éclairé sur ce qu'était la littérature. Elle m'a convaincu que le mensonge ne peut devenir réalité en littérature qu'en s'appuyant sur des preuves. Rendre possible l'impossible, voilà ce qui relève de la littérature et exige du talent, tandis que restituer le possible relève de la littérature sans talent ni don du Ciel. La possession en elle-même n'était rien, l'important était que ma tante donnait force de vérité à ce mensonge – à ce tour de passe-passe –, en faisant se dresser les baguettes, si bien que l'assistance croyait à l'évidence d'une réalité.

A la fin des années 1980, j'ai vu à nouveau de mes yeux ma tante guérir un malade. Plus tard encore, au XXIe siècle, je me suis persuadé que pour écrire un roman vraiment différent, il me fallait percer à jour le secret des baguettes dressées ; aussi ai-je emporté quelques cadeaux pour rendre visite à ma tante. Je la trouvai alitée. Assis près du poêle, je me mis à bavarder avec elle en tournant autour du pot.

« Troisième tante, dis-je, tu n'as plus de forces et tes douleurs d'angine de poitrine reviennent souvent ; si l'hôpital ne peut pas te soigner, ne peux-tu le faire toi-même ?

— Non, me répondit-elle.

— Pourquoi ?

— Si le Ciel veut que je m'en aille, comment puis-je faire autrement ? »

Alors je lui demandai : « Comment fais-tu pour que les baguettes se dressent au centre du plat ? » Elle demeura silencieuse avant de tendre le bras vers moi pour m'attraper la main. « Je suis désolée, petit Ke » (lorsque j'étais enfant, ma mère et mes tantes ne m'appelaient jamais Lianke mais petit Ke) et elle s'interrompit avant de prononcer ces paroles surprenantes : « Petit Ke, tu es un garçon, si tu étais une fille, je te dirais pourquoi les baguettes peuvent se dresser sur le plat nu.

— Mais pourquoi ? insistai-je.

— Parce que seules les femmes sont de nature divine ; les hommes ne sont que des mortels ordinaires. » Elle ajouta lentement, avec effort : « Aux origines, les femmes étaient les maîtresses du monde. Ce sont elles qui ont donné naissance à l'humanité et ont fait prospérer la terre. Mais ensuite, les démons serpents et singes se sont métamorphosés en hommes, ils se sont emparés du trône des divinités et en ont écarté les femmes. Les hommes sont devenus forts, riches et puissants, ils ont commencé à dominer le monde, à tyranniser les femmes et à leur être hostiles. Ces trois baguettes rouges sont la seule voie que les femmes aient conservée en ce monde pour communiquer avec le royaume des morts et des dieux. C'est pourquoi, pour résoudre un problème, il suffit qu'un défunt se présente à une femme et qu'elle fasse se dresser les baguettes. Pour le commun des mortels, ce ne sont que trois baguettes rouges qui se lèvent, mais en réalité c'est le pont et le chemin par lequel passe la femme pour communiquer avec les dieux. » Ma tante précisa qu'à chaque fois qu'elle empruntait ce pont et ce chemin à la rencontre des dieux, elle leur parlait beaucoup et résolvait au passage les problèmes rencontrés par le défunt. Elle me raconta tout cela sans cesser de me tenir la main, répéta qu'elle était désolée mais qu'elle ne pouvait vraiment pas me révéler son secret, sans quoi l'unique voie de communication entre les femmes et les dieux serait condamnée.

A la fin du XXe siècle, nous nous chauffions encore au bois ou au charbon. Aujourd'hui, la plupart des habitations disposent de radiateurs électriques, mais dans la maison de ma tante, on entendait encore crépiter le bois. Mon oncle était là, à tisonner consciencieusement, pendant que ma tante se concentrait pour me parler des humains et des dieux. Et moi je l'écoutais sans éprouver le moins du monde l'envie de rire ni trouver ses propos comiques. J'écoutais attentivement tout en me demandant de quelle façon j'allais pouvoir approfondir mon interrogation. Lui demanderais-je de me parler des dieux, des relations entre les dieux, les humains et l'univers ?

« Donc, il suffit que les baguettes se dressent et tu peux voir de vraies divinités ? »

Ma tante acquiesça.

« Et quand tu les rencontres, de quoi leur parles-tu ?

— Je me plains des hommes. » Elle hésita un peu en me donnant cette réponse. Elle regarda mon oncle et, comme si la vue d'un homme l'affligeait, lâcha ma main, balaya du regard le plafond et la lumière de la lampe, puis reprit doucement : « Ce monde, c'est vous, les hommes, qui l'avez gâté. Les puissants oppriment le peuple, et ces puissants sont tous des hommes ; Les escrocs qui courent les rues, avides d'argent facile, sont aussi tous des hommes. Dans le trafic de femmes ou d'enfants, on voit beaucoup de femmes, mais leurs patrons sont des hommes. Ce sont les hommes qui commandent. Tout le mal qu'il y a en ce monde, ce sont les hommes qui le commettent ; et quand des femmes font le mal, elles ne font qu'obéir aux hommes. »

Ma tante se tut, l'air complètement désespérée. Elle semblait fatiguée et avoir besoin de se reposer. J'aurais voulu poursuivre avec elle cette réflexion si rare et unique sur « les hommes à l'origine de tout le mal », mais, épuisée, elle s'endormit. Ce dialogue prosaïque, insolite et profond, au sujet des deux sexes s'acheva donc ainsi. Quant au mystère des relations entre les dieux, les humains et l'univers, son sommeil m'en ferma la voie. Je quittai les lieux, non sans regret, et mon oncle me raccompagna jusqu'à la porte de la cour. Je l'interrogeai au sujet des propos tenus par ma tante. « N'as-tu pas remarqué que chaque fois que les baguettes se dressent, le défunt qui se présente est un homme, jamais une femme ? » Mon oncle m'expliqua que, d'après ma tante, c'était que les hommes étaient bien plus mauvais que les femmes, cupides, voraces, lascifs, dépensiers, même morts ils revenaient encore posséder des corps afin de réclamer ceci ou cela. Il ajouta que les défunts possédaient le plus souvent des corps de jeunes filles, à cause de leur luxure. Les hommes, conclut-il, étaient en effet à l'origine de tout le mal, après quoi, l'un de ses enfants l'appela et je pris congé.

Le mystère se tenait devant moi, mais j'ignorais où se trouvaient les dieux et l'univers. Les humains vivent sur une si petite boule de poussière, ô combien isolés. Leur avenir dépend-il des dieux ou de l'univers ? Avec qui devais-je discuter de ces questions mystérieuses, obscures et archaïques concernant l'avenir et l'inconnaissable ? L'art et la littérature étaient-ils l'œuvre des humains ou des dieux ? Toutes les portes se refermaient silencieusement devant moi. Le verdict de ma tante m'amenait à porter un regard nouveau sur ma conception de la vie et la valeur de mon travail d'écriture en tant qu'homme. Afin d'éclaircir les choses, je songeai à revenir voir ma tante avec ma sœur aînée ou ma belle-sœur. A une femme, à l'un de ces êtres humains du genre féminin victimes d'un monde patriarcal, ma tante révélerait peut-être le secret des baguettes. Ma sœur ou ma belle-sœur pourrait alors emprunter cette unique voie de communication pour parler aux dieux, se plaindre des hommes et demander pour moi au passage des éclaircissements sur l'avenir, le mystère, les relations entre l'art et l'humanité, l'univers, etc. Demander aussi à l'occasion qui étaient ces hommes dont se plaignait ma tante.

Ces questions si importantes, je les négligeai pourtant par la suite. Je ne demandai pas à ma sœur aînée ou à ma belle-sœur de m'accompagner chez ma tante pour lui demander de lui dévoiler ces arcanes, et c'est ainsi qu'il y a quelques années, tandis qu'un nouvel été succédait au printemps, ma tante a définitivement rejoint le séjour des morts et des dieux, emportant avec elle son secret. Restent ce terrible verdict et ce doute sur les hommes à l'origine du mal qui se dressent devant moi comme une montagne, écrasant ma plume, broyant mes écrits à l'instar d'un destructeur de documents.

Chapitre V

MA MÈRE

Langage et pensées

Si je consacre un chapitre entier à ma mère, c'est parce qu'elle est ma mère.

Enfant, je trouvais que le langage de ma mère était unique et que chacune de ses paroles était vraie ; adulte, il me sembla qu'elle parlait moins, avec simplicité et lenteur. Aujourd'hui, je la trouve très éloquente, avec sa logique spécifique et une façon d'exprimer toute chose et tout principe en usant d'un langage qui lui est propre et qui traduit sa singularité et sa façon de penser.

En réalité, la vie n'est rien d'autre qu'un langage en pleine évolution. Quand ma mère veut qualifier quelque chose de grand, elle dit « aussi grand que le monde ». Pour quelque chose de petit, elle dit « aussi petit qu'un cœur humain ». Pour décrire une personne de grande taille, elle dit : « Ses cheveux plongent dans le ciel » ; et pour parler d'une personne qui a mauvais caractère : « En la voyant, les chiens et les porcs n'osent pas grogner ! »

Il y a quinze ans, une ombre suspecte sur les poumons de ma mère nous inquiétait. Mon épouse, ma belle-sœur et moi-même l'avons amenée à Pékin, dans trois hôpitaux successifs, afin qu'elle y soit examinée. Finalement, deux d'entre eux ont conclu que l'ombre en question n'était pas une tumeur mais une tuberculose contractée dans sa jeunesse et spontanément guérie. Nous nous sommes rendus dans la chambre de ma mère avec le compte rendu médical pour lui annoncer que le précédent diagnostic était erroné et que tout allait bien. Nous nous réjouissions. Ma mère a pris le certificat dont elle ne pouvait lire aucun caractère, l'a regardé longuement avant de nous demander très sérieusement :

« Il y a vraiment eu une erreur de diagnostic ?

— Absolument !

— Alors l'hôpital devrait nous rembourser les frais d'examen. Ils se sont trompés et nous ont fait vivre dans l'angoisse pendant un mois. Normalement, ils devraient nous rembourser et nous dédommager en plus pour le préjudice moral. »

La logique de ma mère était aussi sensée que le ciel boutonné à la terre. Pour célébrer la bonne nouvelle, nous abandonnâmes l'idée de réclamer le remboursement des frais d'hospitalisation ainsi qu'un dédommagement. Les formalités de sortie accomplies, nous partîmes dès le lendemain par l'avion de treize heures pour un voyage touristique à Sanya. C'était la première fois que ma mère voyageait en avion. Je l'invitai à s'asseoir près du hublot. L'avion décolla et, devant l'amas ouaté de nuages, elle me raconta qu'une année, le coton qu'elle avait semé avait donné des bourres plus blanches encore. Nous fûmes secoués en traversant une zone de turbulences ; je n'étais pas rassuré et je m'empressai de réconforter ma mère mais elle me déclara très calmement : « Ce n'est rien ! En voiture aussi, on rencontre souvent de mauvaises routes. » Après avoir parlé des nuages, du coton et des routes, vint l'heure du plateau repas. J'expliquai à ma mère que ce repas était distribué gratuitement à tous les passagers. Elle regarda son plateau et réfléchit un moment. « Y a-t-il un endroit en ce monde où la nourriture soit gratuite ? N'est-ce pas plutôt qu'ils augmentent un peu le prix du billet et disent ensuite que le repas est gratuit ? Au bout du compte, c'est quand même nous qui payons. » Elle se tourna vers moi comme pour obtenir confirmation. Je réfléchis sérieusement et lui répondis en acquiesçant solennellement :

« C'est très possible, en effet. Fort probable. »

Nous bavardâmes ainsi durant tout le trajet, dénombrant les pièges et les équations de l'existence en ce monde. Puis nous atteignîmes Sanya et l'avion atterrit.

Logés dans un centre d'accueil de la police armée situé en bord de mer, nous profitâmes qu'il faisait encore jour pour ressortir aussitôt. Ma mère allait voir la mer pour la première fois. Elle raconta qu'enfant, elle avait entendu dire qu'il existait quelque chose appelé *la mer*, qu'elle savait que sur la planète, les mers et les océans occupaient bien plus de place que les continents, et que si le monde était bien divisé en « trois montagnes, six rivières et un champ », alors la mer devait être bien plus grande que les « trois montagnes ». Les derniers rayons du couchant brillaient, le centre d'accueil longeait la plage et, avec un compagnon d'armes, nous accompagnâmes ma mère vers la sortie. A peine eut-elle franchi la porte qu'elle s'arrêta, saisie. Le visage rayonnant de surprise et d'excitation, elle demeura immobile à regarder la mer avant de dire ce qu'elle seule pouvait dire :

« Ciel !... Il y a vraiment beaucoup d'eau ! »

Nous la soutînmes pour traverser le jardin et aller nous asseoir sur le sable. Elle en prit des poignées tout en contemplant la longue ligne du littoral : « Si ce sable était du grain, les humains n'auraient plus à s'inquiéter d'en manquer. » Puis, les yeux rivés sur le ciel où les mouettes volaient sans cesse : « Elles sont tout de même stupides. N'avoir rien à faire et ne pas se reposer ! Pourquoi voler sans cesse ? »

Pour le dîner, mon camarade nous avait invités et avait spécialement réservé une salle. Devant la table couverte de fritures et de fruits de mer, ma mère me tira un peu à l'écart pour me demander discrètement :

« Pour notre logement ici et pour ce que nous mangeons, nous n'avons réellement rien à payer ?

— Mon camarade est un officiel, un peu comme un chef de district ou un directeur. Quand nous nous en irons après avoir mangé, il lui suffira de signer un papier pour se faire rembourser. »

Alors, dans ce coin de la salle, ma mère prononça une parole très simple qui me fit réfléchir longtemps :

« C'est vraiment bien d'être fonctionnaire ! »

La nuit tomba.

Une nuit complètement différente de celles que l'on connaît sur les plateaux et montagnes au nord. Là-bas, elle est complètement noire, avec une lune claire accrochée en plein ciel et parfaitement ronde une fois par mois, peinte par un pinceau divin, une pleine lune dont on peut même voir le halo d'encre et quelque trace d'eau laissée par inadvertance. Mais au sud, à trois mille kilomètres de l'équateur, dans la nuit d'automne de Sanya, la lune a parfois la couleur d'un soleil d'été, rouge et or, comme une boule de feu d'où rayonnerait un air froid. Depuis la terrasse de notre chambre, le ciel paraissait d'un blanc soyeux tout juste tombé d'un métier à tisser. Parvenir à distinguer une tache sur ce pan de soie blanche eût été une importante découverte. Sans la moindre souillure, le ciel semblait si fade ! Heureusement il y avait la mer. Sa rumeur suppléait à l'insipidité du ciel. Sous la clarté froide, rouge et or, la mer ondulait depuis l'horizon jusqu'au rivage où déferlaient les vagues dans un tumulte qui heurtait le verre de la fenêtre. On eût dit qu'un être tapait et appelait tout en craignant de nous réveiller, d'une voix étouffée, avec des coups retenus.

La clarté lunaire et le chahut de la mer me réveillèrent.

Je tournai la tête pour apercevoir le lit vide de ma mère, son drap de laine intact, plié. Je regardai en direction des toilettes ;

l'obscurité me bouchait la vue, pareille à un mur noir dressé dans la clarté lunaire. Je me demandais où était partie ma mère lorsqu'une grosse vague s'abattit, balayant tout. Effrayé, je me levai et, sans me couvrir, me précipitai dehors. Je descendis dans le hall, ouvris la porte donnant sur la mer, traversai à grands pas le jardin jusqu'à la plage. Ma mère était bien là, assise face à la mer, dos à la nuit terrestre, immobile, les yeux rivés sur les flots étincelants et le mouvement de la marée – effigie de sable fondue dans la clarté lunaire.

Je ralentis le pas, m'approchai pour m'asseoir sans bruit à ses côtés.

« Tu ne crains pas qu'une vague t'emporte ? » lui demandai-je doucement.

Elle me regarda un instant puis, s'interrogeant, me fit part de sa réflexion : « Comment se fait-il qu'il y ait tant d'eau ici ? » Les yeux à nouveau tournés vers la mer, la lune rouge, l'horizon sans bornes, l'immensité rose et bleue, obsédante, de la mer, l'oscillation des flots et le ressac argenté. Hésitante, elle exprima avec profondeur et solennité ce qui la tourmentait. « Lianke, penses-tu qu'il y ait un Dieu ? S'il n'y en a pas, comment le jour et la nuit peuvent-ils exister ? Et la lune et le soleil, la mer et les montagnes ? Mais s'il y a un Dieu, pourquoi est-il si injuste ? Ici, l'eau est inépuisable, alors que chez nous, boire et irriguer la terre est un problème. Ici, les feuillages sont épais et de couleur dense, les fleurs semblent irréelles, mais, au nord, je suis allée dans le Shaanxi à Lintong, près de Xi'an, où les paysans n'ont pas de maisons et vivent dans des grottes. Les cultures ont soif de pluie comme un enfant qui attend le retour de sa mère. Si Dieu étend sa bonté sur les êtres humains, pourquoi ne s'est-il pas débrouillé, au moment de la création du monde, pour que les endroits qui manquent d'eau en aient un peu plus et pour qu'il y ait un peu plus de routes dans les montagnes ? En bord de mer, les gens vivent dans la pluie et l'eau, il aurait pu leur épargner les inondations et les vents violents. Etait-ce la peine de créer ce monde où aujourd'hui encore ce qui manque ici est en surplus là-bas ? »

Puis elle se tut, face à l'immensité calme, claire et profonde, à l'infini silence du monde et du ciel, attendant ma réponse comme elle aurait attendu l'assèchement de la mer. Mais comment pouvais-je répondre à ces questions sur l'origine de l'humanité, des inégalités et des injustices de ce monde ? Ma mère n'était pas seulement versée en linguistique, elle était également un penseur, un philosophe de la trempe d'Aristote, capable d'affronter la vérité, tandis que je n'étais que son idiot de fils, un disciple lâche et ignorant !

Savoir lire et voyager loin

Quiconque affirme que ma mère est illettrée est un ignare.

Ma mère est instruite. Elle a une certaine culture. Si l'on mesure la culture, au sens étroit du terme, au nombre de caractères connus et au niveau d'études, il faudrait user d'une expression spéciale pour estimer la capacité de lecture que possède ma mère et le nombre de caractères qu'elle connaît.

Combien en connaît-elle, en fait ?

Les statistiques sont une chose stupide. Un autre point de vue, tout aussi scientifique et précis, est celui du dieu Eole dans la mythologie grecque : il émit un souffle de vent, lequel lui permit de mesurer la distance qu'il aurait à parcourir pour descendre dans le monde des humains. Ainsi connut-il la distance entre le ciel et la terre. Pour ma mère, je dirais qu'elle connaît tous les caractères dont elle a besoin pour vivre. C'est ainsi que ma deuxième sœur a résumé les choses, avec la précision d'une averse que la sécheresse appelle.

Lorsque, dans sa jeunesse, l'équipe de production fonctionnait avec des points de travail, sans que personne n'ait eu à les lui expliquer vraiment, ma mère a appris à écrire et à mémoriser les chiffres arabes de 1 à 10. Dans la cour de notre maison, un morceau de craie traînait toujours sur le dosseret de la porte d'entrée et, sur la moitié du mur, étaient tracés toutes sortes de chiffres et de figures : cercles, triangles et pentagrammes. Les chiffres correspondaient au nombre de points de travail et de parts de céréales que notre famille avait gagnés sur une saison ; les triangles et pentagrammes, à la qualité des récoltes – abondantes ou mauvaises – de l'été ou de l'automne de l'année.

Si elle traçait un pentagramme, cela signifiait que l'année ne pouvait être considérée comme faste ou néfaste et que notre quotidien s'écoulerait aussi normalement que bourgeonnent les arbres lorsque mars arrive.

A la fin de l'année 1978, je partis pour l'armée. Au début de l'année 1979, ma mère savait écrire les trois caractères de son nom de jeune fille et de son prénom : *Zhou Lingxian* (*zhou* signifie « tout », *ling* « esprit, âme », *xian* « immortel »). Trois caractères antiques où s'inscrivent les vœux de l'humanité. Pourquoi avait-elle voulu apprendre à écrire ses nom et prénom ? Elle m'expliqua qu'à partir de janvier 1979, j'avais commencé à lui envoyer de l'argent et que, lorsqu'elle se rendait à la poste pour le percevoir, elle devait signer le mandat postal. L'employé avait écrit les trois caractères sur une feuille blanche et lui avait demandé de les reproduire sur le formulaire. Après avoir copié deux fois le modèle, elle avait su écrire ces trois caractères. Elle savait non seulement lire et écrire ses nom et prénom mais était aussi capable de lire (j'ignore si elle pouvait l'écrire) *district de Song*, *Tianhu*, *Yan Lianke*, *Yan Fake* (mon frère aîné), ainsi que les noms et prénoms de mes sœurs, *Yan Sujing* et *Yan Sufen*. Elle me raconta que chaque fois qu'elle se rendait à Luoyang et en revenait, à la gare routière elle devait toujours demander où était le car pour le district de Song. Un jour, elle interrogea un homme d'âge mûr qui portait des lunettes, l'homme ne lui répondit pas mais la regarda du coin de l'œil, leva les yeux au ciel et s'éloigna. Elle comprit bientôt que le car se trouvait juste à côté d'elle et que, suspendue sous l'abribus, une pancarte indiquait *district de Song* en caractères rouges. Elle cessa d'en vouloir à cet homme qui ne lui avait pas répondu et décida d'apprendre les mots *district de Song*, *Tianhu* et les noms et prénoms de ses enfants, neveux et nièces. C'est à ma nièce Yuanyuan, qui habitait avec elle, qu'elle avait demandé de lui enseigner chaque jour un nouveau caractère et elle avait fait de rapides progrès.

Ma mère sait aussi lire d'autres mots, *homme*, *femme*, *Luoyang*, *Henan*, *Chine*. Elle a voulu apprendre *masculin* et *féminin* afin de ne pas entrer dans les toilettes des hommes lorsqu'elle quittait le village. Ainsi a-t-elle appris que le caractère *homme* possède une jambe courbe tandis que le caractère *femme* a deux jambes croisées. Quant à *Luoyang*, *Henan* et *Chine* dont l'écriture est bien plus compliquée, j'ai d'abord songé qu'elle les avait appris par patriotisme. Je lui ai posé la question, mais elle m'a répondu en riant que si pour pouvoir aller à Luoyang et en revenir, il lui fallait connaître *district de Song* et *Tianhu*, alors, comme je l'emmènerais un jour à Pékin, Guangzhou, Shenzhen, voire à Hong Kong, à Taiwan, au Japon et dans d'autres villes du monde, ne devait-elle pas au plus tôt apprendre à lire les mots *Henan* et *Chine* ?

Ma mère espérait donc que je l'emmènerais voyager dans d'autres pays, au Japon, en Corée, à Singapour, et plus loin encore, en Amérique, en Angleterre, en France… Hélas, ma piété filiale n'est pas à la hauteur. Il y a deux ans, je l'ai emmenée avec mes sœurs à Hong Kong ; elle a pu s'y promener en fauteuil roulant pendant une semaine, mais depuis, je ne l'ai plus accompagnée nulle part. A chacun de mes voyages, cependant, quel que soit le pays de destination, j'obéis à ses vœux en prenant beaucoup de photos que je rapporte ensuite chez nous, à Tianhu. Je déplace un banc dans la cour de notre maison, nous nous y asseyons et je lui montre la tour de Tokyo, les steppes de Mongolie, le Louvre, le British Museum, et aussi la statue de la Liberté, celle du Christ rédempteur au sommet du Corcovado, aussi haute qu'un immeuble de six étages. Alors, que ce soit au printemps ou en automne, le ciel est pommelé de nuages blancs, la tranquillité règne, des oiseaux pépient sur le peuplier de notre cour et, dans cette atmosphère de douceur, ma mère me dit :

« Le monde est vraiment grand ! Dire que je suis allée à Hong Kong ! Ça valait la peine de vivre ! »

Puis arrivent mes sœurs et ma belle-sœur, les voisins aussi. Ils me demandent toujours de leur rapporter des livres dédicacés ; à leurs yeux, ce sont de plus beaux cadeaux pour leurs collègues et dirigeants que des cigarettes ou de l'alcool. Pendant que je distribue les exemplaires de mes livres, ma mère prend l'un des volumes, le plus épais, le soupèse et dit :

« Je suis vieille et je ne sais pas lire. Tu as écrit tant de livres et je ne peux pas en lire une phrase. Si j'avais su que tu t'occuperais d'écrire, j'aurais appris bien plus de caractères dans ma jeunesse et j'aurais pu savoir ce que tu racontes. »

Des larmes perlent aux coins de ses yeux, mon frère et mes sœurs sourient sans rien dire, mais les voisins, mes oncles et leurs femmes se moquent gentiment d'elle en déclarant haut et fort : « Sans savoir lire, tu as déjà voyagé partout ; si tu avais su lire, tu serais vraiment devenue une immortelle qui parcourt le ciel et l'univers ! »

Huitième digression

Depuis que le roman de Zhao Shuli, *Le Mariage de Xiao Erhei*, est devenu un classique de la littérature révolutionnaire en Chine, le style « pomme de terre » du mouvement des réalistes ruraux dont il était le chef de file a gagné le devant de la scène et s'est emparé de nos rues et villages. Le personnage malfaisant et nuisible de Sanxiangu est ainsi devenu la syphilis de la tradition du mariage en Chine. Pourtant, si l'on analyse les choses honnêtement, si les intermédiaires n'avaient pas joué leur rôle dans le mariage – chaînon de la reproduction de l'humanité, de la vie, des besoins sexuels, de l'amour –, comment l'humanité aurait-elle pu s'étendre et se multiplier ?

Les marieuses ont certainement été les ambassadrices les plus méritantes de la tradition du mariage en Chine. Mais lorsque le langage, l'art, la poésie théâtrale ont avec succès substitué le terme d'*entremetteuse* à celui de *marieuse*, tout ce qui relevait de la bonne entente, de l'assortiment ou de l'alliance a perdu en signification ; le mot *entremetteuse* n'évoque plus que langue bien pendue, courtoisie hypocrite et recherche de profit personnel. Le succès de cette image de l'entremetteuse relève d'une communication artistique subtile et bien conçue. Par le biais de publications et de spectacles, elle s'est répandue et implantée dans nos cœurs et notre quotidien.

Jadis, on les appelait les *dames rouges*, poésie et spectacles témoignaient abondamment du respect et des louanges que leur vouaient les amoureux. Wang Huan, poète de la dynastie des Tang, célébrait le rôle joué par la dame rouge, servante de la jeune Yingying, qui s'arrangeait pour qu'elle puisse rencontrer en secret son amant. Sous les Song, Liu Kezhuang évoquait la chance des deux amants de pouvoir bénéficier de l'aide de la dame rouge.

Dans tous ces chefs-d'œuvre, le propos était empreint de déférence, de tristesse et de louange à l'égard des dames rouges. En particulier sous les Yuan, avec *La Chambre de l'ouest* où la marieuse devint la protagoniste et l'héroïne salvatrice de cette élégie du mariage et de l'amour. *La Chambre de l'ouest* a été mise en scène directement sous le titre de *La Dame rouge*. Le rôle de la marieuse a obtenu la plus complète approbation. A partir de la littérature de Yan'an, avec la publication du *Mariage de Xiao Erhei*, un tournant a été pris et la marieuse devint entremetteuse, déconstruisant en profondeur le respect entourant la dame rouge pour céder la place aux sarcasmes, à l'ironie et au ridicule de l'entremetteuse. On peut situer son émergence ignominieuse à l'apparition de Yan Poxi dans les chapitres XXI et XXIV du roman *Au bord de l'eau* : « La mère Yan, ivre, rosse Tang-le-Bouvillon. Song Jiang, furieux, tue Poxi » et « La mère Wang, soudoyée, s'entremet dans une intrigue amoureuse. Le gamin Yunge, exaspéré, fait de l'esclandre dans une maison de thé ». On peut également citer le chapitre XXVII : « Dans le district de Mengzhou, l'Ogresse vend du vin narcotique. A la Falaise-en-croix, le capitaine Wu Song rencontre Zhang le Jardinier. »

Plus tard, *Fleur dans une fiole d'or*, dont bien des spécialistes qualifient l'écriture de sublime, décrit l'entremetteuse avec une telle minutie que l'on peut dire que ce roman en a façonné avec le plus de succès la transformation. L'entremetteuse du roman de Zhao Shuli n'en est qu'une réminiscence, une renaissance dans une autre époque. L'image de Sanxiangu, portée par la révolution et la ferveur politique, a influencé la société bien plus profondément que celle de Wang Po – Yan Poxi. Si l'on étudiait comment les images de la dame rouge, de la marieuse et de l'entremetteuse des romans précités se sont mêlées, superposées dans les domaines littéraire, artistique, historique et politique, on découvrirait certainement que la perception du personnage a également été influencée par l'histoire et la politique. Remontons le temps jusqu'à la dynastie des Yuan ; *La Chambre de l'ouest* est riche en louanges et marques d'estime envers le sexe féminin, riche également en remarques et réflexions profondes sur l'amour ; sitôt abordée l'époque d'*Au bord de l'eau*, ces mentions sont absolument, fermement et résolument brisées par le patriarcat. A la lumière des études sur *Fleur dans une fiole d'or*, très en vogue de nos jours, on remarque que le phénomène ressurgit au moment où les êtres, et surtout les femmes, recherchent la liberté. Or, en rendant publique cette image, *Le Mariage de Xiao Erhei* a cédé la réflexion littéraire la plus fondamentale à la révolution et abandonné du même coup l'expression respectueuse et la description sincère et délicate du sexe féminin pour verser dans le manichéisme de la classe moyenne en dessinant plus directement et nettement le portrait de l'entremetteuse Sanxiangu.

La pensée dualiste selon laquelle ce qui n'est pas noir est blanc est la plus aisément recevable et répandue en ce monde, et en Chine plus qu'ailleurs. C'est ainsi que qui n'était pas révolutionnaire ne pouvait être que contre-révolutionnaire. Porté par la vague révolutionnaire, *Le Mariage de Xiao Erhei* a outrepassé le domaine littéraire pour se poser sur le damier des classes et de la révolution, de sorte qu'en plus de favoriser le mariage libre et la transition artistique de la marieuse vers l'entremetteuse, il a également enterré la traditionnelle bonté des dames rouges et le respect des femmes. Il en résulte qu'aujourd'hui, le rôle d'intermédiaire, en majorité assuré par des femmes, n'a guère disparu, mais que les mots *marieuse* ou *entremetteuse* continuent à susciter sarcasmes et satire.

Le terme actuel d'*intermédiaire* marque la compréhension et la considération pour cet ordre social et formel que représente le mariage et dont l'humanité ne peut se départir. Pourtant, si les termes précédents étaient presque tous féminins, celui d'intermédiaire inclut forcément les deux sexes. Il n'est plus connoté aussi simplement qu'avant, évoquant sans nuance la louange ou la critique ; il désigne très précisément la personne qui établit un pont entre les futurs époux. Enfin, il reflète l'ouverture de la société moderne. Ainsi, dans le lexique social, l'évolution de ces qualificatifs – *dame rouge*, *marieuse*, *entremetteuse* et *intermédiaire* – constitue le signe le plus poétiquement éloquent de la condition des femmes en Chine, de leur position dans la société depuis des siècles. Dès lors que nous en percevons les fluctuations, nous saisissons aisément les vicissitudes de l'existence des femmes dans la littérature, les arts, l'histoire et la réalité.

L'intermédiaire

Parmi les nombreux rôles que ma mère a assumés dans sa vie, l'un a été négligé : celui d'intermédiaire.

Sur notre terre de la plaine centrale, c'est un rôle social envié et respecté ; celui ou celle qui l'endosse est une personne ouverte d'esprit, de bonne tenue et dont les paroles et les actes sont propres et nets. A la campagne, être intermédiaire n'est pas une profession mais un rôle social vertueux. L'intérêt pour l'argent ne permet pas d'assurer ce rôle dans la durée ; le dessein d'un intermédiaire doit être de « soutenir l'union de deux familles et d'en assumer la responsabilité ». Ainsi doit-il connaître parfaitement la position sociale des deux parties, les membres de chaque famille, leurs revenus, leurs dispositions naturelles, les rapports qu'ils entretiennent avec leurs voisins, etc. C'est à partir de ces éléments qu'il évalue et prévoit comment deux jeunes gens étrangers l'un à l'autre pourront devenir plus intimes, se marier, avoir des enfants et vieillir ensemble. J'ignore quel est le premier couple, parmi nos nombreux voisins et villageois, pour lequel ma mère a servi d'intermédiaire, mais aussi loin que remontent mes souvenirs, lorsqu'un mariage était célébré, tandis que l'on frappait gongs et tambours, ma mère apparaissait souvent au milieu de l'assemblée festive. Elle était vêtue très proprement pour tenir la main de la mariée et se distinguait des autres invités par une ceinture de soie rouge dont un pan tombait, signe qu'elle était celle qui avait présenté l'un à l'autre les futurs époux.

Dans notre village comme dans les villages voisins, les mariages et les enterrements, les naissances, la maladie et la vieillesse étaient les événements les plus importants, ceux qui marquaient le début et la fin de nos vies en société aussi bien qu'en famille, dont ils rythmaient saisons et successions. Si quelqu'un mourait, ma mère devait coudre sa robe mortuaire. Si un autre se mariait, elle était invitée à tenir la main de la mariée. Lorsqu'elle avait été l'intermédiaire pour un jeune couple, mari et femme se présentaient bientôt chez nous, visages rayonnants, un sourire timide aux lèvres, avec des cadeaux : jamais de l'argent, mais des pommes, des noix, des cacahouètes ou des kakis, des raisins si la saison s'y prêtait. Ma mère acceptait les offrandes et, le couple s'apprêtant à partir, devait inévitablement leur donner quelque chose à emporter. Et c'étaient encore des cacahouètes, des noix ou des fruits de saison.

C'est ainsi que l'intermédiaire était rémunéré et répondait à la courtoisie par la courtoisie. C'est pourquoi, lorsque l'opéra *Le Mariage de Xiao Erhei* a été joué dans le Henan, ma mère s'est exclamée : « Les gens qui écrivent ces opéras sont vraiment des idiots ! » Il faut dire que *Le Mariage de Xiao Erhei* datait d'avant 1949 et que ma mère n'avait assuré sa fonction d'intermédiaire qu'après cette date.

L'époque était différente.

A quel moment exactement ma mère a-t-elle commencé à assumer ce rôle social, puis cessé de le faire ? Je l'ignore. Mais dans notre village, nombreux sont ceux, surtout parmi nos voisins, nos proches et connaissances, lorsqu'on évoque leur mariage, qui affirment que c'est ma mère qui les a fait se rencontrer. En particulier, les frères et sœurs de mes oncles, il semble que ma mère les ait tous et toutes aidés, les uns à trouver leur future épouse, les unes leur belle-famille. Que les choses se passent ensuite bien ou mal, ils venaient chez nous. Quand tout allait bien, ils venaient le cœur plein de reconnaissance. Dans le cas contraire, c'était pour raconter leur peine et s'épancher. Ma mère déclarait alors à celui (ou celle) venu(e) pleurer : « Comment peut-il (elle) se conduire ainsi ! » Et elle laissait là son bol de riz, prenait l'homme ou la femme par la main pour se rendre auprès du conjoint.

Elle partait avec un visage triste et indigné et revenait détendue et soulagée.

« Alors ?

— On a bien discuté, ils ont promis de vivre en bonne entente désormais. »

Lorsque j'entendais cet échange entre mes parents, je savais que ma mère venait de resserrer la vis de la cohésion d'une famille. Aujourd'hui, les citadins considèrent que le taux de divorces mesure le degré d'évolution d'une société. Plus il est élevé, plus la société est, paraît-il, évoluée. Dans les campagnes, on continue à penser que le divorce est un désastre. Au sujet de ce maillon que représente le mariage, il m'est impossible de dire si ma mère était progressiste ou conservatrice. Quant à la stabilité et la pérennité sociales dans les campagnes, ma mère y a sûrement contribué. Si quelqu'un avait le goût et l'argent pour créer un musée du mariage dans les campagnes de Chine, alors, ma mère devrait occuper la place centrale dans la salle d'exposition de notre village. Six garçons et deux filles du frère aîné de mon père lui doivent presque tous leurs mariages. Elle a joué pour eux le rôle de la dame rouge, de l'intermédiaire, voire de l'horrible entremetteuse Sanxiangu.

Leur mère passait son temps à chanter et chanter encore. Après les avoir mis au monde et élevés jusqu'à ce qu'ils sachent parler et marcher, il semble que sa mission était pour elle accomplie. Restait à mon oncle la tâche de les aider à fonder une famille et à s'établir. Aussi a-t-il surgi un jour pour déclarer à mes parents que les enfants étaient grands et qu'il fallait leur construire une maison et préparer leur mariage. Lui assumerait les soucis de la construction des maisons et la responsabilité de trouver les épouses revint à ma mère.

Un an plus tard, une maison de trois pièces se dressait au seuil des années soixante-dix, fleur éblouissante épanouie sur la terre pelée de l'époque. Fleur dont les racines et la tige n'avaient que peu d'humidité et de substance nutritive. Les petites tuiles vertes, régulières et agréables à voir, arrêtaient les passants admiratifs, mais à l'intérieur de cette vaste et vide demeure, hormis le portrait de Mao que l'on trouvait affiché sur un mur dans toutes les maisons, il n'y avait pas même un tabouret. Un midi, mon oncle vint nous voir avec son bol de nourriture à la main et, dans notre cour pleine de la verdure du début de l'été, il eut avec mes parents une discussion que je n'ai jamais oubliée :

« La maison est construite, dit-il en s'adressant à ma mère, tu dois maintenant t'occuper de trouver une épouse à mon fils aîné. »

Ma mère acquiesça gravement, consentant à prendre la responsabilité des mariages et des vies de ses neveux. Ils déjeunèrent et bavardèrent d'autres sujets. Mon oncle parti, ma mère s'adressa à mon père :

« Il n'y a absolument rien dans leur maison.

— On va bien trouver un moyen, répondit-il.

— Quel moyen ? »

Mon père sourit et déclara : « Quand la jeune femme viendra, nous n'aurons qu'à emprunter quelques meubles et les y disposer. »

Ma mère le regarda alors fixement :

« Mais ce serait duper la jeune femme ! »

Mon père rétorqua avec solennité :

« C'est pour notre neveu ! »

Ces derniers mots firent abandonner à ma mère ses principes et elle prit le parti de devenir entremetteuse plutôt qu'intermédiaire. Elle n'ajouta rien. Le lendemain, elle se rendit dans les villages alentour. Le surlendemain aussi. Finalement, après quatre ou cinq jours, elle revint pour annoncer qu'au village de Xiejiagou, une jeune femme de la famille Lian acceptait de rencontrer le fils aîné de mon oncle et se présenterait le lendemain. Ce jour-là passa comme les autres et le suivant arriva comme d'habitude – le soleil était-il alors le même ou avait-il été changé contre un astre nouveau ? Notre village restait immuable mais j'étais convaincu qu'il était différent. La lumière d'automne était fraîche et douce. L'odeur du maïs et de l'orge à maturité envahissait nos rues et nos cours pour s'y mêler dans une saveur sucrée, comme si le ciel s'emplissait d'une eau saccharinée.

Le jour se leva.

Nous nous mîmes au travail.

Ma mère dirigeait cette escroquerie romantique. Elle contrôlait tout. Les villageois semblaient maîtriser le précepte « Qui se connaît et connaît son adversaire triomphera à coup sûr » de *L'Art de la guerre*. Ma deuxième sœur fut envoyée auprès de ma tante et de ses filles pour aider au ménage, et grâce aux femmes, aux balais, à l'eau et aux chiffons, il ne resta pas un grain de poussière dans la maison de mon oncle. Le sol de terre battue brillait comme un sou neuf. Nous y transportâmes notre table, nos chaises et nos bancs. La maison vide se meubla. Là où il devait y avoir des chaises, il y eut des chaises à dossier laqué rouge. Plateau et théière furent disposés, tels des objets d'exposition, à l'extrémité d'une console. L'un de nous eut pour mission d'apporter une cuvette neuve et son support pour les installer dans un coin de la pièce principale. On mit aussi une portière. Une nouvelle literie. On remplaça le portrait de Mao, recouvert de poussière, par les portraits flambant neufs des cinq grands leaders : Marx, Engels, Lénine, Staline et Mao.

Le monde devint un monde neuf.

Celui qui s'apprêtait à accueillir sa promise s'était métamorphosé, lui aussi. Vêtu d'un uniforme neuf, il se tenait dans la cour, souriant, inquiet. Si son costume avait été prêté pour l'occasion, il lui allait parfaitement, comme confectionné spécialement pour lui.

Dans la rue, la moitié du village attendait. L'attente donnait au temps, à la lumière et à l'espace l'aspect d'une scène d'opéra. A près de onze heures, la jeune femme apparut à l'entrée ouest du village. Conduite par ma mère, elle entra dans notre champ de vision et nous remarquâmes sa tenue nette et son allure décidée. Quelqu'un cria : « Elle arrive ! Elle arrive ! » et les chahuts commencèrent, les uns se mirent en travers de la rue pour mieux la voir, les autres criaient : « Voici la future épouse ! La future épouse ! » Mais, à notre grande surprise, la future belle-sœur s'arrêta devant l'attroupement pour déclarer avec sang-froid :

« Que regardez-vous donc ? Qu'y a-t-il à regarder ? »

Cela nous stoppa tous. Sa remarque nous laissa cois. Face à ce personnage impitoyable et devant le sourire de ma mère, nous reculâmes pour leur ouvrir la route jusqu'à la maison de mon oncle.

Ainsi ma mère endossa-t-elle le rôle de l'entremetteuse pour duper une jeune femme. Dans la demeure toute neuve, meublée et propre, sous les regards accueillants et favorables des grands Marx, Engels, Lénine, Staline et Mao, rehaussés par la beauté et l'élégance du fils aîné de mon oncle, un mariage s'engagea, tirant le meilleur parti de la situation. J'ignore ce que les deux jeunes gens se dirent lorsqu'ils se retrouvèrent seuls, mais je me souviens que la jeune femme était satisfaite et que, lorsque ma mère et ma tante lui demandèrent ce qu'elle souhaitait en guise de présents pour sa famille, elle répondit contre toute attente que les présents traditionnels n'avaient guère d'importance : sa famille devait construire une maison pour son frère aîné et, comme ils habitaient loin, ils manquaient d'artisans et de bras, alors elle espérait que la famille Yan pourrait y pourvoir.

Un lourd rideau retomba sur cette rencontre pleine de duperie.

Le fils aîné et le troisième fils de mon oncle étaient maçons. La date du mariage de l'aîné fut fixée et, à peine quelques jours plus tard, toute la famille se mobilisa pour aller aider à construire la maison des Lian. Cela fait, le fils aîné des Lian se maria et sa sœur épousa aussitôt l'aîné de mon oncle pour devenir notre « belle-sœur Lian ».

Le mariage de ma belle-sœur Lian fut célébré l'année suivante au milieu du printemps. Deux jours plus tard, les jeunes mariés rendirent visite à mes parents. Personne alors ne s'attendait à ce que ma mère quittât aussi vite son rôle d'entremetteuse pour reprendre celui d'intermédiaire et de dame rouge : elle s'empressa de tirer par le bras la jeune femme. « Maintenant vous êtes mariés, lui dit-elle, vous êtes un très beau couple ; ce qui est fait est fait mais il y a une chose que je dois t'avouer… » Et elle lui expliqua que la famille de mon oncle n'était pas aussi riche qu'elle le lui avait fait croire, que, le jour de la rencontre, les meubles et décorations qu'elle avait pu voir dans la maison avaient tous été prêtés. Elle lui demandait de la comprendre et de la pardonner. Le plus grand coup de théâtre intervint alors : ma mère venait d'avouer ses agissements d'entremetteuse et d'effectuer son autocritique, mais ma belle-sœur Lian ne montrait aucun signe de mécontentement, ne formulait aucune réclamation, au contraire, elle éclata d'un rire franc et déclara :

« N'est-ce pas toujours comme ça ? Sitôt entrée dans cette maison, je me suis aperçue que les meubles et la décoration ne lui appartenaient pas ; qui donc pourrait être assez riche pour posséder ainsi tout ce qu'il souhaite – et quel homme aussi riche aurait voulu de moi pour épouse ? »

Elle reprit enfin son sérieux et, avec un étrange regard :

« Deuxième tante, la première fois que tu es venue chez nous, ne t'es-tu vraiment pas rendu compte que bien des meubles et des objets n'étaient pas à nous non plus ? »

Puis, dans un nouvel éclat de rire :

« Chez nous, lorsqu'on organise la rencontre entre deux jeunes gens, que ce soit chez le promis ou chez la promise, les meubles, la décoration, les vêtements, tout est systématiquement prêté pour l'occasion. N'est-ce pas aussi le cas chez vous ? »

Ainsi se confondirent ces deux rôles d'intermédiaire et d'entremetteuse, l'époque mêlant sans façon l'eau avec le lait. De fait, dissimulation et tromperie se sont bien souvent révélées fructueuses et propices aux légendes ; l'histoire est riche en catastrophes qui ont façonné des héros.

Ma mère, son oncle et son père

Si je disais simplement que ma mère était une personne remarquable, franche et sincère, philosophe, je ferais erreur. Elle ne serait pas ma propre mère mais celle d'un autre. Certes, elle était franche et sincère, philosophe, mais il me faut avouer qu'elle était également rustique, qu'elle avait la vue courte et qu'elle aimait se plaindre, plus ou moins comme Xianglinsao, Huadama et tous ces « dormeurs de la maison de fer » que Lu Xun critique inlassablement.

A dix-sept ans, ma mère avait quitté son village de Yaodian pour rejoindre son mari à quelques lis de là. Elle avait perdu sa mère alors qu'elle n'avait même pas un an, son père s'était remarié et avait fondé une nouvelle famille, et elle avait dû dès son plus jeune âge vivre et grandir avec un oncle idiot. Très tôt, elle avait fait la cuisine, les lessives, tandis que son oncle n'était capable que de semer et manger, ne sachant rien faire d'autre, pas même cuire le riz. Dès l'âge de deux ou trois ans, sa famille s'était limitée à cet oncle idiot.

Elle avait seize ans quand il fut écrasé sous un orme. Il ne lui laissa qu'une mare de sang et de silence, l'obligation aussi de suivre son chemin vers l'inconnu : le mariage. La fatalité attachée à ma mère m'a convaincu que les efforts d'un être humain ne peuvent rien contre le destin. Combien d'années aurait encore vécu l'oncle idiot si l'arbre ne s'était pas brutalement abattu sur lui ? S'il avait vécu comme la plupart des gens jusqu'à soixante ou soixante-dix ans, quel homme ma mère aurait-elle épousé pour partager bonheurs ou malheurs – et de quelle famille ? Si elle avait épousé un homme d'un autre village, d'une autre famille et d'un autre destin, où serions-nous, mon frère, mes sœurs et moi-même ?

Un arbre abattu a décidé de la vie de ma mère, de nos naissances et de nos destinées. J'en déduis que le monde est gouverné par le hasard. L'inévitable n'est qu'un petit, tout petit écrou de ce hasard. Aussi loin que remontent mes souvenirs, lorsque j'avais quatre ou six ans, ma mère s'exclamait chaque jour : « Ah ! Quel bonheur ce serait si mon oncle idiot était encore en vie ! », comme Xianglinsao qui demandait à tout le monde : « Lorsqu'un être meurt, est-ce qu'il devient un fantôme ou non ? » ou répétait à tout bout de champ : « Quelle idiote je suis ! Je sais que par temps de neige, les bêtes sauvages n'ont rien à manger dans la montagne et qu'elles viennent au village, mais j'ignore si elles le font au printemps ! » J'ai grandi avec ces plaintes et ces paroles que ma mère rabâchait comme Xianglinsao. La nuance est que Xianglinsao ne rencontrait qu'indifférence ; hormis Lu Xun, tout le monde trouvait ennuyeuses ses jacasseries (je pense que dans la vie, Lu Xun les aurait également détestées), tandis que, chaque fois que ma mère ressassait ses plaintes, mon père, mon frère et mes sœurs étaient émus aux larmes.

Les larmes des siens réconfortaient ma mère.

Un jour, suite à je ne sais quelle profonde réflexion, mon père décida d'aller chercher notre grand-père maternel que nous n'avions encore jamais vu, afin que ma mère pût se dire que si son oncle idiot était mort depuis longtemps, elle avait encore un père en ce monde et, comme toutes les femmes mariées, une « maison maternelle ». J'avais alors huit ou neuf ans, c'était le début du printemps et je rentrais de l'école lorsqu'en franchissant le seuil de notre cour, je vis assis là un vieil homme maigre et chenu, qui portait une veste et un pantalon ouatés noirs, des chaussures en tissu noir, et mangeait la neige et l'or d'œufs au plat que ma mère lui avait préparés. Face à lui, mon père et ma mère contenaient leurs larmes, mais leurs visages trahissaient l'enthousiasme et la joie. Sur les traits émaciés du vieillard tout de noir vêtu, les larmes et l'éclat rouge du plaisir brillaient de la même manière.

Je restai interdit sur le seuil. Mes parents m'appelèrent et me dirent de saluer mon grand-père. Je compris alors que, outre le grand-père idiot qui était mort, j'avais un autre et véritable grand-père maternel en ce monde. Je m'avançai timidement et le saluai ; il me serra contre lui et des larmes tombèrent sur ses œufs au plat.

Dès lors, ma mère redécouvrit ce père qu'elle avait si peu connu durant les vingt années précédentes.

Elle eut une maison maternelle.

Mon frère, mes sœurs et moi-même, nous eûmes un grand-père maternel, une grand-mère maternelle et des cousins.

Ma mère cessa de ressembler à Xianglinsao qui demandait à tout le monde : « Lorsqu'un être meurt, est-ce qu'il devient un fantôme ou non ? » ou répétait à tout bout de champ : « Quelle idiote je suis ! Je sais que par temps de neige, les bêtes sauvages n'ont rien à manger dans la montagne et qu'elles viennent au village, mais j'ignore si elles le font au printemps ! » Le 5 ou le 10 de chaque mois, jour de marché, elle allait dès l'aube à l'entrée du village, attendait de voir apparaître son père dans le flot des passants et l'accompagnait jusque chez nous. Elle lui préparait d'abord des œufs au plat, le laissait ensuite se rendre au marché, puis, à midi, lui servait, à lui spécialement, un bol de nouilles bien fines et bien blanches.

Il en fut ainsi chaque mois, année après année, pendant près de dix ans. Les jours de marché, mon grand-père se rendait chez sa fille, et ma mère l'attendait à l'entrée du village, avec aux lèvres le sourire des retrouvailles, comblant de ce sourire et du bonheur de pouvoir dire « j'ai un père » le gouffre de la solitude d'une vie humaine.

Ma mère et mes nièces

Mes sœurs se marièrent, mon frère travaillait en ville et je partis pour l'armée à Shangqiu, dans l'est du Henan. Durant ces longues années au cours desquelles leurs oisillons quittèrent le nid, ma mère et mon père malade demeurèrent seuls, liés comme les doigts d'une main, dans cette cour et cette maison au toit de tuiles dont l'entrée restait immuablement fraîche en été et douce en hiver. Puis, durant l'année 1984, où aucun phénomène étrange méritant d'être consigné ne se produisit, mon père prit congé de nous et quitta ce monde.

Ce fut une rude période pour notre famille, un nouveau tournant malheureux dans l'existence de ma mère. Preuve qu'en tant que femme, l'inéluctable solitude dont elle souffrait et qui lui était échue en partage dès la naissance, l'accompagnerait jusqu'à la fin de ses jours. Avec le départ de mon père, ce fut comme si le Ciel avait asséché chaque pièce de notre maison ; l'air ne circulait plus nulle part et lorsque nous pénétrions dans la cour et la maison, nous éprouvions comme une hallucination, de la difficulté à respirer, l'impression d'un néant sans une once d'eau ou d'air qui nous entravait et nous coupait le souffle. L'éthique veut que seule la compagnie de ses proches permette à un être humain de jouir du plaisir et du bonheur de vivre. Sans la chaleur de cette affection, font défaut l'air et l'eau d'un destin véritable. En Chine tout particulièrement, elle est souvent l'unique point d'appui pour qu'un être puisse éprouver l'amour et la valeur de la vie. Avec le départ de mon père, son pilier jumeau s'effondrait.

Après l'inhumation, mes sœurs ne purent faire autrement que de rentrer chez elles. Mon frère et sa femme durent retourner en ville pour rejoindre leur unité de travail. Alors, le crépuscule hivernal pénétra notre cour, la recouvrit du silence d'un immense voile noir, dense et hermétique. Je vis ma mère seule dans la cuisine, occupée à me préparer un repas, et je compris profondément la douleur et le sens de ses paroles lorsque, mon père ayant rendu son dernier souffle, elle s'était écriée, en pleurs : « Le ciel s'effondre ! Le ciel s'effondre ! » Je compris aussi pourquoi mes sœurs, mon frère et sa femme avaient évoqué, avant de partir, l'idée de lui confier la petite Yuanyuan, la fille de ma sœur aînée qui n'avait que trois ans.

La solitude était la compagne majeure de ma mère. Quand son oncle idiot travaillait aux champs, elle allait s'asseoir, le repas préparé, à l'entrée du village pour attendre son retour. Mais comme il était idiot, s'il n'avait pas achevé de biner son champ, l'heure du déjeuner était passée depuis longtemps qu'il ne se décidait pas à lâcher sa houe. Ma mère n'avait plus qu'à rester assise sur une pierre, les yeux rivés sur les cultures, le lointain et l'inconnu. Exactement comme lorsque, après plus de dix ans de vie maritale, elle retrouva subitement son père, qu'ils pleurèrent dans les bras l'un de l'autre et qu'elle se mit dès lors à attendre, chaque jour de marché de chaque mois, de le voir apparaître dans la foule.

Mon père étant parti le premier, c'était maintenant une enfant ignorante qui l'accompagnerait, une enfant qui ne savait que se mordre les doigts devant ses devoirs, pareille à la petite de trois ans qu'elle avait été lorsqu'elle avait commencé à vivre avec son oncle idiot. Cette nuit-là, le vent du nord mugissait ; on entendait les fagots de bois heurter les murs et les arbres siffler leur plainte. Les portraits de mon père et de sa mère étaient disposés sur une console dans l'entrée. Ma mère, ma nièce et moi étions assis à l'intérieur, auprès du feu, silencieux. Il faisait bon tandis que dehors le froid régnait ; il nous semblait que laisser mon père dans ce froid était mal. Nous ramenâmes donc les deux portraits à l'intérieur et les plaçâmes près du feu, sur une chaise. Ainsi mon père était-il assis avec nous, comme autrefois.

Les lieux étaient si tranquilles que l'on entendait seulement le crépitement des flammes qui s'élevaient avec la légèreté de la soie.

Et le dialogue entre mon père et l'air.

Ma nièce était sur mes genoux, ma mère assise face à moi. Je me souvins alors d'une nuit de réveillon : mon père tenait au creux de son bras gauche sa petite-fille Fangfang et au creux de son bras droit Yuanyuan qui n'avait que quelques mois de moins. Soudain, il déclara sans y croire : « La vie est belle ! Qui sait combien de temps encore je pourrai porter ainsi mes petites-filles ? » Désormais, il ne pouvait plus se chauffer près du feu avec ses petits-enfants dans les bras, j'avais pris sa place et je portais ma nièce comme un don de Dieu. C'était un moment de douceur, de silence, mais aussi de vide et d'isolement lorsque, soudain, Yuanyuan se leva et prit le portrait de son grand-père qu'elle serra contre elle en prononçant ces paroles qu'elle seule pouvait prononcer :

« Je veux dormir avec mon grand-père. »

Ma mère et moi la regardâmes. Ma mère eut alors ces mots très cruels :

« Ton grand-père n'est plus là. Il a pris la ferme résolution de ne plus jamais nous parler ni s'asseoir avec nous ».

Ma nièce la regarda, interdite. Comprenait-elle ?

« Ce n'est pas grave. Puisqu'il n'est pas là, je vais serrer sa photo contre moi et il reviendra. »

Cette nuit-là, parce qu'il faisait froid, ma mère prit le portrait de mon père et l'emporta à son chevet, où il demeura, enveloppé dans une taie d'oreiller, jusqu'au lendemain, lorsque le soleil se mit à éclairer et chauffer notre maison et la console dans l'entrée. Alors seulement ma mère le remit à sa place.

Plus tard, quand elle était seule, ma mère comblait le silence et la solitude avec ce portrait. Plus tard encore, lorsque ma nièce la voyait fixer le portrait d'un air hébété, elle lui prenait la main et lui parlait de choses et d'autres pour l'en éloigner.

Ma nièce grandit peu à peu avec sa grand-mère et comprit ce que signifie « être liés comme les doigts d'une main ». Sans avoir éprouvé cette dépendance mutuelle, sans avoir attendu l'oncle idiot qui ne se décidait pas à rentrer tant qu'il n'avait pas fini de biner, on ne peut gagner en maturité. Je compris ainsi que mon frère, mes sœurs et moi, lorsque nous parlons de solitude, des bons et mauvais moments de l'existence que deux êtres inséparables traversent ensemble, nous ne faisons que tenir un panier de pommes en nous plaignant de leur manque de saveur. Je compris pourquoi, trois ans plus tard, un voisin me confia qu'il n'aurait jamais imaginé que ma mère était une coureuse de fond, une championne d'endurance ! Ma nièce passait ses journées collée à ma mère, elle dormait contre elle la nuit. Lorsqu'elle fut en âge d'aller à l'école, ma mère l'accompagnait jusqu'à l'entrée du village voisin. Là, devant l'école, elles étaient bien obligées de se séparer. Mais un jour, en allant la chercher, ma mère remarqua que le front de la petite était chaud, sinon brûlant ; elle l'entraîna alors à grands pas pour rentrer au plus vite et lui appliquer un linge d'eau glacée ; l'ayant laissée seule le temps de préparer le repas, elle la retrouva étendue sur le sol, la compresse glacée à côté d'elle comme une main tendue vers les lointains. Elle se précipita, toucha le front de la petite ; il était si brûlant qu'elle crut recevoir une décharge électrique. Elle appela « Yuanyuan ! Yuanyuan ! » en la secouant, mais le corps évanoui était aussi souple qu'une branche de saule, aussi mou qu'une nouille. Ma mère paniquée la prit dans ses bras et courut vers l'hôpital du bourg. Elle n'avait jamais couru aussi vite de sa vie. Les gens qui la virent passer n'en revenaient pas. Ses pas abattaient les maisons, les arbres, les poteaux électriques pour les laisser derrière elle. On lui demandait : « Que se passe-t-il ? Que se passe-t-il ? » Sa course en direction de l'hôpital était sa seule réponse. Elle atteignit la rue principale, puis la gare routière sur la grand-route, elle avait parcouru la moitié du trajet lorsque Zhangke la rattrapa, prit la petite dans ses bras et, comme dans une course de relais, s'élança vers l'hôpital.

Ils surent bientôt que la fièvre avait atteint quarante et un degrés, ce qui était extrêmement rare. Heureusement que vous n'habitez pas loin, leur dit le médecin, si vous aviez dû parcourir dix lis, la fièvre aurait submergé cette enfant et elle s'en serait sortie au mieux sourde ou stupide. Grâce soit rendue à notre maison située près de l'hôpital ! A ma mère, dont l'endurance n'a pas faibli ! Elle s'est écroulée en arrivant, ses vêtements entièrement trempés de sueur, à bout de souffle, tel un vieux bœuf à l'agonie tirant un veau mal en point et une charrette délabrée pour se hisser jusqu'au faîte de la vie. Il n'empêche qu'elle avait atteint le faîte et que grâce à elle, la petite Yuanyuan, sous perfusion, se réveilla pour s'exclamer en souriant : « Grand-mère ! »

Ma mère lui rendit son sourire, lui prit la main. A cet instant, toutes deux connurent la beauté de ce lien qui unit les êtres inséparables, la plus douce lumière de l'existence. L'année suivante, fraîchement promu, je pouvais envoyer un peu d'argent à ma mère chaque mois, or, je ne sais plus pourquoi, je ne le fis pas pendant deux mois. Une lettre de ma nièce me parvint alors : sur l'enveloppe blanche, l'écriture était aussi tordue qu'un rameau chahuté par le vent ; quant au timbre à huit centimes collé de travers, il semblait étrangement me fixer des yeux. J'ouvris l'enveloppe et lus cette unique ligne tracée d'une vilaine écriture :

Oncle, grand-mère dit qu'elle n'a plus d'argent.

Rien de plus.

Parmi les centaines de milliers de lettres que j'ai pu recevoir dans ma vie, c'est à la fois la plus brève et la plus significativement pleine et douce. A travers elle, j'ai vu ma mère et ma nièce, la solitude, la douceur, le calme de notre vieille maison et de notre village, la solidité et la profondeur des relations humaines. J'ai vu à quel point notre maison, notre village et notre terre étaient magnifiques et simples. Je remercie le Ciel de m'avoir fait naître dans cette famille et sur cette terre, de m'avoir donné mes parents, mes sœurs, mon frère et sa femme, mes neveux et nièces et tous mes proches. Lorsque la guerre sino-vietnamienne éclata, les soldats n'étaient pas autorisés à écrire à leurs familles. Je reçus alors une nouvelle lettre. Pas un caractère, pas une ligne d'écriture cette fois, mais une dizaine de timbres rouges et bleus. Je me demandai longtemps pourquoi ma mère m'avait envoyé cette enveloppe sans le moindre message, avec ces seuls timbres. Quand enfin je pus retourner chez nous et lui posai la question, voici ce qu'elle me répondit :

« Si tu es occupé et que tu n'as pas le temps d'écrire, tu colles un timbre sur une enveloppe vide et tu me l'envoies, je saurai alors que tu vas bien. »

Nous étions alors, ma mère, ma nièce et moi, dans la cour. En cette fin d'automne, le ciel était d'un bleu limpide et scintillant ; de soyeux lacis de nuages s'y étiraient avec autant d'élégance que des caractères noirs sur les pages blanches d'un livre d'histoire. Un ciel immense, sans bornes, fort et puissant, pareil à la tendre main de ma nièce dans la mienne.

Travail manuel et féminologie

1

A la campagne, l'être humain est un travailleur.

Le mot de travail y a une signification particulière. Il est toujours utilisé en lien avec la culture, la terre ; avec la révolution et le zèle ; avec les hommes et le pouvoir. Lorsque nous disons de quelqu'un qu'il est un travailleur, nous exaltons aussi, pour une part, l'homme. Il est très rare que nous parlions des femmes en usant du mot de travailleuse, sauf dans le système de production collectiviste, quand il s'agit d'évaluer un travailleur modèle ; il arrive alors que publiquement une femme soit appelée « travailleuse modèle ».

Le concept du travailleur draine la fierté la plus humble du sexe masculin. Afin de différencier le travail des hommes de celui des femmes, nous appelons « travail manuel » celui des femmes. Cela relève du prodige et de la richesse de la langue chinoise, car ce « travail manuel » implique que les femmes vont aux champs et peinent aux travaux agricoles, comme les hommes, mais que des corvées interminables les attendent également à la maison : cuisiner, faire les lessives, rapiécer les vêtements, s'occuper des enfants et, une fois le repas prêt, servir les parents, le mari, les petits. Le repas achevé, elles doivent faire la vaisselle et ranger la cuisine. Si les enfants manquent de vêtements, c'est la faute des épouses et des mères. Si les vêtements sont sales ou chiffonnés, les responsables sont les mêmes. Si une maison n'est pas propre, que le sol est gris de poussière et encombré, c'est aussi la faute des femmes, des épouses et des mères.

Parler de travail manuel pour désigner le travail des femmes, c'est faire la preuve qu'il s'agit d'un travail plus complexe et plus dur.

2

Ma mère était une travailleuse manuelle plutôt caractéristique.

Je me souviens que dans l'équipe de production, elle retournait la terre comme les hommes ; lorsqu'il fallait réparer les aménagements hydrauliques, elle portait les pierres, tout comme eux ; au moment des moissons, elle se levait avant l'aube pour aller récolter le blé et, sous le soleil brûlant de midi, elle tirait elle aussi le rouleau de pierre. Puis, la saison des travaux agricoles passée, tandis que les hommes roulaient leurs cigarettes, fumaient et profitaient de la douceur de l'air à l'entrée du village, ma mère, comme presque toutes les femmes, prenait son nécessaire à couture, s'installait dans la cour ou à l'entrée de notre maison pour ressemeler nos chaussures ou celles de mon père et rapiécer nos vêtements.

L'insecticide utilisé à l'époque dans les campagnes était le lindane, une poudre rouge et jaune que ma mère allait répandre sur les cultures et les semis de légumes lorsque nécessaire. Elle s'appliquait un linge sur la bouche et puisait le lindane à mains nues. Après deux jours, elle avait les paumes enflées, les doigts épais comme des tuyaux, prêts à se fendre au moindre heurt, avec un bruit d'explosion et un jaillissement de sang. Quant à son visage, enflé comme une galette, rouge et brillant, à peine le remuait-elle que la douleur lui faisait crier : « Maman ! » Par la suite, avec les progrès de la société, masques et gants furent utilisés dans les campagnes. Le lindane remplacé par du dichlorvos, après l'avoir répandu sur les cultures de coton, les arbres fruitiers et les semis de légumes, les femmes avaient toujours le visage enflé et, sous les pantalons, l'œdème gonflait leurs jambes comme à l'époque des trois années de famine. Ma mère et les autres jeunes femmes réunies à l'entrée du village s'exclamaient en regardant les champs et le ciel :

« Il aurait mieux valu qu'il n'y ait pas de progrès ! Cet insecticide tue la vermine mais nous tue aussi ! »

Puis il y eut davantage encore de progrès, le dichlorvos céda la place à d'autres insecticides plus ciblés et les femmes de l'âge de ma mère passèrent le relais de ce travail manuel à leurs filles ou à celles qui venaient d'épouser un jeune homme du village. Quant à elles, les mères, elles commencèrent à se demander jour après jour : « Comment se fait-il que ma vue se trouble ? Pourquoi mes doigts sont-ils si gourds ? Je fais trois pas et j'ai mal aux genoux. » A quarante ans à peine, elles avaient la vue affaiblie des personnes âgées. Pour voir l'aiguille, il leur fallait sortir à la lumière du jour ou demander en souriant de l'aide à un enfant, à un jeune qui passait pour elles le fil dans le chas de l'aiguille comme le fil de la vie dans la lézarde de la vieillesse.

J'avais une dizaine d'années quand j'ai remarqué que ma mère avait prématurément vieilli. La vision gênée, elle coupait une mince tranche de gingembre qu'elle se pressait dans les yeux, les larmes jaillissaient et nettoyaient le trouble. Lorsqu'il n'y avait pas de gingembre à la maison, elle prenait un oignon et, s'il n'y en avait pas non plus, elle choisissait du piment. Heureusement, nous vivions à notre aise et ne manquions presque jamais de gingembre ou d'oignon. Ainsi se pressait-elle du gingembre dans les yeux du printemps à l'automne, et même lorsque l'hiver arrivait. C'était la saison du repos pour les uns, mais pas pour elle, car elle savait coudre et nous avions à la maison une machine achetée d'occasion à Luoyang. Les villageois apportaient du tissu, poussaient timidement jusque chez nous la jeune fille ou le jeune homme à marier. Ma mère prenait leurs mesures et les reportait sur les morceaux de tissu qu'elle empilait ensuite, dans l'ordre, sur notre table.

Chaque jour, je la voyais affairée à son ouvrage, appuyant sans cesse le pied sur la pédale de la machine à coudre, prenant régulièrement une fine lamelle dorée de gingembre pour la presser dans ses yeux, couvrant de ses mains ses paupières, puis les retirant couvertes de larmes, les essuyant sur son pantalon avant d'appuyer à nouveau sur la pédale pour enclencher le ronronnement de la machine.

A l'instar du poète qui ne cesse d'écrire ses vers, ma mère écrivait avec cette machine la longue épopée de la vie paysanne ; elle racontait les histoires et la vie des femmes, de tous les êtres humains de la campagne. Les nuages s'enroulaient, s'étiraient, larmes et rivières coulaient ; quoi qu'il advînt, il fallait continuer à vivre. Puis ses filles et fils grandirent dans ce poème géorgique de tumulte et de chaos. La terre des champs elle-même s'épuisa dans le poème. Ses filles et fils, tous les jeunes du village se marièrent ; toujours plus nombreux furent ceux qui l'appelaient « tante », « mère », ou « grand-mère ». Puis les nuages se ramassèrent, le soleil se coucha à l'ouest des monts, elle-même ne sut pas à quel moment cela commença, mais toutes sortes de maladies la surprirent, pareilles à ces routes tout autour du village. On croit choisir une voie quand toutes sont déjà tracées sur la terre avant notre naissance, échouées ici-bas, à attendre que nous ayons parcouru celle-ci pour ensuite parcourir celle-là. Il n'y avait à l'origine aucune route en ce monde ; celles qui ont été parcourues ont toutes été ouvertes par de grands hommes. Nous, ma mère, mon père, mes sœurs, mon frère et ma belle-sœur, bien d'autres encore, innombrables, nous sommes nés pour fouler l'unique chemin où d'autres nous ont précédés, pour vivre à nouveau, une fois encore, la vie que d'autres ont vécue avant nous.

Ma mère a traversé les réalités terrestres que d'autres avaient traversées avant elle, exactement comme nous vivons à nouveau ce que nos parents ont vécu. Ces autres femmes, femmes et hommes, affairés sans cesse dans les champs et les cours, ont vieilli avant l'âge sans s'en apercevoir. Ma mère, comme toutes les femmes de la campagne, n'a pas cessé de s'affairer et, sans s'en rendre compte, à quarante ans en paraissait cinquante, à cinquante, soixante. On ne comprenait pas comment elle était tombée malade, elle-même ne le comprenait pas. Les plus jeunes, ma sœur aînée par exemple, considéraient les pharmacies, les hôpitaux et les médecins comme des voisins ou les meilleures personnes qui fussent. Ma mère, jeune encore, en raffolait aussi, il ne s'écoulait pas trois jours sans qu'elle aille se plaindre, s'épancher. Elle se rendait à l'hôpital comme aux champs ou dans sa cuisine. Elle consulta dans un premier temps pour ses douleurs au dos et aux jambes, vénérant les antalgiques comme les croyants l'église et leur Dieu. Puis elle se fit ouvrir çà et là, subit de petites opérations, se laissant souffrir, saigner, recoudre, comme elle aurait confié à d'autres le soin d'utiliser sa machine pour lui confectionner un vêtement.

Personne ne pouvait expliquer pourquoi son corps était plein de lipomes, une vingtaine peut-être ou une trentaine, sur les jambes, les bras, la taille ou le ventre. Ce furent d'abord de petites boules de la taille d'un haricot, mais avec le temps elles devinrent aussi grosses que des noyaux, des jujubes, des noix. Violacées sous la peau, elles n'étaient pas douloureuses, ne la démangeaient pas – petits paquets de l'histoire déposés là les uns après les autres, demeurant dans l'oubli tant qu'elle les oubliait, se rappelant à elle quand elle s'en souvenait. Mais lorsque ces tumeurs se trouvaient aux articulations, elles ne cessaient de grossir et lui faisaient mal. De plus en plus mal. A tel point que sans être opérée, elle ne pouvait pas continuer à vivre. Elle ne pouvait pas ne pas être opérée, ne pas saigner, se faire ouvrir et recoudre. Alors, sur le chemin qui menait de notre maison à la salle d'opération de l'hôpital, les empreintes des pas de ma mère jonchaient le sol à l'instar des feuilles d'automne. Hélas, ces lipomes aimaient passionnément se développer au niveau des articulations, pareils aux nœuds qui marquent les périodes historiques et se placent inexorablement aux tournants de l'histoire.

Ma mère porte sur son corps trois ou cinq cicatrices, je n'irai pas jusqu'à parler d'une dizaine, ce serait la placer sur un piédestal. Elle avait atteint le demi-siècle lorsque, hormis ces nombreuses petites opérations, nous la conduisîmes à l'hôpital militaire de Kaifeng pour une ablation de tumeurs utérines. J'étais à ce moment-là secrétaire de l'hôpital et il m'était aisé d'obtenir qu'elle soit opérée en priorité en tant que membre de la famille d'un militaire. Elle passa six heures sur la table d'opération ; les tumeurs extraites étaient de la grosseur de petits pains ou de grains de raisin. Après l'opération, le chirurgien me les montra en déclarant, perplexe :

« Les femmes de vos campagnes supportent vraiment bien la douleur ! »

Etait-ce une louange ou une moquerie ? Je l'ignore, mais je sais que les femmes comme ma mère sont des centaines, des milliers et des milliers dans nos campagnes. Que leur destin soit de travailler autant que les hommes et d'effectuer en plus toutes les autres tâches, c'est pour elle un principe incontestable que la tradition leur a inculqué. C'est pourquoi la vieillesse les touche prématurément. La maladie. Sur les chemins qui mènent des rues des villages aux pharmacies et aux hôpitaux des bourgs, du district, de Luoyang ou de Zhengzhou, les empreintes de leurs pas sont bien plus nombreuses que celles des hommes, et la question féminine jusqu'ici négligée est étroitement liée à la vie que mènent inexorablement les femmes dans les campagnes.

3

Ma mère a eu de la chance, il faut le dire.

La chance que je sois promu et puisse lui envoyer chaque mois un peu d'argent, qu'une fois devenu écrivain – et écrivain *célèbre* –, le chef du district, le secrétaire du parti et tous les cadres du bourg, sachant qu'elle était « la mère de Lianke », se montrent attentionnés et aimables envers elle. Du jour où je m'installai à Pékin, sa chance surtout fut de pouvoir aller consulter directement à l'hôpital de Pékin, ne serait-ce que pour un diagnostic erroné.

Le directeur de l'hôpital du district est mon ami. D'après ses investigations, le nombre de femmes hospitalisées dans les campagnes est bien supérieur à celui des hommes. La proportion est de six pour quatre. Pourquoi les femmes d'âge mûr sont-elles plus malades que les hommes alors que leur espérance de vie est plus élevée ? La question vaudrait la peine d'être étudiée sous l'angle des sciences de la vie et des catégories sexuelles ; on découvrirait alors indubitablement que la capacité des femmes à endurer et affronter les épreuves est bien supérieure à celle des hommes.

Après toutes sortes d'opérations et d'hospitalisations pour ses tumeurs, ma mère a fait montre, lors d'une intervention sur un genou, d'une telle endurance, d'une telle connaissance de la vie et de l'effort, qu'aujourd'hui encore son attitude représente pour moi un véritable cours de « sciences de la vie féminine ». Il y a une dizaine d'années, elle avait alors soixante-douze ans, son genou lui faisait si mal qu'elle ne pouvait plus marcher. Nous décidâmes alors avec mon frère et ma belle-sœur de la faire hospitaliser à Pékin. Nous fîmes appel à nos relations de confiance dans le monde médical, mode de fonctionnement dont la Chine ne peut se débarrasser. Deux jours après l'opération, la patiente devait se lever et marcher, afin que la rotule artificielle d'importation fonctionnât en harmonie avec le genou naturel. Ma mère, en sueur et en larmes, s'exécuta, s'appuyant aux murs, au lit, pour avancer pas à pas ; puis, à la fin de la semaine, toujours selon les instructions du médecin, il fallait exercer une forte pression sur son genou pendant vingt à trente minutes, ce qui provoquait une telle douleur que mourir semblait préférable. Mon frère appuya sur le genou de ma mère qui hurla, le suppliant d'arrêter. Mais lorsqu'il cessa, elle essuya ses larmes et lui demanda soudain :

« Pourquoi n'appuies-tu pas ?

— C'est toi qui m'as demandé d'arrêter.

— Je te demande d'arrêter mais tu ne dois pas arrêter. Si tu arrêtes et qu'ensuite je ne peux toujours pas marcher, j'aurai été opérée pour rien ! »

Alors mon frère appuya à nouveau et ma mère hurla à nouveau, le suppliant d'arrêter, d'y aller plus doucement, demandant grâce pour son genou et sa vie, déclarant qu'elle préférait mourir plutôt qu'endurer encore pareille souffrance. Mon frère retira sa main, ma mère essuya ses larmes et lui dit : « Tu dois obéir au médecin et appuyer tout le temps qu'il t'a dit de le faire ; tu ne peux arrêter simplement parce que je te dis d'arrêter ! »

Mon frère recommença ; elle eut beau crier, il continua. Pour ne pas voir son visage se tordre de douleur, il détourna la tête et, quand il eut appuyé aussi longtemps que nécessaire, alors que ma mère avait la voix déchirée à force de crier, il s'arrêta, sortit se laver les mains et le visage, baigné de larmes. C'est en son absence que ma mère prononça ces paroles en lien avec l'existence, la vie et le féminisme.

« Ton frère est vraiment dur, il se comporte avec moi comme si je n'étais pas sa propre mère.

— C'est précisément parce que tu es sa mère qu'il vient de faire ce qu'il a fait. »

Elle réfléchit un instant.

« Il est clair que les femmes souffrent beaucoup plus que les hommes. Ton père est parti très tôt et il m'a laissé toutes les souffrances. »

Je réfléchis à mon tour.

« Tu ne peux pas dire ça. Pour cette opération, il a fallu dépenser plus de soixante mille yuans. Avec la chambre d'hôpital, cela monte à quatre-vingt mille. Si nous avions eu mille ou deux mille yuans à l'époque, papa ne nous aurait sans doute pas quittés si tôt. »

Ma mère me fixa longuement avant de me demander :

« Cette opération a vraiment coûté quatre-vingt mille yuans ? »

J'acquiesçai.

« Dans ce cas, dit-elle en adoptant un point de vue économique, il faudra dire à ton frère d'appuyer encore plus fort, sinon cet argent dépensé sera comme un coup dans l'eau. »

La semaine suivante, lorsque mon frère revint pour suivre les recommandations du médecin, aussi fort appuyait-il sur le genou de ma mère qu'elle ne criait pas, seules ses larmes et sa sueur coulaient jusqu'à tremper l'oreiller. Quinze jours après, elle ne criait toujours pas et, laissant uniquement s'échapper sueurs et larmes, s'exerçait en outre à monter les escaliers. Un mois plus tard, elle pouvait marcher et grimper seule les marches. Au sortir de l'hôpital, elle voulut porter elle-même ses bagages et prendre le train : « Il faut que je m'exerce, sinon l'argent aura été dépensé pour rien, et puis, s'il faut vivre sans pouvoir marcher, autant mourir ! » De retour à la maison, non seulement elle allait chaque matin jusqu'à l'entrée du village ou au bord du fleuve pour s'exercer à la marche, mais elle réunissait aussi, le soir venu, les femmes et les personnes âgées du village. Sous la conduite de ma sœur aînée, dans notre cour intérieure, tout ce petit monde balançait les bras en musique, si bien que le quotidien, la vie, l'existence, les femmes, les questions philosophiques et féministes se vivaient dans le chagrin et la liesse mêlés, dans une joie harmonieuse, comme si le vent d'est chantait pour le vent d'ouest, que le sable soulevé applaudissait le lœss balayé par le vent. Ainsi, après avoir nettement distingué les hommes et les femmes de la campagne, la ligne de démarcation entre patriarcat et féminisme, nous en revenons au fait que tous les êtres humains se rassemblent et s'unissent quand il s'agit de survivre et d'exister. Travail, travail manuel, vie et destin, tout cela est à mettre dans un même sac servi sur la place du monde d'ici-bas.

La toilette du nouvel an

Ma mère avait quatre-vingts ans lorsque je l'aidai à se laver.

D'habitude, mon frère, mes sœurs ou ma belle-sœur l'aidaient à faire sa toilette et lui coupaient les ongles, mais cette année-là, elle était venue à Pékin pour les fêtes. Dans notre famille, nous n'avons jamais dérogé à la coutume : on se lave entièrement la veille du nouvel an. Le 30 du douzième mois du calendrier lunaire, les pétards étant interdits à Pékin, l'atmosphère était froide et morne. Nous décidâmes d'allumer toutes les lampes de la maison, lustres, spots et appliques murales, pour que la lumière brille comme en plein jour dans chaque pièce, chaque recoin. Nous créâmes ainsi une atmosphère joyeuse et fantastique pour le réveillon. C'était au tour de ma mère d'aller se laver. Ma femme alluma toutes les lumières de la salle de bain, ouvrit l'eau chaude et, une fois la pièce emplie de chaleur, ma mère lui demanda de sortir.

Ma femme prononça alors cette douce parole en souriant : « Notre mère ne veut pas qu'on la regarde se déshabiller. » Puis, avec mon fils et ma belle-fille, nous nous installâmes, joyeux, autour du poste de télévision. Le plaisir d'être en famille réchauffait notre demeure tel un feu dans l'hiver glacial de Pékin. Dans le salon, devant la télévision, nous grignotions des graines de courge, des cacahouètes, des sucreries et du chocolat tout en écoutant les bruits d'eau de la salle de bain. Enfin, ma femme se leva pour aller pousser la porte et proposer à ma mère de lui frotter le dos ; ma mère répondit que ce n'était pas la peine. Un moment après encore, ma belle-fille se leva à son tour, entrouvrit la porte et lui demanda si elle avait besoin d'aide, mais elle obtint la même réponse. Alors ma belle-fille se retira en souriant. Quelques minutes passèrent encore et mon fils se leva, s'adressa à sa grand-mère à travers la porte pour lui poser la même question et, au milieu des bruits d'eau, elle lui répondit qu'elle n'avait pas besoin d'aide, qu'elle pouvait se débrouiller seule.

J'ignore pourquoi, nous avions tous le sentiment qu'il fallait pourtant l'aider à se frotter le dos. Assis sur le canapé, les yeux rivés sur la télévision ou sur la pendule murale, nous songeâmes qu'elle était dans la salle de bain depuis bientôt une demi-heure ; il était donc plus que temps. Nous nous impatientions sans le montrer, jusqu'au moment où tous les regards convergèrent vers moi.

Ma petite-fille étant sur mes genoux, je la déposai sur le canapé et, comme ma femme, ma belle-fille et mon fils avant moi, je traversai le salon jusqu'à la salle de bain et entrouvris la porte :

« Allez, je vais te frotter un peu, comme ça tu auras la peau toute propre et douce. »

A travers la vitre de la douche, je vis ma mère tourner la tête :

« D'accord, entre et viens me frotter. »

J'entrai donc avec son autorisation.

La chaleur des spots au-dessus de ma tête, les gouttes d'eau, la vapeur et la brume me firent l'effet d'un arc-en-ciel au milieu des nuages, de volutes colorées et ravissantes. Je vis les vêtements sales de ma mère entassés dans une bassine, les propres accrochés au mur, et elle, assise dans la douche, tel un vieux bodhisattva entre l'eau et l'arc-en-ciel. A cet instant, je ne songeai pas que ma mère était une femme, une personne de sexe féminin, elle était ma mère, voilà tout. Elle ne songea pas non plus que j'étais un homme, mais seulement son fils. Nous échangeâmes un regard puis j'ouvris la porte vitrée, elle me tendit la serviette et je me mis très naturellement à lui frotter le dos, les épaules, la nuque ; je lui demandai ensuite de se tourner pour les bras, les poignets et les mains.

Je voyais nue ma mère âgée de quatre-vingts ans comme un croyant le corps nu de la Vierge Marie sous la douche. Elle ne portait qu'une culotte qui, trempée, lui collait à la peau ; toutes les autres parties de son corps brillaient sous la lumière et devant mes yeux : son dos, son torse, ses seins et son ventre tombants (c'était très laid) et tous ses lipomes violacés.

Comment ma mère était-elle devenue !

Petite et grosse, extrêmement disgracieuse, les cheveux entièrement blancs, un double menton, des seins distendus comme si la toile de chanvre des années et de sa vie de femme avait profondément lesté son corps. La crasse que je frottais sur son dos et ses bras s'écoulait, grise, comme les souvenirs superflus et inutiles de l'histoire. Je frottais et elle me laissait faire comme une enfant. Puis je lui tendis la serviette pour la laisser terminer seule.

« Tu seras fraîche et propre.

— Oh, je suis tellement laide ! Quand on est vieux, on ne ressemble plus à rien.

— Et alors ? lui répondis-je en souriant. C'est pour tout le monde pareil. »

Nous échangeâmes un dernier regard et je sortis. Je fermai la porte, essuyai ma sueur et rejoignis les autres qui me regardèrent avec un sourire d'envie, comme si je venais de gagner une récompense qu'eux-mêmes avaient briguée ; comme si, à ce moment-là, nous venions de déguster le meilleur chocolat belge.

Cette soirée de réveillon à Pékin était aussi froide qu'une nuit de fin d'automne, mais, chez nous, il semblait que nous profitions d'un après-midi de printemps. Assis en cercle, nous attendions. La porte de la salle de bain grinça, ma femme et ma belle-fille se levèrent pour soutenir ma mère, tandis que mon fils et moi-même restions assis et, sur les quelques pas qu'elle eut à faire pour nous rejoindre, durant quelques secondes, ma mère évolua telle une Vierge Marie ou un vieux bodhisattva. Mon fils lui demanda : « Alors ? Tu te sens bien, n'est-ce pas ? » Mais sans attendre sa réponse, je déclarai en riant : « Ta grand-mère a la peau toute blanche, aussi blanche que du lait. » Ma mère rougit, éclata de rire et prononça cette phrase sur les années passées et la vie de femme :

« Je suis affreusement laide, laide comme ça, j'ai vécu toute une vie ! »

Ciel ! Cette parole était vraiment profonde.

Chapitre VI

LE TROISIÈME SEXE : L'AUTRE SEXE DU SEXE FÉMININ

Neuvième digression

1

Hé ! N'allez surtout pas considérer ce chapitre comme une thèse.

Il tient entièrement du libre bavardage. Si vous n'en goûtez pas le propos, passez directement au chapitre VII, peut-être éprouverez-vous la joie du saut dans la lecture.

La très célèbre Simone de Beauvoir jouit d'un grand renom, non parce qu'elle était romancière et qu'elle a obtenu le prix Goncourt pour *Les Mandarins*, mais parce que dans l'histoire, elle a démontré qu'« on ne naît pas femme, on le devient ». Lorsque *Le Deuxième Sexe* a paru en 1949, il s'est abattu comme une tempête sur tous ceux qui s'intéressaient à la condition féminine en France, en Europe, aux Etats-Unis et partout dans le monde, et a établi du jour au lendemain les fondements du féminisme. Les connaissances de Simone de Beauvoir, son vécu, l'histoire et la réalité, les archives et la vie auxquels elle se réfère sont là pour prouver qu'« on ne naît pas femme, on le devient ». Dès lors, sa pensée, son expérience personnelle et ses idées ont appelé avec véhémence les êtres humains, les sociétés et les lois au respect des droits des femmes. Ensuite, durant cet interminable mouvement controversé de libération des femmes, il semble que la question ait sombré dans une polémique autour de « la femme n'est pas seulement un utérus » et « la femme n'est qu'un utérus », ceci jusqu'aux années 1970 lorsque le combat de militantes et d'intellectuelles telles que Simone Veil et Antoinette Fouque a permis de sortir de l'impasse et de redonner son ampleur au mouvement féministe afin qu'il s'étende à tous les domaines de la société et touche toutes les classes sociales. La pensée centrale d'Antoinette Fouque – « il y a deux sexes » – et son approche de la libido féminine aboutissent, d'un point de vue psychanalytique et politique, à la conclusion que le désir d'enfanter chez la femme est, tel le besoin de soleil que provoque le froid ou celui de nourriture que provoque la faim, une force fondamentale et première, ce qu'elle appelle courageusement le « désir d'utérus ». « Je suis née fille et re-née femme d'avoir enfanté une fille, assumant ainsi, malgré l'oppression de toutes les institutions symboliques (renforcées par le dictat d'un certain féminisme), le destin psychophysiologique de mon sexe[1]. » Ainsi les conceptions d'Antoinette Fouque sont-elles en contradiction avec celles de Simone de Beauvoir dont elle moque et chapitre la misogynie. Antoinette Fouque pense qu'elle est « née fille ». Simone de Beauvoir le réfute, elle pense que « Seul un sujet libre, s'affirmant par-delà la durée, peut faire échec à toute ruine ; ce suprême recours, on l'a interdit à la femme. C'est essentiellement parce qu'elle n'a jamais éprouvé les pouvoirs de la liberté qu'elle ne croit pas à une libération : le monde lui semble régi par un obscur destin contre lequel il est présomptueux de se dresser[2]. » (Ainsi en est-il des manifestes !) « On enferme la femme dans une cuisine ou dans un boudoir, et on s'étonne que son horizon soit borné ; on lui coupe les

1. Antoinette Fouque, *Il y a deux sexes*, éditions Gallimard, 1995.
2. *Le Deuxième Sexe*, tome 2, chapitre X.

ailes, et on déplore qu'elle ne sache pas voler[1]. » Qu'il s'agisse du féminisme ou de la féminologie, l'amère polémique tourne autour de la question de naître femme ou de le devenir. Pour Antoinette Fouque, naître et devenir femme est un processus naturel ; pour Simone de Beauvoir, il est politique, social, culturel. Le « deuxième sexe » dont parle Simone de Beauvoir désigne le sexe féminin, comparativement au sexe masculin, et c'est une construction sociale. Tandis que les « deux sexes » dont parle Antoinette Fouque sont avant tout des sexes biologiques, le sexe féminin est déterminé par la naissance comme l'est le sexe masculin. Le « troisième sexe » dont je souhaite parler ici est celui de la femme, situé entre et hors des limites du sexe féminin et du sexe masculin.

2

Le troisième sexe est l'autre sexe des femmes.

C'est pour elles une sorte de verrue.

Que cette verrue soit innée ou qu'elle se développe après la naissance, c'est une excroissance inutile et dénuée de sens, mais qu'on l'enlève et ce serait l'hémorragie, cela provoquerait un mal inattendu qui vous amènerait à penser qu'il vaut mieux la laisser. Avec le temps, les années passant, on s'y habitue, on ne songe plus à l'enlever ; elle devient partie intégrante de votre physiologie, de votre existence. Un membre ou un objet de votre famille. Une mission, une responsabilité dont vous héritez et que vous devez assumer (Ciel !).

Dans le chapitre sur l'enfance du *Deuxième Sexe*, Simone de Beauvoir définit les données du problème :

« On ne naît pas femme, on le devient. Aucun destin biologique, psychique, économique ne définit la figure que revêt au sein de la société la femelle humaine : c'est l'ensemble de la

1. *Le Deuxième Sexe*, tome 2, chapitre X.

civilisation qui élabore ce produit intermédiaire entre le mâle et le castrat qu'on qualifie de féminin[1]. »

« Au contraire, chez la femme il y a, au départ, un conflit entre son existence autonome et son "être-autre" ; on lui apprend que pour plaire il faut chercher à plaire, il faut se faire objet ; elle doit donc renoncer à son autonomie. On la traite comme une poupée vivante et on lui refuse la liberté ; ainsi se noue un cercle vicieux ; car moins elle exercera sa liberté pour comprendre, saisir et découvrir le monde qui l'entoure, moins elle trouvera en lui de ressources, moins elle osera s'affirmer comme sujet[2]. » Voici un exposé très clair (très sérieux) qui nous explique ce qu'accepte et ce à quoi consent l'humain devenu femme. Or le troisième sexe dont je parle (quelle extravagance !) se situe au-delà de ce qu'a accepté la femme depuis la naissance, par exemple, après que la jeune fille a découvert dans la terreur ses menstruations qu'elle n'attendait pas mais auxquelles sa naissance l'a prédisposée, après aussi qu'elle a peu à peu accepté les responsabilités et les normes auxquelles elle est assignée en tant que deuxième sexe : devoir coudre, faire la cuisine, enfanter, etc. En plus des déterminations organiques et physiologiques du premier sexe et des déterminations historiques et politiques du deuxième sexe, l'histoire, l'environnement et la culture de ma terre natale confèrent aux femmes un troisième sexe : sur cette vaste terre en friche, elles doivent en outre s'assumer en tant que *travailleur*, elles existent avec cet autre sexe d'homme.

3

Quel que soit le son du clairon, ni en France avec Simone de Beauvoir, Simone Veil ou Antoinette Fouque, ni aux Etats-unis où de nouvelles théories se sont développées avec Susan

1. *Le Deuxième Sexe*, tome 2, chapitre premier.
2. *Le Deuxième Sexe*, tome 2, chapitre premier.

Bordo et Judith Butler, la réalité fondamentale des « deux sexes à la naissance » n'a été contredite. Respecter, reconnaître librement et équitablement les différences entre eux, c'est comme savoir naturellement qu'un orme est un orme, un paulownia, un paulownia. Dans certains endroits et à certaines époques, ormes et paulownias peuvent être appelés « arbres du Nord », selon les pays et les époques, ils peuvent être altérés par politisation, historicisation, mais non par un processus culturel et spirituel.

Mao Zedong a dit : « Les femmes soutiennent la moitié du ciel » – magnifique slogan connu de tous en Chine et qui, partout dans le monde lors des débats houleux autour de la question des femmes, a fait gagner à Mao Zedong une renommée et un éclat considérables (ce dont nous sommes fiers). « Les femmes soutiennent la moitié du ciel » est bien sûr l'une des origines du mouvement de libération des femmes en France, la plus poétique des origines. En 1965, celles et ceux qui luttaient pour cette libération et défilaient dans les rues connaissaient cette parole du grand homme de l'Orient, et cette parole les inspirait, les encourageait et leur procurait joie et réconfort eu égard aux femmes chinoises. Paradoxalement pourtant, aujourd'hui, personne en Chine ne sait dans quelles circonstances le grand homme a prononcé cette phrase. Archives et dossiers ont été examinés sans que l'on en retrouve la trace. Rien ne prouve non plus qu'il ne l'ait pas dite. En 1965, Mao Zedong qui aimait tant nager s'est baigné dans le réservoir des tombeaux des Ming et a également rencontré des jeunes gens. Lors de cette rencontre restée dans l'histoire, il a vraiment déclaré : « L'époque a changé, hommes et femmes sont pareils. Ce qu'un camarade peut faire, une camarade peut le faire aussi[1]. » Cela montre bien que Mao Zedong faisait preuve d'ouverture et de modernité

1. Voir *Le Quotidien du peuple* du 27 mai 1965.

sur la question des femmes. Aujourd'hui encore, cet héritage continue à soutenir l'étendard du féminisme et représente une force pour la libération des femmes et leur combat pour l'égalité. Mais le contexte de cette déclaration ne doit pas être négligé : le réservoir des tombeaux des Ming a été construit en 1958, lors du Grand Bond en avant (période ô combien particulière) et, durant ces années bouillonnantes, les travaux de ce réservoir aux dimensions modestes ont été réalisés avec les moyens primitifs qu'étaient les mains, les bras et les épaules des cent mille travailleurs mobilisés chaque jour. Zhou Enlai planifia lui-même le chantier, cinq mois environ suffirent à mener à bien l'ouvrage, plus de cent soixante jours au total. Durant les travaux du Grand Bond en avant célébrant la nation, de nombreux films tels que *Sept femmes* ou *Le Groupe de Jiulan* furent tournés et connurent un grand succès dans le monde entier ; les héroïnes furent interviewées et devinrent des modèles. Remontons à l'année 1955, période d'intense production agricole au cours de laquelle les femmes de la coopérative agricole du village de Baozi (district de Xifeng dans la province du Guizhou) refusèrent de travailler. La coopérative avait été créée l'année précédente ; les hommes gagnaient sept points de travail par jour tandis que les femmes n'en gagnaient que deux et demi. Presque toutes les femmes se mirent en grève et, confrontée au manque de main-d'œuvre et à la faim des populations, la coopérative ne put faire autrement que d'augmenter leur rémunération. Cette année-là, la revue de la fédération démocratique des femmes de Guizhou publia un article intitulé « Salaire égal pour les femmes et les hommes dans la coopérative » – un article novateur. Mao Zedong le lut et le commenta officiellement en suggérant « qu'il en soit ainsi dans chaque coopérative agricole de chaque canton ». Dès lors, le principe « à travail égal, salaire égal » guida non seulement la lutte pour la libération des femmes en Chine mais fut également concrètement appliqué. C'est ainsi que, dans cette suite d'événements historiques, la phrase « les femmes soutiennent la moitié du ciel », dont on ignore l'origine, retentit telle une vérité partout dans le monde. Même Antoinette Fouque manifesta son exaltation pour les paroles de Mao Zedong. Mais les Chinois attentifs savent bien que leur sens est pour l'essentiel étroitement lié au travail, à la main-d'œuvre, au Grand Bond en avant et à la construction du socialisme. Sans la main-d'œuvre pléthorique nécessaire au Grand Bond en avant et à la construction du socialisme, cette phrase, ces paroles n'auraient peut-être jamais été prononcées. Or, elles ont par la suite changé le regard sur les femmes, plus ou moins dans tous les domaines et à tous les niveaux, élevant leur position sociale et leur permettant de sortir de leur foyer en accédant au droit de travailler. A tout le moins, elles ont libéré les femmes de leur cour intérieure, de leur maison et de leur cuisine, leur ont permis de se tenir sous le soleil, dans le vent et la pluie, sur les chantiers du Grand Bond en avant et plus tard dans les champs.

N'est-ce pas une bonne chose ? C'est une très bonne chose.

C'est un grand progrès historique, comparable à celui de l'abandon des nattes pour les hommes ou des pieds bandés pour les femmes sous la République de Chine, c'est une victoire sociale et un jalon pour le féminisme. Considérons ces énoncés, « Les femmes soutiennent la moitié du ciel », « L'époque a changé, hommes et femmes sont pareils », et étendons leur principe et leur esprit à d'autres époques et d'autres domaines, comme la politique, la culture, la finance, l'éducation et les organismes des pouvoirs publics, hormis la main-d'œuvre toujours nécessaire, on découvre que la libération de la femme n'y est pas du tout la même que dans le domaine du travail – travail dans les champs à la campagne ou dans les usines textiles en ville où « Ce qu'un camarade peut faire, une camarade peut le faire aussi ». Dans les autres domaines, les femmes ne connaissent ni liberté ni égalité véritables ; on ne respecte pas véritablement leurs droits et leur dignité et, au cœur de ce monde dominé par les hommes, subsiste toujours cette ambiguïté du : « Ah, les femmes ! » Si nous envisageons que « les femmes soutiennent la moitié du ciel » uniquement lorsque le pays et l'époque nécessitent une force de travail considérable, comment pouvons-nous imaginer les idéaux de liberté et d'égalité du féminisme ? N'y a-t-il pas sous le vernis des belles paroles d'autres mots, tels que exploitation, appropriation, possession, préméditation, etc.

Durant la période du Grand Bond en avant, dans ma région natale, à quelques lis de chez nous, on a construit un autre réservoir : celui de Luhun, dont les dimensions dépassaient largement celles des tombeaux des Ming. Avant la construction du barrage des Trois Gorges et de Xiaolangdi, il représentait la neuvième plus grande réserve d'eau du pays. On imagine donc aisément le spectacle grandiose que formait alors l'armée de paysans mobilisés pour les travaux. Lorsque les projecteurs se sont éteints, que le rideau est lentement tombé sur la scène, que les danseurs sont devenus spectateurs de l'histoire, ma mère évoquait toujours avec perplexité l'époque où elle allait chaque jour, avec toutes les femmes des villages et des cantons alentour capables de marcher, soulever des pierres et porter des seaux de boue et de sable. Elle soupirait avec émotion : « Alors les gens étaient fous, les êtres humains n'étaient pas considérés comme des êtres humains. On travaillait plus de dix heures par jour, tous les jours pendant des mois, voire plus de la moitié d'une année. On tombait de fatigue avec la palanche sur les épaules et on s'endormait sur place. » Et chaque fois qu'étaient mentionnés la libération des femmes et leur droit au travail sur le barrage, son visage entier trahissait l'étonnement. Elle souriait sans comprendre avant de marmonner : « Les femmes n'étaient pas non plus considérées comme des femmes, on ne pouvait même pas demander une demi-journée de congé quand on avait nos règles ; pour certaines, le sang coulait dans leur pantalon et sur le sol tandis qu'elles continuaient à porter les seaux de sable et à briser les pierres. »

Ce qu'a vécu ma mère, de la fondation de la République populaire en 1949 jusqu'à la période de la réforme et de l'ouverture, n'a rien d'exceptionnel – un exemple des plus courants parmi tant d'autres, des milliers et des milliers de femmes ont vécu cela. La conclusion qu'elle en a tirée – « Les femmes n'étaient pas non plus considérées comme des femmes » – la rend malgré elle féministe ; une femme de la campagne des plus simples, des plus primitives et des plus spéciales. Ce qu'elle exprime – « une femme est aussi un être humain, et en tant qu'être humain elle est aussi une femme » – relève d'un sujet complexe en logique, philosophie et féminologie ; or, elle l'énonce avec la simplicité de son expérience de la vie et du travail, en révélant que « Une femme est un être humain mais elle n'est pas un homme. Pourtant, elle est également obligée d'être un homme. » Ainsi les femmes chinoises sont-elles probablement les seules à posséder ce troisième sexe.

4

Lorsque je mentionne cet autre sexe des femmes, le troisième, c'est toujours à ma mère, à mes sœurs, à toutes ces femmes de notre village que je pense. Sont-elles femmes ou hommes ? Leur sexe relève-t-il d'un métissage des deux ? Ce qui à mon sens n'a rien à voir avec l'orientation sexuelle, homosexualité ou bisexualité, souvent évoquée par les féministes.

Il me semble que les filles et femmes de notre village n'ont rien à voir avec ces complications.

Reste que j'ai toujours l'impression que sur ma terre natale, presque toutes les femmes possèdent une nature virile. Elles sont un métissage de l'histoire et de la politique. Cette nature virile leur est donnée dès la naissance, par la vie, la culture, le tempérament, l'environnement et surtout par leur époque, leur pays et l'idéologie. Ainsi assument-elles tout ce qu'une femme « doit » assumer – grossesse, enfantement, entretien de la maison, etc. –, mais également, dans une certaine mesure, les responsabilités et les tâches des hommes. Semer, biner, répandre l'engrais, faucher, c'est-à-dire presque tout le travail des hommes. Le carcan séculaire de « L'homme est à l'extérieur, la femme à l'intérieur » a effectivement été brisé après 1949 mais, dans le même temps, aucune des obligations que les femmes assumaient jusque-là ne leur a été retirée. Au contraire, une grande partie des charges masculines leur a été ajoutée, si bien que les femmes sont à la fois « à l'intérieur et à l'extérieur », à la fois « femmes et hommes », et qu'elles se sont retrouvées encore plus exploitées, dépouillées, accablées et sacrifiées.

Les hommes ne travaillent pas moins, me semble-t-il, mais les femmes assument manifestement plus de responsabilités et de plus lourdes charges de travail. D'où viennent donc ces tâches supplémentaires ? De la construction du socialisme après 1949. Avant 1949, l'unité de base de la société dans les campagnes chinoises était la famille. Le travail de la terre et la famille constituaient le balancier d'une organisation sociale au sein de laquelle les hommes étaient à l'extérieur et les femmes à l'intérieur. Mais après 1949, cette petite unité souple et autonome au sein de laquelle se structurait la division du travail s'est retrouvée ligotée et intégrée à la grande unité des communes populaires. Tandis que la structure interne des familles ne changeait pas, la construction du socialisme ne cessait de s'étendre, sur des hectares et des hectares de terrain, un travail qui ne commençait pas au lever du soleil pour cesser au crépuscule et ne consistait plus seulement à cultiver la terre mais également à construire des barrages, à fondre de l'acier afin de « rattraper l'Angleterre et dépasser les Etats-Unis ». Le travail ne cessait de gagner du terrain vers les montagnes, les forêts, les fleuves et la mer. C'étaient des champs de bataille supplémentaires que les autorités ouvraient, une quantité de chantiers que les idéaux ne cessaient de faire croître. La charge des hommes augmenta mais cela ne suffisait pas, loin de là ; il fallut donc le renfort des femmes.

En examinant la matière de l'ouvrage d'Antoinette Fouque, j'ai été frappé par certains chiffres. D'après les analyses du PNUD, de la FNUAP et de l'OMS, en 2012, deux tiers des richesses du monde étaient créées par des femmes alors qu'elles n'en possédaient que un pour cent et ne percevaient que dix pour cent de la masse salariale. Les femmes représentaient soixante-quinze pour cent des populations les plus pauvres. J'ai songé alors à notre noble construction du socialisme. Si les richesses que cette construction avait produites entraient dans ce calcul, cela signifiait que deux tiers de ces richesses avaient été produites par des femmes de notre pays, qu'elles n'en possédaient également que un pour cent et ne touchaient que dix pour cent de la rémunération totale. J'ai songé à ma mère, à mes sœurs et aux femmes de ma région natale. J'ai commencé, pour effectuer mon calcul, par prendre comme exemple la culture du blé sur une saison : au moment des semailles, les femmes travaillent comme des bêtes de somme ; aux premières pousses, elles binent la terre comme les hommes ; pour répandre l'engrais, elles vont et viennent comme les hommes, la palanche de fumier sur l'épaule, aussi lourde que celle des hommes. Lorsque les champs ont besoin d'être arrosés, dans le Nord où nous manquons d'eau, les hommes se lèvent en pleine nuit, les femmes aussi. Lorsque le blé est doré et que le temps de la moisson est venu, elles n'en font pas moins que les hommes, parfois plutôt plus, et, lorsque la récolte est achevée, que l'on se réjouit en chantant le labeur accompli, c'est toujours les hommes que l'on glorifie. Peut-on répartir à parts égales entre hommes et femmes les mérites d'une récolte ? Si l'on établit que chacun y a contribué pour cinquante pour cent, il nous faut encore prendre en compte les trois repas par jour que les femmes ont préparés, qu'elles ont servis et apportés aux hommes à l'ombre des arbres, les vaisselles et lessives qu'elles ont faites, le balai qu'elles ont passé et, tandis que les hommes bavardaient et fumaient, les vêtements et semelles de chaussures qu'elles ont cousus. Tous ces travaux usants, ce sont sans conteste les femmes qui les ont accomplis. Donc si nous faisons le calcul de leur charge de travail, et il n'y a aucune raison de ne pas le faire, elle dépasse de très loin celle des hommes. Allons plus avant : si le travail des paysans participe à la construction du socialisme, les tâches domestiques que les femmes effectuent en plus du reste, aussi. Or cette construction possède un *front* et une *logistique*, exactement comme pour n'importe quelle bataille. La logistique ne doit pas être négligée ; elle est même bien souvent la clé de la victoire. Si on inclut dans la masse de travail et les succès historiques de la construction nationale les tâches domestiques des milliers et des milliers de familles, comment affirmer encore que la contribution des femmes est moindre que celle des hommes ?

Je ne doute pas des chiffres présentés par le PNUD, la FNUAP et l'OMS : des deux tiers des richesses mondiales créées par les femmes, elles ne possèdent que un pour cent. Je songe à ma mère qui, dans les années 1960, fut plusieurs fois nommée « travailleuse modèle » de sa commune populaire ou de son équipe et obtint à ce titre un prix d'honneur. Elle l'avait affiché sur un mur de la maison, mais par la suite, elle le retira discrètement. Lorsque je lui en demandai la raison, elle me fit une réponse vague et lucide, en souriant légèrement :

« J'avais honte. Il me semble que les femmes ne devraient pas avoir ce genre de choses réservées aux hommes. »

J'ignore donc ce qu'est devenu son prix, il a disparu sans laisser de traces. Puisqu'il n'est plus affiché, le souvenir d'une partie de l'histoire s'est brouillé et, avec lui, le rôle des femmes dans cette partie de l'histoire. Tout a disparu – une scène déplacée d'un point à un autre, un personnage sur cette scène, plusieurs personnages discrètement remplacés.

5

Avec cette honte que ma mère éprouvait devant son certificat de travailleuse modèle, la construction de notre pays changea de cap. La grande époque de la réforme et de l'ouverture arriva. Les années poussèrent ma mère à se retirer, tandis que mes sœurs, ma belle-sœur, mes nièces, toutes étaient prises au piège de cette époque au seuil de leurs vies et de leurs métiers. La roue tourne, le fleuve de la vie s'écoule. Lorsque le cœur de la réforme se déplaça dans les villes, les campagnes n'étant plus le principal champ de bataille mais l'entrepôt d'une main-d'œuvre inépuisable, l'autre sexe des femmes, cette invasion du troisième sexe devint plus subtile et cruelle. Presque tous les hommes et les femmes de ma famille, de notre village, de notre terre affluèrent en ville en tant que *travailleurs migrants*, vers les usines, les ateliers, les chantiers, les coins de rues, dans les chaînes de production et sous les auvents. On se rendit alors compte que les temps avaient complètement changé sans que l'autre sexe des femmes en fût modifié. Durant l'ère précédente cependant, ce troisième sexe leur avait été attribué de force par l'histoire. Une femme eût-elle déclaré qu'elle ne pouvait pas travailler dans les champs comme un homme au moment des coopératives, ou qu'elle ne pouvait pas abattre des arbres et fondre de l'acier lors du Grand Bond en avant, porter des sacs de sable et soulever des pierres pour les grands travaux hydrauliques, elle aurait été violemment critiquée et traînée dans les rues, moquée et méprisée par des milliers et des milliers de gens. A cette époque, personne n'était considéré comme un être humain, les femmes pas plus que les hommes. Aujourd'hui, la seringue de l'histoire a été rangée et personne n'irait s'en saisir pour la planter dans la chair des femmes. Ce sont le marché, l'argent et les désirs qui, apparemment librement, se présentent à la réalité de notre culture sociale et, d'une main invisible, avec une force invisible, amènent les femmes à cueillir d'elles-mêmes cette seringue de l'histoire que l'on croyait mise de côté et à s'en injecter le sérum du troisième sexe.

Je me suis rendu plusieurs fois au Village du Henan situé dans le district de Changping à Pékin ; j'ai bavardé sur les marchés aux légumes, avec les éboueurs, les liftiers, plus particulièrement lorsqu'il s'agissait de femmes – n'était-il donc pas possible de rester au Henan ? Si, bien sûr, ont-elles répondu, mais si l'on veut vivre comme un être humain, comment ne pas partir pour chercher du travail ?

Ma deuxième sœur encourage ses enfants à partir loin dans le Sud. Elle encourage sa belle-fille à lui laisser les petits et à partir elle aussi gagner un peu d'argent. A certaines périodes de l'année, au mois d'août par exemple, lors de la récolte du coton, lorsque le soleil flamboie au-dessus du désert de Gobi et que sur des hectares le coton recouvre la terre de nuées blanches comme neige, elle et toutes les femmes du village, les adolescents et adolescentes, prennent le train durant des jours pour se rendre au Xinjiang, à Kashgar et plus loin encore. Avec des légumes salés, des petits pains et de l'eau non bouillie pour subsister, tout ce petit monde se lève à l'aube et transpire jusqu'au soir pour récolter le coton des producteurs du Xinjiang. Ce labeur, digne des esclaves noirs des siècles passés, elle comme les autres femmes le font aujourd'hui volontairement. Cela dure environ quinze jours, après quoi toutes et tous rentrent au village, les visages brunis, burinés par les rayons ultraviolets des hauts plateaux, amaigris, si bien qu'hommes et femmes ne se distinguent plus. Voici donc le paradoxe : les femmes peuvent très bien ne pas effectuer ce labeur, mais ont le sentiment qu'elles le doivent.

Quelle est donc cette force qui les pousse résolument à assumer cet autre sexe ?

L'argent.

Les biens matériels.

Le désir des biens matériels.

L'idéal lointain qui hier animait le pays n'existe plus. Chacun a sa maison, sa cour, un réfrigérateur dans sa cuisine, une machine à laver le linge, un canapé, la climatisation ; adultes et enfants doivent chacun posséder un téléphone portable et l'on trouve sur toutes les tables ordinateurs, câbles et chargeurs. Ces objets que l'on peut voir et toucher se sont substitués à la force historique irrésistible qui transformait les femmes en hommes ; peu à peu, ils ont attiré les hommes loin de leur contrée natale, attiré les femmes aussi, les incitant à partir gagner de l'argent. L'attrait des biens matériels séduit et attire hommes et femmes. J'ai toujours pensé que le moteur principal de la transformation sociale aujourd'hui en Chine est un cyclone où se rassemblent tous ces désirs individuels. « L'époque a changé ; ce que les hommes peuvent faire, les femmes peuvent le faire aussi. » Cette force puissante libératrice des femmes n'a été ni arrêtée ni remplacée avec le temps ; elle est passée sans hésitation d'une époque à une autre, de sorte que les femmes ont continué à vouloir assumer les responsabilités et les tâches des travailleurs de la nouvelle ère, à vouloir lancer leur autre sexe dans toutes les entreprises, tous les domaines où les hommes peuvent gagner de l'argent. Quant à la différence entre les sexes, l'histoire l'a depuis longtemps reléguée dans un coin et sciemment oubliée.

6

A l'heure actuelle, sur bien des questions, Dai Jinhua est une spécialiste de renom. *L'Ile d'hier* regroupe une sélection de ses articles cinématographiques ; elle y évoque notamment le destin des femmes après la libération, « les femmes chinoises contemporaines sont probablement moins chanceuses que Hua Mulan », et précise :

« Cette fois, la libération ne signifie pas, ou du moins pas seulement, que leur nouvelle naissance en tant que femmes leur permettra de jouir pleinement de la liberté et du bonheur ; la libération signifie qu'elles doivent sans réserve offrir cet esprit et ce corps libres à leur sauveur, leur libérateur, à savoir le parti communiste et le socialisme, la cause du communisme. L'unique et inexorable voie qui leur est proposée est de passer d'esclave à combattante et à soldat. Ce n'est pas en tant que femmes mais en tant que soldats qu'elles sont les égales des hommes[1]. »

Cette analyse et cette thèse sont fondées sur l'étude de films et de fictions littéraires mais correspondent fort précisément à la situation des femmes dans les campagnes chinoises après 1949. En particulier à celle des femmes de ma lignée et de ma contrée natale. Sans avoir jamais participé à des faits d'armes, sans passé révolutionnaire, n'ayant jamais été scolarisées d'aucune manière, elles ont été emportées comme n'importe quel grain de sable, n'importe quelle poignée de terre dans les tempêtes que la nouvelle Chine a déclenchées. Si pour les femmes des films et des livres l'unique, l'inexorable voie était de passer d'esclave à combattante et à soldat, pour celles de ma lignée et de ma contrée natale, l'unique, l'inexorable voie était de passer de leur ancien statut de femme à leur nouveau statut de travailleuses de main-d'œuvre. Elles ne sont pas devenues les égales des hommes, jouissant du même droit à la liberté ; en tant que main-d'œuvre, transformées en hommes (en travailleurs), elles ont assumé exactement les mêmes responsabilités et tâches que les hommes.

---

1. *L'Île d'hier*, Beijing wenxue chubanshe, janvier 2015.

Ce processus de transformation en main-d'œuvre a accompagné le commencement, le déroulement et la finalité de leur mutation, ce qui les a conduites à assumer ce troisième sexe.

Ce processus, je n'en trouve nulle trace dans les livres consacrés aux femmes et au féminisme. Que ce soit Simone de Beauvoir et sa théorie du deuxième sexe, Antoinette Fouque ou Judith Butler qui déclare, dans *Défaire le genre*: « Le cadre pour penser la différence sexuelle doit-il être nécessairement binaire pour que cette multiplicité féminine puisse éclore? Pourquoi ce cadre de la différence sexuelle ne peut-il pas lui-même évoluer, au-delà du binaire, vers le multiple[1] ? » Et dans *Trouble dans le genre*, elle expose de façon assez complexe la déconstruction de l'identité: « Il ne s'agit pas de célébrer chaque nouvelle possibilité en tant que telle; il s'agit plutôt de re-décrire celles existantes, mais qui se trouvent dans des domaines culturels prétendument inintelligibles et impossibles[2]. » (Voilà une parole aussi glutineuse qu'un gâteau de sésame!)

J'ai beau chercher dans tous ces écrits, je ne vois rien qui corresponde aux femmes de ma lignée et de ma terre natale.

Dans *Un poids insoutenable: féminisme, corps et culture occidentale,* Susan Bordo déclare: « Mon propos est de solliciter, non de censurer, la reconnaissance du contexte social et des images issues de la culture populaire dont les conséquences et les éléments résistants sont souvent oblitérés dans le postmodernisme[3]. » C'est une pensée qui vaut la peine d'être appréciée. Susan Bordo parle de la culture occidentale et du corps, pourquoi pas de la culture orientale et du corps? Je n'aime pas tellement le personnage (le corps) et l'histoire de Hua Mulan.

1. Judith Butler, *Défaire le genre*, traduction de Maxime Cervulle, éditions Amsterdam, 2006.

2. Judith Butler, *Trouble dans le genre*, traduction de Cynthia Kraus, éditions La Découverte, 2005.

3. Susan Bordo, *Unbearable Weight*, Berkeley/Los Angeles, University of California Press, 1993.

J'éprouve une forme de répulsion à l'égard de cette femme devenue homme, non que je sois un adepte du dualisme « une femme est une femme, un homme est un homme », mais parce que dans l'histoire de Mulan, on ne lit nulle part comment elle a vécu les embarras et les contradictions de son existence au milieu des hommes ; rien ne nous est dit des états d'âme et tourments intérieurs que peut connaître une femme (un corps de femme) dans un monde d'hommes. Le corps de la femme disparaît complètement.

Elle achète au marché de l'Est un beau cheval;
Elle achète au marché de l'Ouest selle feutrée.
Elle achète au marché du Sud rênes et mors ;
Elle achète au marché du Nord longue cravache[1].

Par ces achats, la fille se transforme en soldat.

Au matin prend congé du père et de la mère ;
Le soir s'en va camper au bord du Fleuve jaune.
La fille n'entend plus l'appel de ses parents ;
Elle n'entend qu'un bruit : le cri sur les Monts Yen des escadrons barbares.

Le poème brille telle une étoile filante dans le vaste ciel au-dessus du champ de bataille et le corps féminin de Mulan disparaît dans le monde masculin des troupes armées.

Mou-lan ouvre sa porte, au pavillon de l'Est,
Et s'assied sur son lit, au pavillon de l'Ouest.
Elle enlève son long manteau du temps de guerre,
Et revêt ses habits du temps jadis ;
A sa fenêtre, ajuste un nuage de boucles,
Et devant son miroir se colle au front une mouche jaune.

Cette strophe restitue sa féminité au personnage. Le poème est manipulateur ; la fille (l'être humain du genre féminin) n'est qu'un nom, un symbole, et sans cette strophe, qui pourrait croire que Mulan n'est pas un homme mais une femme ?

---

1. *La Ballade de Mou-Lan*, dans *Anthologie de la poésie chinoise classique*, Paul Demieville, éditions Gallimard, 1962.

Ceci dit, Mulan est l'exemple le plus réussi et représentatif de la femme-homme dans la culture chinoise. Elle contenait en germe tous les personnages de femmes généraux et autres héroïnes, les milliers de *travailleuses modèles* de la nouvelle Chine puis les *iron lady* de la réforme. Tous ces modèles et personnages ont fait couler le sang des héroïnes femmes-hommes partout en Chine. « Cette liberté abstraite, non située, désincarnée, ne se glorifie elle-même qu'à travers l'oblitération des considérations matérielles dans lesquelles vivent les gens, la normalisation du pouvoir des images culturelles et la réalité sociale des relations de domination et subordination[1]. »

Quelle phrase complexe! Pourquoi ne pas directement énoncer: « C'est en gommant la réalité de la vie des femmes que l'on met sur le même plan hommes et femmes dans leur rapport au monde »? Ne serait-ce pas plus clair et explicite? C'est tout aussi clairement et explicitement que notre société traite les femmes. Aussi ne pouvons-nous nier le modèle masculin que les femmes de la génération de ma mère ont été contraintes d'adopter. Aujourd'hui, leurs filles et belles-filles « peuvent ne pas l'adopter, tout en ne pouvant pas ne pas l'adopter ». Ainsi jouissent-elles consciemment d'être les égales des hommes dans le droit au travail et acceptent-elles volontairement leur troisième sexe pour devenir les *constructeurs*, les *travailleurs*, les *femmes-hommes* de la société chinoise, si bien que ce troisième sexe, en particulier dans nos familles de la plaine centrale, devient une caractéristique spécifique des femmes de la campagne, spécificité qui les différencie des femmes d'autres régions ou d'autres pays.

1. Susan Bordo, *Unbearable Weight*, Berkeley/Los Angeles, University of California Press, 1993.

Chapitre VII

ELLES

Un cas tragique de féminisme qui bouleverse le monde

Le soleil était-il le même il y a quelques années ? Le vent, le ciel, les montagnes et les rues du bourg ? Les arbres dénudés au début de l'hiver, le temps traversant les auvents et, sur le sol, les empreintes de pas donnaient au paysage de ma terre natale un aspect abattu, éreinté. Le soleil lui-même ne brillait que faiblement, paresseusement, en ce matin de jour de marché, avec l'indolence qui précède le sommeil et une inquiétude latente.

Tout le monde attendait que se produise quelque événement.

Un événement se produisit donc.

Un minibus flambant neuf arriva de Luoyang, une dizaine d'étrangers à l'intérieur. Ils avaient voyagé en train à grande vitesse de Pékin à Luoyang, où ils avaient déjeuné et pris un peu de repos avant d'arriver dans notre bourg en minibus. A l'époque, on avait déjà vu des étrangers en allant travailler à Luoyang, Zhengzhou ou Pékin. Il n'y avait donc là rien d'étonnant, cela faisait déjà partie de l'expérience, mais en voir autant en une seule fois, à l'ouest de la plaine centrale, c'était une première depuis des siècles. Douze ou treize. Deux interprètes chinoises les accompagnaient. Le minibus garé à l'entrée du bourg, ils avancèrent sur l'avenue, curieux et volubiles, si bien que les interprètes ressemblaient à des mères auxquelles dix enfants réclameraient le sein. Personne alors ne savait qu'ils allaient venir de si loin jusque dans notre village ; c'est seulement après l'accident, lorsque des enquêteurs plus nombreux encore arrivèrent, que les gens s'étonnèrent, comprenant subitement ce que ces étrangers étaient venus faire et voir, ce qu'ils cherchaient à connaître. Cette enquête en valait-elle la peine ? Qu'y avait-il à comprendre ? N'était-ce pas qu'ennui et temps perdu ? C'était donc au début de l'hiver, sous le soleil de midi, à l'heure d'affluence sur le marché. Un certain trouble voilait le ciel. Ceux qui n'avaient pas écoulé leurs marchandises s'impatientaient, ceux qui ne trouvaient pas ce qu'ils voulaient étaient contrariés. Les uns et les autres s'énervaient mutuellement ; les cœurs s'agitaient silencieusement. Les étrangers arrivèrent, un groupe d'étrangers, dans un pays étranger. Une femme qui vendait de la ciboule et de l'ail attira leurs regards. Puis une jeune fille qui portait une veste en soie rouge. Une huitaine d'enfants pissaient au bord de la route. Une jeune fille qui vendait des œufs et un jeune homme se disputaient à un tournant. Les œufs étaient-ils frais, oui ou non ? La jeune fille eut peut-être un mot de trop, une injure d'un registre populaire, et le gaillard la bouscula brutalement. Elle tomba.

La foule se groupa autour d'eux.

Les étrangers s'approchèrent.

La situation échappa bientôt au contrôle de chacun – une vague brisant une digue pour se répandre en tous sens. Les gens s'étaient attroupés. La foule encerclait la foule. Les paysans venus au marché avaient rejoint cet angle de rue. D'abord, on s'efforça d'intercepter le jeune homme pour l'empêcher d'agresser la jeune fille. Puis les villageois, les gens du bourg, tous ceux qui vivaient sur cette terre se mirent à hausser la voix et à encercler les étrangers. Ces derniers avaient voulu parlementer avec le jeune homme pour tenter de le raisonner, mais à force de palabres, la dispute avait éclaté. La bagarre. Les Chinois étaient devenus une seule famille. Les étrangers aussi. Même la jeune fille vitupérait contre eux ; ce sont nos affaires, disait-elle, de quoi vous mêlez-vous ? Elle ajouta qu'un homme parmi les étrangers, cet homme au nez droit, en avait profité pour lui toucher la poitrine et le visage, qu'il avait dit des choses que personne ne comprenait. Alors, les gens de ma terre natale le frappèrent, ils s'y mirent à plusieurs et le tuèrent. Ils tuèrent aussi sa compagne restée à rire bêtement pendant qu'il lutinait la jeune fille. Quant aux autres étrangers, majoritairement des femmes, des Françaises et des Américaines, ainsi que les deux interprètes chinoises, elles furent gravement contusionnées, blessées. Aucune ne s'en sortit sans cheveux arrachés, vêtements déchirés et plaies sanguinolentes.

Lorsque les enquêteurs furent diligentés de Luoyang, Zhengzhou et Pékin, on sut que cet incident international avait causé deux morts et neuf blessés. Les blessés légers furent transportés à l'hôpital du peuple de Luoyang. Parmi les blessés graves, une femme avait sept côtes cassées et, parce que quelqu'un avait empoigné sa chevelure blonde pour lui frapper violemment la tête dans le caniveau, elle souffrait d'une grave commotion cérébrale. Elle fut rapatriée aux Etats-Unis et ne prononça plus jamais un mot.

Elle devint le premier être non végétal à la parole oblitérée.

Par la suite, on apprit que les deux morts étaient le philosophe et homme de lettres français Jean-Paul Sartre (billevesées) et la compagne de sa vie, Simone de Beauvoir (absurde, vraiment trop absurde !). Celle qui était devenue muette pour le restant de ses jours était docteur en philosophie à l'université de Yale et enseignait en Californie à l'université de Berkeley. Sa principale œuvre avait pour titre *Troubles dans le genre*.

Les autres étaient la psychanalyste française Antoinette Fouque ; la pionnière du mouvement féministe français Simone Veil ; la théoricienne française du féminisme, écrivaine et représentante des femmes homosexuelles et de la féminologie, Monique Wittig ; l'Américaine Susan Bordo, spécialiste des études sur « le corps » ; il y avait aussi Amartya Sen, née dans le Golfe du Bengale ; Mélanie Klein, autrichienne, ainsi que d'autres féministes ou féminologues japonaises, coréennes, indonésiennes, etc.

Elles étaient venues à Pékin pour participer à la conférence mondiale sur les femmes (certaines étaient accompagnées, Jean-Paul Sartre accompagnait ainsi Simone de Beauvoir). Il était prévu qu'à l'issue de la conférence elles effectueraient une « enquête sur les femmes dans les campagnes du nord de la Chine », d'où leur présence dans le Henan. Cette « tragédie du féminisme » eut un retentissement mondial, on cloua ma terre natale au pilori, considérée dès lors comme « la honte mondiale du féminisme » – un essaim d'abeilles engluées dans une mare de sang et d'excréments.

Zhao Yamin

En partant de l'ouest de Tianhu vers le sud-ouest, après dix-huit lis de routes de montagne, on arrive au village du Puits renversé. L'origine de ce nom remonte à la fin de la dynastie des Ming, en 1640, au moment où, la révolte de Li Zicheng ayant échoué, son armée se retirait vers le nord. Il traversa la région sous un soleil de plomb, assoiffé, cherchant vainement un peu d'eau là où les habitants avaient fui la sécheresse, parcourant dix lis, cent lis sans trouver le moindre cours d'eau. Il était sur le point de mourir de soif quand il aperçut à l'entrée de ce village désert un vieux puits. Dans l'obscurité profonde scintillait un halo et il comprit que le puits contenait encore une eau résiduelle. Ne disposant d'aucun moyen pour y puiser, dans un moment de désespoir, il s'attaqua à la structure même, la fit basculer à l'oblique, de sorte que l'eau s'écoula. Li

Zicheng et ses soldats burent tant qu'ils purent, retrouvèrent leurs forces et renversèrent bientôt la dynastie des Ming.

C'est ainsi que le village prit le nom de « Puits renversé ».

Il y a quelques années, une jeune fille de ce village, Zhao Yamin, avait vingt-quatre ans. Ronde, jolie, elle portait souvent un pull rouge et un pantalon blanc bleuâtre. Elle devint célèbre parce qu'elle aimait collectionner les montres. Des montres anciennes de la marque Shanghai, des montres de Hong Kong, des montres électroniques bon marché, des montres démodées de Taiwan ou de la marque Baodao. Lorsqu'elle fut arrêtée et emmenée par les policiers, on en trouva quatre-vingt-dix-neuf dans un coffre au pied de son lit ; la plus chère avait appartenu à un directeur à la retraite qui l'avait portée au poignet vingt-sept ans durant, une montre suisse dont le mécanisme s'était arrêté. Sous le platine usé, une couleur cuivrée transparaissait. Son ancienneté lui donnait de la valeur et l'horlogerie du district l'avait estimée à vingt-deux mille yuans. Cette montre, Zhao Yamin l'avait enveloppée dans un carré de soie rouge, rangée telle la reine des montres dans une petite boîte en cuir de la grosseur d'un poing, avant de la placer dans son coffre verni en bois de paulownia.

C'était lors d'un mouvement social de lutte contre la pornographie et les activités illégales que la jeune fille avait été dénoncée et appréhendée par la police dans une petite chambre d'un salon de coiffure de banlieue. Nue, elle était assise avec un homme au bord du lit. Ils n'avaient pas encore commencé mais discutaient de la façon dont elle serait rétribuée. Elle voulait coucher avec lui en échange de sa montre, lui voulait la payer avec de l'argent, car sa montre lui avait été offerte par son épouse en gage d'amour lors de leur mariage. Zhao Yamin n'en avait que faire, elle ne faisait pas ça pour de l'argent mais pour collecter des montres. Elle en collecterait cent, après quoi, elle cesserait complètement de recevoir des clients, quoi qu'il advienne. Elle rentrerait au village cultiver la terre, se marierait et aurait des enfants.

« Pourquoi fais-tu collection de montres ? demandaient tous ses clients.

— Ça ne te regarde pas », répondait-elle systématiquement.

Alors, la plupart du temps, les hommes vantaient l'origine de leur montre et en exagéraient la valeur, affirmant qu'en la lui donnant, ils payaient vraiment le prix fort. Elle demandait quelle était la marque, combien elle avait coûté, combien de temps l'homme l'avait portée, puis, à l'appui des connaissances qu'elle avait acquises, elle jugeait si la montre valait une passe. Si tel n'était pas le cas mais que l'objet lui plaisait, elle ne cherchait pas à en évaluer le prix. Si la montre excédait la valeur d'une passe, elle voulait bien coucher deux fois avec l'homme, voire passer une nuit entière avec lui.

Une passe valait quatre cents yuans.

Pour la montre suisse dont la patine était usée, elle avait couché avec le directeur retraité pendant un mois.

Son objectif était de gagner cent montres, après quoi elle reviendrait dans le droit chemin, se conduirait bien, quitterait la banlieue pour retourner vivre au village du Puits renversé où elle se marierait.

Elle avait passé deux ans dans ce salon de coiffure à laver des cheveux et à se prostituer. Dans son coffre, quatre-vingt-dix-neuf montres attendaient qu'elle change de vie, se marie et vive heureuse, fonde un foyer chaleureux. Devant sa maison, il y aurait des tournesols, derrière, des choux, des concombres et des tomates. Quand son mari arroserait les légumes ou planterait des tuteurs, elle lui apporterait à boire. Elle rirait avec lui et, quand il aurait bu, ils se regarderaient. Elle avait déjà quatre-vingt-dix-neuf montres. La veille, elle était rentrée au village, avait numéroté les trois dernières avant de les placer dans le coffre. Le matin, elle était revenue au salon de coiffure et, à quatre heures de l'après-midi, un homme d'âge mûr était entré. Il s'était fait coiffer et avait demandé plus. Ils discutaient du moyen de paiement lorsque la porte de la chambre un peu sombre avait été enfoncée d'un coup de pied. Deux policiers avaient fait irruption en criant : « Pas un geste ! Pas un geste ! », à croire que Zhao Yamin et son client étaient armés et prêts à faire feu.

On les emmena.

La voiture de police était sale et en désordre ; il y avait même des vomissures d'ivrogne.

L'interrogatoire eut lieu dans une petite pièce éclairée. Le teint cireux, la jeune fille embarrassée traîna un bon moment avant de s'exprimer devant l'officier et la femme qui enregistrait sa déposition, de leur raconter des choses bien difficiles à croire. Si elle se prostituait pour obtenir cent montres, c'était parce que son fiancé, du même village qu'elle, en désirait une depuis toujours, mais depuis l'âge de un an jusqu'à celui de vingt-deux (elle avait deux ans de plus que lui), il n'en avait jamais eu les moyens. Il avait travaillé, gagné de l'argent et épargné suffisamment lorsque sa mère était tombée malade ; il ne lui était plus rien resté. Il avait vendu des légumes au marché, cultivé la terre, épargné à nouveau dès que les besoins du quotidien le lui permettaient ; son père avait été hospitalisé puis il était mort. Il n'avait donc pas les moyens de s'acheter une montre et pensait qu'il ne les aurait jamais.

Elle l'aimait comme un petit frère.

Elle voulait lui offrir cent montres.

Dans la chambre nuptiale, le jour de leur mariage, à côté du caractère *double bonheur* affiché sur le mur, elle accrocherait les cent montres. Elle en possédait déjà quatre-vingt-dix-neuf, il n'en manquait plus qu'une. Or, le jour faste de leur mariage était fixé au mois prochain, le 9 du calendrier lunaire. Dans dix-sept jours. L'officier de police lui demanda :

« Votre fiancé sait-il que vous vous prostituez ?

— Non.

— Sait-il que vous voulez lui offrir cent montres en cadeau de mariage ?

— Non. Je veux lui faire une si belle surprise qu'il ne l'oubliera jamais. »

Elle fut condamnée à trois ans de réclusion dans un camp de rééducation à plus de cent lis de notre district. Son fiancé allait la voir tous les quinze jours. Lorsque ce jeune homme aussi dodu qu'elle accepta que je l'accompagne là-bas, dans ce qu'on appelait le « camp de travail de Hongguang », je me rendis d'abord dans leur village pour voir le puits. La margelle était inclinée et je ne comprenais pas comment ce muret de briques arrondi, couvert de mousse, avait pu être construit ainsi à l'oblique. Je ne comprenais pas non plus comment Li Zicheng avait pu le renverser pour en recueillir l'eau. Je songeais à interroger Zhao Yamin : « Sais-tu comment ce puits a pu être renversé ? »

Si elle me répondait qu'elle ne savait pas, je lui dirais :

« Je ne sais pas non plus. Les gens ne se comprennent pas les uns les autres, comment pourraient-ils comprendre un puits ? »

Tong Gaizhi

C'est à dix lis à peine de chez nous, à l'est, de l'autre côté du cours d'eau. Le village s'appelle Qiaodong. Il est si petit qu'il ne peut contenir les cris dont les gorges sont pleines. Un peu plus de cent habitants, une vingtaine de maisons – une vieille chemise flottant au pied des monts. La femme est partie avec un autre homme ; son mari et son fils n'ont pas pu la retenir. Il lui avait promis de ne pas retourner en Afrique travailler dans une mine de Tanzanie. Promis qu'il ne voulait pas de ce qu'il laissait là-bas, que cette fois il ne partirait pas, qu'il resterait vivre avec elle à Qiaodong. Elle avait répondu que ce n'était pas une question d'endroit, qu'il fallait se sentir heureux avec l'autre pour vivre ensemble, qu'avec lui, elle ne l'était pas.

« Notre fils a déjà douze ans, avait-il dit comme pour le lui rappeler.

— Je sais, avait-elle répondu, moi, j'ai déjà trente-trois ans, si je ne commence pas maintenant à être heureuse, il sera trop tard pour moi.

— L'année prochaine, on pourra construire un étage à notre maison. » Il associait son avenir à la maison. « Avec cet étage, nous serons la famille la plus heureuse de Qiaodong. »

Cet avenir ne l'émouvait pas ; la réalité présente roulait devant elle comme une pépite. « Même avec un étage, auras-tu une maison aussi belle que celles de Zhengzhou ? La vie la plus heureuse à Qiaodong peut-elle égaler la vie à Zhengzhou ? »

Le mari s'était tu.

Zhengzhou, la capitale de la province, l'appelait avec la force du soleil levant. Assise face à lui, leur fils de douze ans dans les bras, elle lui parlait comme lorsque le printemps arrive, que tout va revivre. Sur son visage se lisaient sa résolution, un peu de pâleur et d'embarras, et à chaque phrase qu'elle prononçait, les coins de sa bouche tremblotaient. Il avait cinq ans de plus qu'elle. A trente-huit ans, il en paraissait quarante-huit. Il avait été envoyé plusieurs années de suite travailler à l'étranger. Construire des ponts, des bâtiments, creuser des mines, abattre des arbres. Cela faisait cinq ans déjà. Son visage était devenu aussi luisant que celui d'un Africain ; c'était un vieillard noir qu'évoquait cette face luisante, telle une statue d'ébène sur un comptoir chinois. Environ deux mois auparavant, elle l'avait appelé trois fois ; il n'était rentré que depuis trois jours. La première fois qu'elle lui avait téléphoné pour le presser de rentrer, il avait répondu qu'avec le prix d'un billet d'avion, on pouvait acheter de quoi construire un mur de briques. La deuxième fois, il lui avait demandé ce qui se passait de si important ; n'était-il pas rentré justement l'année précédente ? La troisième fois, tandis qu'elle se trouvait dans leur cour intérieure, le soir, il était à plus de cent kilomètres de Dar es Salam, la capitale de la Tanzanie, dans une carrière. Il y avait cinq heures de décalage horaire, le soleil de midi lui brûlait le crâne. « Si tu ne rentres pas, ne viens pas ensuite me traiter d'ingrate ou de sans vergogne, et si je ne suis pas là quand tu te décideras enfin, ce ne sera pas la peine de me chercher ! » C'étaient les dernières paroles qu'elle lui avait adressées. Après, elle ne l'avait plus appelé. Lorsqu'il avait voulu la rappeler, son portable vibrait sur la table mais sciemment, elle ne décrochait pas. Elle ne désirait pas abattre toutes ses cartes en lui avouant qu'elle le pressait de rentrer parce qu'elle voulait divorcer.

Il était rentré deux mois après le dernier appel de son épouse.

Il avait attendu le début de l'automne parce qu'il s'imaginait qu'elle le pressait simplement par envie d'avoir son homme – une envie qui lui passerait. En outre, n'ayant pas achevé ses études au collège, avec un faible niveau d'instruction il ne pouvait à lui seul donner un tournant favorable à sa situation. A l'approche de l'automne, un chef avait été nommé, un étudiant qui s'apprêtait également à rentrer ; il aurait donc un compagnon de voyage. De retour enfin, à peine avait-il franchi le seuil de la maison et déposé ses bagages dans la pièce principale qu'il la vit, debout dans l'entrée, stupéfaite. Elle ne l'accueillit pas ; ne s'avança pas comme d'habitude pour prendre ses affaires, ne s'empressa pas de lui apporter de l'eau pour qu'il puisse se rafraîchir ou se désaltérer. Elle se contenta de le regarder entrer, traverser la cour, pénétrer dans la maison et poser ses bagages. « Je meurs de soif, apporte-moi un verre d'eau », dit-il. Elle demeura interdite, à croire qu'il l'avait effrayée en rentrant ainsi subitement, qu'elle avait devant elle un inconnu qui s'était trompé d'habitation. Après un instant d'hésitation, elle lui servit cependant un verre d'eau. Il but, posa le verre et la regarda. Toujours à distance, debout dans l'entrée, elle lui dit :

« J'ai quelqu'un. »

Il la fixa, avec l'air d'avoir mal entendu.

« Il est de Zhengzhou. » Elle commença à parler calmement, comme s'ils étaient dans la rue, au marché, et qu'elle lui montrait quelque chose. « Je te le dis, j'ai bien réfléchi et je veux l'épouser. Je voulais que tu reviennes précisément pour ça, pour qu'on divorce et que tu me laisses l'épouser. » Alors il l'observa longuement, comme s'il ne comprenait pas ce qui se passait, comme si elle aussi était une inconnue qui s'était trompée de maison. Elle poursuivit en lui expliquant, comme une inconnue à un inconnu, qu'elle avait rencontré un homme par hasard au marché du bourg trois mois plus tôt. Il venait de Zhengzhou pour son commerce d'armatures et de cornières d'acier et avait retenu une chambre dans un hôtel du bourg. Il était sorti acheter des fruits ; elle se trouvait au pied de l'immeuble et vendait des pêches. Ils avaient fait connaissance. Elle l'avait suivi dans sa chambre d'hôtel. Le lendemain, après avoir accompagné son fils à l'école, elle y était retournée. Le surlendemain, il n'était pas rentré à Zhengzhou et elle était encore retournée dans sa chambre d'hôtel. Elle dit que maintenant ils s'aimaient et qu'elle voulait divorcer pour pouvoir l'épouser. Alors il tenta de se lever brutalement pour se ruer sur elle et la gifler, mais un clou accrocha son fond de pantalon et un courant d'air frais qu'il ressentit sur son postérieur l'arrêta dans son élan.

« Quel âge a-t-il ?

— Une vingtaine d'années de plus que moi.

— Il pourrait être ton père !

— Eh bien oui, mais je l'aime. »

Planté au milieu de la pièce, il songea à prendre un bâton pour la frapper ; en cherchant du regard, il vit sa grande valise en cuir, une valise d'occasion qu'on lui avait offerte.

A l'intérieur se trouvaient les vêtements qu'il avait achetés pour elle et pour leur fils, des cadeaux et une peau de bique africaine – une peau souple et blanche pour l'hiver, à étendre sur le lit comme une couverture électrique.

« Tu n'as pas honte ?

— De quoi ? C'est comme ça partout aujourd'hui !

— Notre fils est maintenant en âge de se souvenir, tu n'as pas peur qu'il te déteste tout le reste de sa vie ? »

Elle serra fort l'enfant dans ses bras, le regarda : sur son calme visage immobile, on lisait sa désolation pour son père et autre chose d'indéfinissable. Elle dit qu'elle avait déjà pensé à leur fils, que s'il voulait le garder, elle était prête à endurer la douleur de le lui laisser. Pour le bien du petit, elle espérait quand même qu'il la laisserait l'emmener à Zhengzhou. Les écoles y étaient tout de même meilleures que celles du bourg et du district. Son futur époux avait accepté de s'occuper de l'enfant comme de son propre fils.

Les yeux chargés de haine, il lâcha un « Peuh ! » en crachant à ses pieds – c'est la réaction la plus véhémente qu'il eut. Puis il accepta son départ. « Fiche le camp ! » lui dit-il, et il ajouta que le plus tôt serait le mieux. Il faisait déjà nuit. Obligée de passer la nuit chez eux, elle lui prépara à manger. Elle lava ses vêtements pour la dernière fois et rangea la maison comme elle ne l'avait jamais fait. Au moment de se coucher, il se mit dans une chambre et elle dans l'autre avec leur fils. L'enfant endormi, elle vint à tâtons dans le noir jusqu'à son chevet : « Tu ne me frapperas pas ? » Elle le vit bouger dans le lit mais il ne répondit rien. « On ne s'est pas vus depuis un an, si tu as envie de moi, je peux passer cette dernière nuit avec toi. »

L'histoire de Tong Gaizhi, tout le monde la connaît dans ma région. Pendant longtemps, cette histoire d'adultère a embelli le quotidien morne et ennuyeux des gens. Après en avoir entendu parler, j'ai voulu rendre visite à son mari Wu

Chengmin ; j'ai passé un long moment avec lui, dans la cour de sa maison, et il a fini par me raconter tout ce qui précède. Il m'a aussi demandé, lors de mon prochain déplacement à Zhengzhou, de chercher à rencontrer sa femme, pour voir comment elle vivait. Il pouvait y aller lui-même, disait-il, mais il craignait de se retrouver devant elle sans savoir quoi lui dire. Ne pas savoir quoi dire, c'est ce qui le retenait. C'est ainsi qu'un an, deux ans, trois ans avaient passé sans qu'il parte à sa recherche. Au début du mois de mars de cette année, je me suis rendu à Zhengzhou avec un ami qui travaille pour une chaîne de télévision du Henan. Nous nous sommes renseignés et avons trouvé Tong Gaizhi dans un hôpital. Elle y était infirmière. Je l'ai invitée à dîner après le travail. Elle m'a raconté qu'elle n'était plus avec cet homme de vingt ans son aîné. Ils ne s'étaient pas séparés à cause de la différence d'âge mais parce qu'il lui avait menti ; il lui avait caché qu'il avait une femme et une famille. Pour autant, elle ne le haïssait pas. Après tout, il l'avait rendue heureuse pendant deux ans et après leur séparation, il lui avait trouvé un logement où elle vivait encore, avec un infirmier. Lui aussi était marié et avait des enfants ; ils étaient ensemble temporairement.

Je lui demandai :

« Vous n'avez pas l'intention de retourner à Qiaodong ? Votre mari et votre fils ne vous manquent pas ? »

Elle hésita un peu et secoua la tête, puis, avec un rire embarrassé, elle me dit une chose assez surprenante :

« Je n'ai pas peur que vous vous moquiez ni que vous écriviez ce que je vais vous dire : j'ai été mariée une dizaine d'années avec Wu Chengmin et je n'ai jamais eu d'orgasme. A trente-trois ans, pour la première fois, j'ai connu l'orgasme dans cet hôtel du bourg grâce à cet homme de Zhengzhou. Maintenant, avec mon compagnon, nous apprécions chaque jour ce moment. »

J'étais désarçonné.

Son destin semblait suivre la lumière de l'orgasme. Il me semblait pourtant que, orgasme ou pas, ici ou là, elle rejoindrait finalement la même route que les autres où l'issue l'attendait. Je connaissais cette issue mais je ne savais pas ce qu'il convenait de lui dire. Je la regardais. Elle pâlit puis rompit le silence :

« Vous pensez qu'on n'est pas digne de vivre en ce monde quand on divorce pour ça ? »

Je ne savais pas comment lui répondre, mais quelque chose d'inexplicable faisait que je la comprenais. J'avais envie de la réconforter.

« A cause de ça, parce que j'ai connu l'orgasme, je ne regrette rien. »

Je continuais à la regarder tout en songeant qu'il existait donc ce genre de femme avant-gardiste et pionnière dans ma contrée natale. Elle n'était certes pas jolie, une vague odeur de médicaments se dégageait d'elle, mais ce que sa personne entière exhalait, c'était l'esprit d'une femme, son acuité face au monde ; la liberté et la lumière d'une femme différente, sans pareille, de ma terre natale.

Yang Cui

Durant l'été 2018, les eaux d'un fleuve en crue inondèrent les berges et les maisons qui s'y trouvaient. Au moment de la décrue apparut un cadavre. Les policiers exploraient les débris de deux maisons effondrées : le temps, la saison et l'inondation les avaient retournées sens dessus dessous. Il y avait du bois et des sacs plastique, les battants de porte étaient introuvables, comme la liberté que l'on cherche sans la trouver, ce n'étaient que fragments épars. Le cadavre était coincé dans un coin entre les décombres. Une main dépassait. Cette main effraya un couple d'amoureux. La police du district vint, puis il y eut une autopsie, et finalement, une enquête technique fut diligentée du bureau de sécurité publique de la province.

Le cadavre était celui d'une femme nommée Yang Cui. Elle avait cinquante-sept ans et trois mois. L'assassin était son fils, Ma Xiaofei. Après avoir tué sa mère, il était parti travailler à Shenzhen. Lorsque les policiers l'interpellèrent, il leur déclara avec beaucoup de civilité : « Je vous remercie de m'arrêter. » L'interrogatoire se déroula aussi aisément que lorsqu'une porte s'ouvre avec sa clé. Dans la voiture de police, il raconta en détail comment il en était venu à cet assassinat, avec une émotion et un raisonnement tels que le policier qui l'interrogeait versa quelques larmes. Trente-trois ans auparavant, Yang Cui avait eu une relation avec un citadin nommé Guan Zhengpeng. Ce dernier était marié et avait une fille (encore !), il promettait de divorcer mais ne divorçait pas. Yang Cui tomba enceinte et, l'enfant allant naître, ne put faire autrement que de se trouver en hâte un mari. Il s'appelait Ma Chuanzi, avait dix ans de plus qu'elle, c'était un homme franc, travailleur, taiseux. Deux mois à peine après leur union, Yang Cui donna naissance à Ma Xiaofei. Ma Chuanzi savait que cet enfant n'était pas le sien, mais il le traitait comme son propre fils, sans gêne ni distance. Un jour, un villageois montra l'enfant du doigt en le traitant de bâtard ; Ma Chuanzi se battit avec lui. Quant à ses relations avec sa femme Yang Cui, on ne saurait dire si elles étaient bonnes ou mauvaises.

« Probablement ma mère aimait-elle toujours cet homme de la ville. »

C'est ce qu'affirma Ma Xiaofei pendant sa confession. Ces paroles révèlent son secret et le fondement de son acte. Comment croire qu'une femme, séparée d'un homme, après avoir vécu trente-trois ans avec un autre homme, serait toujours amoureuse du premier ? Qu'elle n'ait jamais donné son cœur au deuxième ? Si le premier n'avait pas été mourant dans un hôpital, et si trente-trois ans après, Yang Cui, qui n'avait plus vingt-quatre ans, n'en avait pas été informée, rien ne serait arrivé. La vie est pareille à une eau calme ; le plus à craindre est que le vent se lève ou qu'une pierre suffisamment grosse y tombe. En ce monde, toute vie humaine n'est qu'inévitables rides et remous que provoque le vent à la surface de l'eau. Ainsi, trente-trois ans après leur séparation, Yang Cui apprit que Guan Zhengpeng était mourant et que, sur son lit d'hôpital, à l'agonie, le nom qu'il appelait était le sien. Alors, trente-trois ans après, à cinquante-sept ans, elle se rendit en cachette à l'hôpital du district, à son chevet. Ce qu'ils se dirent, ce qu'ils firent, on ne peut que le supposer ou l'imaginer, mais lorsqu'elle revint, plus rien ne fut comme avant. Elle-même avait changé. Lorsqu'elle faisait la cuisine, elle prenait le glutamate à la place du sel pour en verser dans la casserole ; elle émincait les légumes, en jetait les feuilles et faisait revenir les racines. Dans ses pires moments, elle se levait en pleine nuit, incapable de dormir, et s'asseyait dans la cour en sanglotant. Après quinze jours de tourments, elle voulait retourner à l'hôpital voir Guan Zhengpeng. Son mari ne voulut pas la laisser faire, ils se disputèrent, en vinrent aux mains. Ma Chuanzi qui avait déjà soixante-sept ans lui asséna deux gifles et la repoussa brutalement. En tombant contre le chevet du lit, elle se fendit une côte.

Elle demanda le divorce.

Ma Chuanzi n'était pas d'accord. Ils étaient ensemble depuis trente-trois ans, leur fils avait lui aussi trente-trois ans et deux enfants de huit et cinq ans. Devenus grand-père et grand-mère, ils ne pouvaient pas divorcer comme ça ! Alors ils se disputèrent encore, les bols se brisèrent, une casserole vola dans les airs tel un OVNI. Finalement, une nuit, Ma Xiaofei fut réveillé par sa mère qui lui expliqua qu'elle voulait divorcer. Sans aucune hésitation, Ma Xiaofei prit le parti de son père adoptif et conseilla à sa mère de retourner se coucher. Le lendemain, elle ne prononça pas une parole de toute la journée, ne fit pas la cuisine, ne mangea pas. Le surlendemain, de même. Muette, elle résolut pourtant de s'exprimer après le déjeuner, mais son mari étant présent, elle demanda à son fils d'aller avec elle au bord du fleuve, au sortir du village. Il y avait là beaucoup de passage, de villageois et de connaissances. Ils remontèrent plus haut le long du fleuve jusqu'à un moulin abandonné. Il n'y avait plus rien à l'intérieur, même les meules et les pierres du socle avaient été emportées pour construire des maisons. Hormis dans le souvenir des hommes de la génération précédente, plus personne ne savait que ces deux pièces en ruine avaient abrité un moulin. C'est là, près de cette bâtisse sur le point de s'écrouler, que la mère et son fils trouvèrent le calme et la solitude. Là, la mère dit à son fils que, son père adoptif refusant de divorcer, elle songeait à s'enfuir pour aller vivre avec son premier amour. Le médecin lui avait dit que la tumeur au cerveau de Guan Zhengpeng était grave, mais qu'avec des conditions de vie saines et un bon moral, il pourrait vivre encore trois à cinq ans. Sa femme était morte depuis deux ans, sa fille avait étudié et s'était mariée au Hebei, à Shijiazhuang. Elle était à présent la seule à pouvoir s'occuper de lui. Le Ciel avait arrangé les choses pour qu'elle puisse finalement vivre quelques années en sa compagnie. Ne fût-ce que pour ces quelques années, il lui fallait divorcer pour épouser Guan Zhengpeng. Sans cela, il ne s'agirait pas de vivre ces quelques années avec lui, mais de les passer, vaille que vaille, auprès de lui. La différence était essentielle. Seul le mariage lui permettrait de former une véritable famille avec Guan Zhengpeng. Sans cela, si elle le rejoignait, les voisins de Guan Zhengpeng et tous ceux qui la connaissaient l'insulteraient, la traiteraient comme une moins que rien. Or son mari actuel, le père adoptif de Ma Xiaofei, préférait mourir plutôt que de divorcer et elle, elle passait ses nuits sans trouver le sommeil. Elle avait perdu plus de cinq kilos en quinze jours. Lorsqu'elle pensait à son premier amour, elle brûlait de le rejoindre. Elle avait enfin trouvé une solution : dès que Guan Zhengpeng irait un peu mieux, tous deux s'enfuiraient dans la montagne, dans un endroit désert. L'hospitalisation de Guan Zhengpeng l'avait ruiné. Tout son argent et celui de sa fille y étaient passés, à tel point que lorsqu'il voulait l'appeler, elle ne décrochait plus. Il ne restait donc plus qu'un unique recours : que Ma Xiaofei puise dans ses cent mille yuans d'économies, qu'il retire cinquante mille ou quatre-vingt mille yuans et les lui donne, afin qu'elle puisse payer l'hôpital et l'emmener en montagne, là où l'air est bon et l'eau pure. Bien sûr, elle se doutait que son fils ne serait pas d'accord, mais il y avait aussi une deuxième solution : s'attaquer à la racine du mal et la tuer. Morte, elle ne penserait plus à cet homme. Morte, Ma Chuanzi n'aurait plus à se tourmenter, à la battre à cause de cette histoire de divorce. Ma Xiaofei n'aurait plus non plus à se tracasser pour l'argent, pour leur réputation, pour son père biologique et son père adoptif. En fait, elle savait qu'elle devait mourir. Ma Xiaofei n'avait que deux possibilités : lui donner cinquante mille ou quatre-vingt mille yuans et la laisser partir, la laisser rejoindre cet homme qu'elle avait toujours aimé, ou l'aider en l'étranglant ici, sur ce terrain en friche où il n'y avait personne. Ainsi tout serait réglé. Yang Cui sortit de sa poche le fil électrique du chargeur d'un téléphone portable. Elle tomba brusquement à genoux devant son fils, sur la rive déserte, enroula le fil long de plus d'un mètre autour de son cou et, les yeux dans les yeux, lui dit : « Il n'y a plus le choix. » Voyant son fils s'affoler, se précipiter pour la relever et lui répéter, maman, ne fais pas ça, ne fais pas ça, elle lui dit ces paroles cruciales :

« Xiaofei, Guan Zhengpeng est ton véritable père, tu n'as qu'à me donner cinquante mille ou quatre-vingt mille yuans ! »

Alors Ma Xiaofei se décida.

Il réfléchit un instant, immobile, puis, son choix fait, il étrangla sa mère sur la rive déserte. Il traîna ensuite le corps dans le moulin, s'assit à côté et fuma longuement. La nuit venue, il rentra au village prendre une pelle et revint enterrer le corps dans un coin de la vieille bâtisse.

Le lendemain, il partit travailler à Shenzhen où il emmena sa femme et son fils.

Deux ans plus tard, l'inondation dévoila une main du cadavre. Cette main en décomposition effraya un couple d'amoureux et la police fut appelée. Dans le train qui le ramenait de Shenzhen, le meurtrier expliqua avec embarras toute l'affaire et les policiers en découvrirent ainsi le secret. Lors des interrogatoires de routine, on demanda à Ma Chuanzi pourquoi, sa femme ayant disparu depuis deux ans, il n'était pas parti à sa recherche. « Je croyais qu'elle était partie vivre avec son ancien amant », répondit-il. Quand enfin la vérité éclata au grand jour, un policier s'adressa discrètement à Ma Xiaofei : « Guan Zhengpeng est mort le lendemain du jour où il a appris la mort de ta mère. Si c'était à refaire, mieux vaudrait que tu donnes l'argent à ta mère pour qu'elle parte vivre avec ton père biologique tandis que tu resterais auprès de ton père adoptif. Tu aurais pu satisfaire les deux parties, mais voilà ce que tu as préféré ! »

Ma Xiaofei regarda le visage sérieux du policier et acquiesça avec le même sérieux. Au moment de prendre congé de son père adoptif, les menottes aux poignets, il le prit dans ses bras et lui dit :

« Père, je te remercie pour tout ce que tu as fait pour moi. Une fois fusillé, fais-moi enterrer à genoux devant la tombe de ma mère. »

Wang Pingping

Le cas de Wang Pingping qui a tué son mari et enterré son corps remonte à douze ans. Quarante-huit saisons ont passé avant qu'elle soit arrêtée. La découverte de l'affaire, sa révélation et l'enquête qu'elle a provoquée ressemblent à un mauvais roman. Un jour, la belle-mère de Wang Pingping, soixante-huit ans, fit un rêve : le fils qu'elle avait perdu était enterré sous le sol de sa cuisine. Elle se rendit au commissariat du bourg pour en parler à la police. Il fut décidé que, ne serait-ce que par pure formalité, une enquête devait être ouverte puisque le fils de cette femme avait en effet disparu depuis douze ans. Un policier fut donc envoyé chez elle. A l'aide d'un bâton, il frappa un peu partout le sol sur les dix mètres carrés de la cuisine. Soudain, il perçut un son indiquant une cavité sous le ciment. Alerté, il déclara aux curieux qu'il n'y avait rien mais verrouilla la cuisine et retourna au commissariat.

A minuit, une voiture de police se rendit chez la vieille femme. Quatre policiers creusèrent le sol de la cuisine où ils découvrirent les ossements du fils disparu, des boutons de vêtements et des semelles de chaussures pas encore complètement décomposées. Ils demandèrent qui avait posé le ciment, la vieille femme répondit que c'était sa bru : un jour qu'elle cuisinait, de l'eau n'avait cessé de gicler, transformant en boue la terre battue, aussi avait-elle acheté du ciment et, avec du sable ramassé sur les rives du fleuve, elle en avait recouvert le sol. A quel moment son fils avait-il disparu ? La vieille femme se rappela qu'il aimait boire, jouer au mah-jong et aux cartes, il lui arrivait fréquemment de s'absenter pendant trois ou cinq jours ; il était sorti quelques jours avant la pose du ciment et n'était jamais revenu. Elle ajouta qu'au début, elle et sa bru l'avaient cherché dans les maisons de jeu, au bourg et au chef-lieu du district, mais en vain.

Peu à peu, elles avaient cessé leurs recherches.

Sa bru rentrait souvent chez sa mère.

Un jour, elle y était restée plusieurs jours et finalement s'était remariée.

Elle avait épousé un homme qui vivait très loin, la vieille femme ne savait pas où. Elle avait toujours pensé que son fils était sorti pour jouer ou quelque chose de ce genre et qu'il avait eu un accident, qu'il était mort quelque part ; elle n'aurait jamais imaginé qu'il était enterré dans sa cuisine. Depuis douze ans, elle y préparait ses repas et y mangeait, parfois accroupie. Comment aurait-elle pu savoir qu'elle faisait cela au-dessus du corps de son fils, au-dessus de sa tête !

« Mon fils est mort injustement. Il n'a pas pu le supporter et il m'est apparu en rêve pour me dire qu'il reposait sous la cuisine », répétait-elle en pleurant aux policiers et aux villageois. Elle était si âgée, si elle se plaignait au début, ses larmes n'accompagnèrent bientôt plus ses paroles.

Quinze jours plus tard, on ramena Wang Pingping d'un village isolé dans les montagnes du district de Nanyang. Douze ans auparavant, elle n'avait pas trente ans ; lorsque les policiers la retrouvèrent, elle en avait plus de quarante. Douze ans auparavant, elle mesurait tout juste un mètre cinquante ; lorsque les policiers la retrouvèrent, elle avait pris de l'âge sans avoir grandi pour autant. Petite, maigre, le teint foncé, les cheveux clairsemés, elle avait un visage rond avec des traits réguliers, elle n'était pas laide. Pendant que les policiers de notre bourg et ceux de Nanyang parcouraient les routes de montagne pour aller l'arrêter, elle préparait le repas. Sa fille de neuf ans faisait ses devoirs à l'entrée de la cuisine, son fils de six ans regardait sa sœur étudier ; quant à la petite dernière, âgée de trois ans et demi, elle traînait dans les jupes de sa mère. Un quatrième enfant était en route, Wang Pingping était enceinte de sept mois, le bébé bougeait et l'on avait l'impression que son ventre allait éclater. Les policiers surgirent dans la cour et les curieux s'approchèrent les uns après les autres. « Tu es bien Wang Pingping ? » demanda un policier. « Oui », répondit-elle. « Alors viens avec nous, nous avons des questions à te poser. » Très surprise, elle rétorqua : « Venir où ? Je n'ai pas fini de préparer le repas. Mes enfants doivent manger. » Le policier la tira par le bras, elle se débattit : « De quoi s'agit-il ? Quoi qu'il se passe, ça peut attendre que je termine ! »

Le policier s'énerva et, d'une voix beaucoup plus forte, lui demanda :

« Ton ex-mari était bien Liu Yigou du village voisin du tien ? »

Elle sembla se souvenir subitement de quelque chose, blêmit, la sueur perlait à grosses gouttes sur son front. Sans rien dire, elle suivit le policier, en se mordant les lèvres elle serra dans ses bras ses enfants effrayés, regarda son mari éberlué et sortit de chez elle d'un pas lourd. Quand elle réapparut dans sa région natale, les gens se rappelèrent que douze ans auparavant, âgée de vingt-trois ans, elle avait épousé ce jeune homme d'un mètre quatre-vingts, Liu Yigou, du village de Heying, à huit lis de chez elle. A l'époque, elle savait qu'elle l'épousait parce qu'il était grand et beau, mais elle n'aurait su dire pourquoi lui l'avait choisie. Après le mariage, elle comprit peu à peu. Il était connu dans le village pour être joueur et voleur. Le fait qu'une fois mariés ils ne vivent pas sous le même toit que sa mère empira les choses. Une rue séparait les deux maisons, ce qui donnait indépendance et commodité à Liu Yigou qui ne cessait de sortir, de mener une vie dissolue avec des femmes, de boire et de frapper sans motif Wang Pingping lorsqu'il rentrait. Si le repas était un peu trop salé, il la giflait. Si elle ne réagissait pas quand il l'avait appelée deux fois, il lui lançait une chaussure ou une brique. La violence dans leur foyer pleuvait et tonnait. Plus honteux et effrayant encore, il lui arrivait parfois de ramener une femme inconnue. Il l'installait dans le lit et demandait à Wang Pingping de leur préparer à manger. Pour avoir la paix, elle acceptait qu'il voie des femmes dehors mais lui demandait de ne pas en ramener chez eux. Il le faisait quand même et l'obligeait à les servir. Douze ans auparavant, le 21 juin au soir, il avait ramené une fille d'un salon de coiffure du bourg, une masseuse. Il obligea Wang Pingping à les regarder copuler en disant qu'elle devait apprendre les gestes et l'habileté de la fille. Une fois la masseuse partie, il but et demanda à Wang Pingping de s'occuper de lui comme l'avait fait la fille.

Elle refusa. Il la frappa.

D'une gifle, il lui fit sauter trois dents, le sang gicla de sa bouche en geyser. C'est alors qu'elle eut l'idée de le tuer. Dès lors, ce fut comme si une vanne s'était ouverte. Impossible de la fermer. Impossible de ramener l'eau libérée. Dans les jours qui suivirent, elle fut docile et charmante, se plia à toutes ses demandes. S'il voulait boire, elle faisait sauter des légumes et les lui apportait. S'il ne buvait pas, elle lui demandait ce qui lui arrivait, pourquoi il ne buvait pas un peu. Durant ces quelques jours, il l'évalua d'un « C'est pas mal ». Enfin, le 27 juin, alors que la décision de l'empoisonner et le moyen de le faire étaient parfaitement au point, il but à nouveau beaucoup et lui donna un coup de pied parce qu'elle avait oublié de saler les concombres sautés. Ce coup de pied signa sa mise à mort. Comme il voulait un peu d'eau après avoir bu tout cet alcool, le verre de liquide jaune pâle qu'il avala le fit sombrer dans un sommeil dont il ne se réveilla plus. Le cadavre de cet homme de cent dix kilos demeura dissimulé dans un coin de la cuisine, sous un tas de bois, une journée entière, puis fut enterré sous le ciment par cette femme qui ne pesait que quarante-cinq kilos. Lorsque le policier lui demanda pourquoi elle l'avait enterré là et pas dans la cour ou ailleurs, elle répondit : « Je ne pouvais pas le traîner, il était si lourd ! Je ne pouvais que l'enterrer là où il était mort. » Elle raconta qu'il était arrivé dans la cuisine au moment même où elle ajoutait le dichlorvos dans l'eau bouillie sucrée – craignant qu'il ne bût pas, elle avait fait fondre du sucre.

« Tu ne savais pas que le dichlorvos est justement sucré ?

— Non. Je n'ai pas osé goûter moi-même.

— Il est tombé mort immédiatement après avoir bu ?

— Après un moment. Il a d'abord eu mal aux intestins, il a voulu dire quelque chose mais n'a pas pu et il est tombé.

— Pourquoi était-il venu dans la cuisine ?

— Il avait soif, il était pressé de boire un peu d'eau, il m'a appelée deux fois et comme je ne répondais pas, il est venu dans la cuisine. J'avais préparé son verre et je m'apprêtais à le lui apporter.

— Avant que tu lui donnes le verre, que vous êtes-vous dit ?

— Il est entré en m'insultant, sale truie, tu n'entends donc rien ? a-t-il dit, et je lui ai tendu le verre. »

Peu après la disparition de Liu Yigou, sa mère était revenue habiter dans cette maison. Souvent elle rêvait de son fils. Finalement, l'un de ses rêves avait permis la découverte du crime et l'arrestation de Wang Pingping. Les policiers et la vieille femme identifièrent vêtements, boutons et semelles comme appartenant à Liu Yigou ; une recherche d'ADN apporta la confirmation scientifique que Wang Pingping était bien la meurtrière. Lorsqu'elle lui rendit visite au commissariat, à travers la grille du parloir, son ex-belle-mère déclara à Wang Pingping : « Durant toutes ces années, tu n'es pas revenue me voir. Si tu étais venue une fois, rêve ou pas, je n'aurais rien dit. » Wang Pingping ne répondit d'abord rien, mais au moment de prendre congé, elle lui dit en souriant : « J'ai donné naissance à trois enfants et j'en attends un quatrième. Quand aurais-je trouvé le temps de venir te voir ? » Après un bref instant, elle ajouta : « Mère, il y a une chose que je dois te dire : si nous n'avons pas pu avoir d'enfant avec ton fils, le problème ne venait pas de moi. »

Ainsi s'acheva cette affaire criminelle.

Un mois plus tard, Wang Pingping fut libérée. Etant sur le point d'accoucher et en considération des violences qu'elle avait subies, elle bénéficia d'un allègement de peine et fut placée sous surveillance en dehors de la prison.

Pour nous, cette « surveillance en dehors de la prison » n'était pas une peine mais l'effet d'une intervention céleste.

Wu Zhimin

Wu Zhimin est l'une des rares, très rares homosexuelles de ma région natale. Mariée, elle ne supportait pas de dormir dans le même lit que son mari et non dans la même chambre que son amie intime. Son mari devenu un rival, elle le tua. Chez nous, il est impossible de comprendre une telle histoire ; ce genre de scandale n'arrive qu'en ville, ne devrait arriver qu'en ville, par exemple à Pékin, Shanghai, Guangzhou ou Shenzhou, mais pas sur notre terre. C'est une amie journaliste de la chaîne juridique de la télévision du Henan qui m'a informé de cette affaire et j'ai d'abord réagi comme les autres ; abasourdi, je me suis dit, ce genre d'histoire arrive donc aussi chez moi. Puis, à peine dix jours plus tard, je me suis rendu avec cette amie à la prison des femmes du Henan, non loin de Zhengzhou. Le bâtiment se trouve à trente kilomètres de Zhengzhou, à flanc de montagne. Il y a la route, des arbres, de hauts murs, des sentinelles et, à l'intérieur des hauts murs d'enceinte, des logements, la prison, des ateliers, une cantine, un terrain de sport (pour permettre aux prisonnières de prendre l'air frais) et une zone réservée aux visites. Tout est conforme, ou à peu de choses près, à ce que l'on voit à la télévision. S'il faut absolument trouver une différence, il me semble que l'air y est bien meilleur qu'à Zhengzhou et Pékin, que le ciel y est plus bleu aussi. C'est que la prison est construite sur un versant qui s'élève lentement depuis le fleuve Jaune, presque au sommet de la montagne. Grâce aux relations de la chaîne juridique et à la coopération de la prison, rendre visite à Wu Zhimin n'a pas été plus difficile que d'aller voir l'un de mes voisins. Il a simplement fallu conduire, téléphoner, se garer, prendre les papiers nécessaires, s'inscrire et signer avant d'aller, une bouteille d'eau minérale à la main et le regard attiré de tous les côtés, jusqu'au parloir. Ce n'est pas dans cette salle, à travers une grille de fer, que nous avons rencontré la meurtrière, mais dans un logement de deux pièces gardé par des sentinelles, au premier étage d'un bâtiment. Il y avait mon amie journaliste, un policier du département judiciaire chargé de la propagande, le directeur adjoint de la prison – que ses subalternes appelaient parfois « adjoint » ou simplement « directeur » – et moi-même. Nous étions tous les quatre assis autour d'une table de la taille d'une table de ping-pong, le soleil d'octobre pénétrait dans la pièce par le verre grillagé des fenêtres et l'ombre des grillages sur le sol formait un lavis de lignes droites. Un gardien armé amena Wu Zhimin menottée, hocha la tête à l'adresse du directeur adjoint et se retira. Nos regards se rivèrent sur cette meurtrière qui avait asséné sept coups de marteau sur le crâne de son mari profondément endormi. Les autres ne semblaient pas déconcertés mais moi j'étais si surpris que j'en écarquillai les yeux, peut-être même ouvris-je grand la bouche. Elle n'avait pas trente ans, grande, le teint jaune, les cheveux courts, de beaux yeux mais une bouche et un nez qui n'étaient guère en harmonie avec eux, à croire que ces yeux n'étaient pas les siens, qu'ils venaient à l'instant de pousser sur son visage, ou que ce nez un peu effondré et cette bouche trop large lui avaient été écrasés de force sur le visage par ses parents. De belle stature, elle mesurait un mètre soixante-dix, portait une robe blanche qui la grossissait légèrement, le numéro 328 sur la poitrine – de très bons chiffres ! Elle demeura un instant immobile à nous regarder puis, machinalement, d'elle-même, nous déclara dans le dialecte de l'ouest du Henan : « Bonjour à tous, posez-moi vos questions et je vous répondrai. » Cette initiative et cette honnêteté firent naître un sourire mystérieux et satisfait sur les lèvres des gardiens. J'en demeurai interdit et perplexe. Le policier du département judiciaire – le directeur adjoint l'avait fait asseoir en face de moi – se leva comme pour quitter les lieux : « Inutile de vous rappeler l'indulgence dont bénéficient ceux qui avouent. Coopérez, vous pourrez peut-être obtenir une remise de peine, c'est la meilleure occasion pour vous. » Wu Zhimin acquiesça et dissimula ses mains sous la table devant elle. A cet instant, je remarquai que ses menottes avaient dû servir à bien des prisonnières. Sur la partie inférieure, la plus soumise aux frottements, la patine était usée et laissait confusément apparaître une couleur d'un blanc jaunâtre. Je regardai les menottes, puis le directeur adjoint. Comprenant que je lui demandais s'il était possible de les lui retirer, il me répondit non du regard, me le signifia en secouant légèrement la tête, puis sortit. Ne restèrent plus dans la pièce (peut-être une simple salle de réunion) que le policier du département judiciaire, mon amie et moi.

Une séance de questions-réponses mécaniques, morne et inoubliable, commença.

« Nous sommes originaires de la même région. De chez moi à chez vous, il y a moins d'une heure de voiture, c'est pourquoi je suis curieux d'une histoire comme la vôtre dans notre campagne. » Telle fut mon introduction.

Wu Zhimin me regarda étrangement et baissa aussitôt les yeux pour reprendre l'attitude de la coupable. Un pâle sourire aux lèvres, elle demanda :

« Que voulez-vous savoir ?

— Vous... Comment avez-vous découvert que vous aimiez les femmes et non les hommes ?

— Autant que je raconte à nouveau tout depuis le début », dit-elle, après un regard vers le policier du département judiciaire. Ayant manifestement obtenu son accord, elle raconta :

« Petite, je n'aimais pas jouer avec les garçons ni aller à l'école avec eux. Je croyais que c'était parce que j'étais une fille, que c'était naturel pour une fille de ne pas aimer être avec des garçons. Ensuite, au collège, la plupart des filles disaient qu'elles détestaient les garçons tout en aimant être avec eux. Pour aller dans les champs ou au marché, elles appréciaient leur compagnie, elles disaient qu'elles pouvaient demander aux garçons de les aider à porter des choses ou que sais-je encore. Moi, je n'avais pas envie d'être avec eux. J'aimais la compagnie des filles. J'aimais me lier avec des filles un peu plus grandes que moi, un peu plus grosses, à peu près de mon âge. A la campagne, on dit que "lorsque filles et garçons sont en bonne proportion, le travail se fait sans fatigue", ce qui faisait rire beaucoup de mes camarades parce que cela signifiait plus ou moins que filles et garçons pouvaient flirter. Moi, cette expression me faisait trembler, comme si la main d'un garçon me touchait, grimpait sur moi. Pour tout, je préférais la présence des filles. Au lycée, certaines sortaient en cachette avec des garçons; dans le dortoir, on ne cessait de les interroger, on leur demandait comment c'était, ce que ça faisait d'avoir un amoureux. Quand elles ne voulaient pas parler, on les immobilisait sur le lit, on les chahutait, alors elles disaient: "Quand il me prend la main, c'est comme un choc électrique", "Quand il m'embrasse, je pourrais m'évanouir". Mes camarades essayaient d'imaginer ce que pouvaient être ces sensations de choc électrique ou d'évanouissement. Elles avaient toutes envie d'éprouver la même chose un jour. Elles se répartissaient les garçons de la classe, celui-ci pour toi, celui-ci pour elle, elles s'excitaient, rêvaient des garçons, tandis que moi, je me disais que ce serait tellement bien si l'on m'attribuait une fille! Sur le moment, cette pensée m'effraya, mais ensuite, comme une herbe, un arbre, elle se mit à pousser dans ma tête. De plus en plus. Puis je suis arrivée en dernière année de lycée. J'étais logée dans l'établissement. Après les vacances du nouvel an, le troisième jour de la rentrée, tout était blanc de neige, il faisait très froid le soir dans les chambres. Sur la couchette au-dessus de la mienne dormait une fille qui s'appelait Liu Yaling, elle me dit que sa couette était très mince, qu'elle voulait dormir avec moi. Lorsqu'elle se glissa sous ma couette, j'éprouvai d'abord une certaine gêne ; une sensation bizarre mais qui me plaisait parcourut mon corps. Sa main – était-ce volontaire ? –, sa main heurta bientôt légèrement ma poitrine. Là, je tressaillis, comprenant ce qu'étaient ces sensations de choc électrique, d'évanouissement dont avaient parlé mes camarades. Effrayée, je demeurai allongée sans oser bouger, comme si au moindre mouvement de ma part le lit allait s'effondrer. Au même moment, sa main revint tout doucement toucher mon… mon autre sein… alors je me mis à transpirer et, d'un seul coup, me jetai sur elle…

Après cette nuit-là, nous avons toujours dormi sous la même couette. L'hiver, on disait que c'était à cause du froid ; l'été, on attendait le milieu de la nuit et soit je montais la rejoindre, soit elle descendait. A l'époque, il y avait deux lits superposés dans chaque chambre, nous étions quatre par chambre. Yaling et moi craignions que les autres remarquent notre "bonne entente". Plus il y avait de monde, moins nous étions ensemble, mais dès qu'il n'y avait personne, on brûlait de se retrouver liées. Attachées inséparablement. Peut-être parce qu'à ce moment-là, nos camarades étaient trop occupées avec leurs devoirs et la préparation des examens, personne ne s'est rendu compte que Yaling et moi formions un couple. Tout le monde se concentrait sur l'examen d'entrée à l'université. Yaling a été prise à Zhengzhou. J'aurais dû moi aussi réussir l'examen d'entrée à Zhengzhou ou celui de l'université du Henan, mais j'avais l'impression d'aimer Yaling plus qu'elle ne m'aimait et il me semblait qu'elle était capable de me quitter tandis que moi, je ne pouvais pas. Résultat, elle a réussi son examen d'entrée et moi j'ai échoué.

Yaling était une citadine. Son père était le directeur du bureau d'exploitation forestière du district. Moi, j'étais une paysanne typique ; mes parents ne faisaient que cultiver la terre, ils n'avaient aucun sens du commerce. Si j'avais été un garçon, ils m'auraient dit de redoubler pour me représenter à l'examen, mais j'étais une fille et ça suffisait comme ça. En fait, si j'avais voulu redoubler, ils auraient accepté, mais je n'ai pas insisté. J'ai pensé que même en redoublant et en réussissant l'examen, je ne retrouverais pas Yaling. C'était une citadine, son père était directeur. Et puis, l'homosexualité, chez nous, ce n'était pas possible…

Aujourd'hui je me dis que j'aurais dû redoubler, passer à nouveau l'examen d'entrée à l'université. J'aurais eu un autre destin, pas celui que je vis aujourd'hui. Ce n'est pas de la faute de Yaling, ni celle de mon mari Peng Daming. Je suis la seule responsable. Dès que je songe à mon mari, je me dis que même la mort ne pourra pas racheter mon crime. J'ai été injuste envers Daming ! Injuste envers lui et toute sa famille ! Ses parents ont plus de soixante ans, sa mère n'est pas en bonne santé, elle est alitée depuis des années et Daming était leur fils unique. Ce n'est pas seulement à lui que j'ai causé du tort, mais à toute sa famille. D'autant que durant nos quatre années de mariage, mes beaux-parents m'ont toujours parfaitement bien traitée. »

A cet instant, Wu Zhimin éclata en sanglots. Courbée en deux, elle était si secouée de larmes qu'elle ne pouvait se redresser et ses mains tremblaient tant que les menottes heurtaient la table. Mon amie journaliste lui offrit un mouchoir. Je lui tendis une bouteille d'eau minérale. Le policier lui massa un peu les épaules pour l'encourager à se ressaisir. L'encourager à reprendre son récit. Elle cessa finalement de pleurer, poursuivit en donnant certains détails omis jusque-là.

« Quand Yaling a réussi son examen d'entrée à l'université, elle a dû partir et voilà tout. Elle est allée à Zhengzhou et moi je suis restée pour cultiver la terre. Comme bien d'autres amoureux, nous avons dû nous séparer, et voilà tout. Nous ne nous sommes plus revues. Je n'avais plus aucune nouvelle d'elle. Je pensais qu'à Zhengzhou, elle avait certainement quelqu'un d'autre. Je m'efforçais de me lier avec un garçon. Avant mon mariage, j'ai rencontré trois garçons, mais je n'avais vraiment aucune envie de m'asseoir avec eux pour bavarder ou partager un repas. L'un d'eux avait une assez bonne situation, c'était un officier, plutôt bel homme, mais quand nous étions seuls et qu'il cherchait à me prendre la main, je me dérobais. Alors, naturellement, nous avons cessé de nous voir.

J'ai eu vingt-cinq, vingt-six ans. Chez nous, c'est déjà un âge avancé et quand on n'est pas encore mariée à cet âge-là, tout le monde croit qu'on a une maladie. Si j'étais née en ville, il n'y aurait pas eu de problème. On dit qu'en ville, les gens comprennent ce qu'est l'homosexualité, que c'est même à la mode. Que certains parents soutiennent leur fille homosexuelle. Mais à la campagne, qui oserait en parler ?

Je me suis mariée à vingt-sept ans. Avec Peng Daming. C'était quelqu'un de très bien, un maître d'école, avec maison et voiture. Normalement, il n'aurait pas dû épouser une fille comme moi, indifférente aux hommes, mais c'était son deuxième mariage. Sa première femme était tombée gravement malade dès la première année de leur union, et la seconde année, elle avait doucement passé. Daming avait cinq ans de plus que moi, trente-deux ans, quand il m'a épousée. Lui et moi n'avons pas flirté, on s'est vus quelques fois et on s'est mariés. Ensuite, on a couché ensemble ; à chaque fois, après, j'avais la nausée, je ne me sentais pas bien, je me levais pour aller vomir, pour me laver en cachette. Au début, je me forçais quand même, mais ensuite j'ai arrêté. Quand il en avait envie, je lui répondais : "Je ne veux pas avoir d'enfant maintenant."

Daming, mon mari, était vraiment quelqu'un de bien. Il croyait que j'étais froide avec lui parce que j'étais sa deuxième femme, alors il redoublait de gentillesse. Chaque jour, il allait à pied au bourg pour travailler, à dix lis de chez nous, et il rapportait toujours quelque chose pour moi, à boire ou à manger. Si Liu Yaling n'était pas réapparue à ce moment-là, les choses se seraient arrangées. Peut-être qu'un jour j'aurais été enceinte, j'aurais eu un enfant et j'aurais complètement oublié que j'aimais les femmes et non les hommes, mais elle est réapparue. C'était à la fin de l'année dernière, début décembre, un lundi. Daming était parti à l'école, j'étais à la maison lorsque Yaling a surgi. Elle était toujours la même : grande, les cheveux courts, les épaules un peu larges, le teint frais et un peu sombre à la fois, avec ce côté masculin que j'étais la seule à percevoir. Elle portait un jean, des chaussures de sport et une veste grise Adidas. Si on ne la connaissait pas, on pouvait la prendre pour une sportive, moi je savais qu'elle n'aimait pas le sport mais uniquement les vêtements de sport. Elle était à l'entrée de notre cour et me fixait, je ne sais pas depuis combien de temps ; quand j'ai tourné la tête et l'ai vue, j'en ai lâché le balai que j'avais à la main.

Début décembre, ce jour-là, il ne faisait pas beau, le ciel couvert annonçait de la pluie ou de la neige. Il faisait froid mais pas encore trop. Nous sommes restées un long moment à nous regarder sans rien dire. Pas un mot. Ensuite, après ce long moment, elle est venue vers moi. Je suis passée près d'elle pour fermer la porte. A nouveau, nous nous sommes regardées, des larmes plein nos visages, toujours en silence. On ne s'était pas revues depuis onze ans, on ne savait pas quoi dire. A ce moment-là, elle et moi avons de nouveau éprouvé cette sensation que nous avions connue la première fois sous la couette, c'était au point de nous évanouir là, par terre… Pour finir, ce n'était pas simplement la même sensation. Onze ans après, toutes deux mariées, nous n'étions plus des lycéennes.

Ce jour-là, après nous être dévisagées interminablement, la première chose qu'elle m'a dite, en balayant des yeux la cour, qu'elle m'a demandé doucement, c'était : “Il n'y a personne d'autre chez toi ?" J'ai acquiescé en me mordant les lèvres et elle s'est avancée pour me serrer dans ses bras…

Si elle n'était pas venue ce jour-là, tout irait encore bien pour moi. Si nous ne nous étions jamais revues, tout irait bien. Onze ans après, elle est revenue me chercher. Nous nous sommes revues. Ce jour-là, je lui ai préparé à manger. Après le déjeuner, elle m'a dit que, comme moi, elle s'était mariée à vingt-sept ans. Son mari avait étudié l'informatique et, une fois diplômé, avait travaillé dans différentes sociétés à Zhengzhou. Au moment de leur mariage, il était cadre dirigeant et avait acheté une maison dans le nouveau quartier de Zhengzhou. Une fois mariée, elle n'arrivait pas à le désirer. Il ne supportait pas sa froideur, alors, au bout d'un an, ils s'étaient séparés. Elle m'a dit qu'à partir du moment où elle était partie pour l'université, pas un jour elle ne m'avait oubliée. Simplement, elle pensait que notre histoire était absolument impossible, alors elle n'avait jamais osé me revoir. Elle m'a dit que maintenant elle avait suffisamment réfléchi et compris la situation ; si je voulais, je pouvais faire comme elle, divorcer et chercher un travail à Zhengzhou pour vivre avec elle. Si je ne voulais pas, elle pensait vivre seule toute sa vie, ou bien démissionner et partir pour Pékin, Shanghai, Shenzhen, Canton, une grande ville où elle pourrait rencontrer des personnes comme nous. Elle a dit que dans les grandes villes, les gens étaient plus ouverts, ils acceptaient les personnes comme nous et même, ils les comprenaient.

Ce jour-là, elle est partie avant le retour de mon mari. Je l'ai raccompagnée jusqu'à la route à l'entrée du village. J'ai fait comme tous les amoureux clandestins, je n'ai rien dit à Daming. A peine était-elle partie qu'elle avait emporté mon cœur. Nous avons continué à nous voir comme ça, comme des voleuses, pendant plus de six mois. Tous les mois, elle venait au chef-lieu du district et j'allais la retrouver ; avant de retourner à Zhengzhou, elle venait au village me voir. Je suis aussi allée deux fois chez elle à Zhengzhou. A chaque fois, j'y suis restée une semaine. Puis mon mari l'a su. On n'enveloppe pas le feu dans du papier. Quand il a découvert que c'était une ancienne camarade de lycée, il n'a pas compris, il se demandait comment je pouvais aimer une autre femme. Il n'avait pas l'impression que je l'avais trahi, il trouvait seulement cela étrange, il pensait que j'étais malade. La nuit, il me demandait comment deux femmes pouvaient coucher ensemble… en fait, il voulait savoir comment cela se passait concrètement. Je ne lui ai rien dit. Je ne savais pas comment le lui dire. Mi-octobre, l'année dernière, j'ai voulu retourner voir Yaling. Elle était revenue de Zhengzhou, ses parents retraités étaient en voyage et lui avaient demandé de garder la maison en leur absence. Elle m'avait proposé de la rejoindre quelques jours, mais mon mari ne m'a pas laissée partir. Il avait demandé un congé et me surveillait, déterminé à ne pas me laisser sortir. Un jour, deux jours, cinq jours… Yaling n'était chez ses parents que pour dix jours. Le septième jour, un vendredi, après avoir corrigé des devoirs, mon mari est allé se coucher et m'a obligée à faire pareil. Il s'est endormi, moi je n'y arrivais pas. C'était le désordre dans ma tête, j'avais le cerveau sens dessus dessous, enflé, brûlant, comme si le feu y avait pris, que mes cheveux avaient été réduits en cendres et que mon crâne carbonisait, ainsi jusqu'au milieu de la nuit, et puis ma tête est devenue à la fois complètement vide et pleine d'explosions, comme si je n'avais plus aucune pensée et une multitude en même temps. Je ne sais pas quelle heure il était à ce moment-là, le policier chargé de l'enquête a dit qu'il devait être un peu plus de trois heures du matin. Je m'étais couchée à neuf heures ; l'hiver il fait froid, on se couche tôt. Donc cela faisait plus de six heures que j'avais la tête vide ou peut-être que je n'avais pas cessé de penser au fait que mon mari m'empêchait de rejoindre Yaling. Il était devenu un ennemi pour moi. J'étais comme possédée par les démons. J'ai été brusquement prise d'une fureur surnaturelle, je me suis levée pour prendre un marteau et j'ai frappé à la tête mon mari profondément endormi. Je ne sais pas à quel point j'ai frappé fort, je n'ai pas entendu le choc du marteau sur son crâne, je ne sais pas s'il a crié ou non. Je n'ai pas non plus compté le nombre de coups que je lui ai donnés. C'est après, quand j'ai été arrêtée, que les policiers me l'ont dit, je l'ai frappé au moins sept fois, je l'ai tué en lui écrasant le crâne à coups de marteau...

C'est affreux, je n'ose même pas y penser. Le sang sur le mur, sur le lit, un fleuve de sang...

C'est comme ça que j'ai tué mon mari, mon crime mérite d'être puni, et je suis là.

Je me dis maintenant que si je n'étais pas une paysanne, tout irait bien pour moi. Ou si j'étais une paysanne du Sud, d'une région plus ouverte d'esprit. Ou alors, j'aurais dû redoubler et passer l'examen d'entrée à l'université, alors j'aurais pu aller en ville, dans une grande ville plus tolérante, et tout ça ne serait pas arrivé, mais voilà, je suis restée dans cette région. J'ai nui à Peng Daming, à ses parents, à toute ma famille et aussi à Liu Yaling. Quand elle a appris que j'étais accusée de meurtre, elle a démissionné de son travail à Zhengzhou et j'ignore où elle est allée. Aujourd'hui encore, j'ignore où elle se trouve, même la police ignore où elle se cache. »

Fang Yuhua

Je ne parle que de blessures émotionnelles et de deuils amoureux, il me faut aussi donner d'autres exemples de la vie et de la mort des femmes.

Fang Yuhua était une femme de trente-cinq ans, du même village que moi, mais pas de la même équipe de production. Nous habitons à l'extérieur du village tandis qu'elle habitait au cœur du village, dans la rue la plus longue. Sa famille avait construit une maison dans cette rue très animée, non loin de la gare routière du bourg. Pour pouvoir construire à cet endroit, il fallait faire partie des villageois qui avaient une position sociale, des relations et une bonne situation économique, car les pièces qui donnaient sur la rue pourraient être louées ou devenir des locaux commerciaux.

En somme, les jours heureux de Fang Yuhua brillaient devant elle comme la lumière d'été. Or, subitement, en juin de cette année, alors que le blé était mûr, elle s'est pendue. Précisément cette année, elle s'est pendue au bord de son champ de blé. Il y avait là un jujubier de Lingbao chargé de fruits, avec un tronc large comme un saladier et des branches comme des bras. C'est à l'une de ces branches tendues vers le ciel qu'elle s'est pendue. A l'aide d'une corde dont on se sert pour la moisson. Un bout de cette corde se termine par un anneau fait d'une brindille de jujubier tressée, on s'en sert pour attacher les bottes de blé, d'herbe ou de petit bois.

C'est à l'aide d'une telle corde qu'elle s'est pendue au bord de son champ, dans la chaleur de juin. Le soleil de juin dans le ciel, sur la terre, les monts, les plaines, brûlait tant que tout semblait plongé dans une étuve, un grand feu. La veille, les épis de blé étaient encore un peu verts, mais ce jour-là, ils étaient presque roussis. Il fallait se hâter de moissonner sous peine de les perdre, de les laisser aux moineaux. Tout le village était au travail. Toutes les familles étaient au travail. Les deux champs qui appartenaient à la famille de Fang Yuhua se trouvaient près du village, celui de deux mus au sud, l'autre, de quatre mus et demi, un peu plus loin, à quelques lis au sud-ouest. Elle avait achevé de moissonner le premier, il ne lui restait plus que la moitié du second champ et elle pourrait transporter le blé sur l'aire de battage. Or, ce jour-là à midi, elle s'est pendue. Les feuilles du jujubier s'étaient recroquevillées sous la chaleur, les jujubes gros comme des cacahouètes brillaient comme des billes vertes dans la lumière. On ne sait pas si elle avait prévu ou non de se suicider. On peut le croire car très tôt ce matin-là, elle avait emmené ses filles de neuf et six ans chez leur grand-mère. Mais on peut aussi penser qu'elle n'avait rien prévu car, la veille, elle avait parlé au téléphone avec son mari qui travaillait au parc de Suzhou ; ils s'étaient demandé s'il devait rentrer ou non pour la moisson. Comme la plupart des travailleurs migrants du parc de Suzhou revenaient, il pouvait en restant gagner chaque jour un double salaire, quatre mille huit cents yuans en un mois. En y ajoutant la prime de pénibilité et celle pour la nourriture, il gagnerait plus de dix mille yuans. Il y aurait de quoi acheter des provisions ! De quoi rembourser une grande partie de la dette contractée pour la construction de la maison ! Ils avaient fait tous deux le calcul et conclu qu'il valait mieux faire comme l'année précédente : il resterait à Suzhou pour gagner cet argent et elle assurerait seule la moisson, le transport, le battage du blé et, pour finir, la mise en jarre des grains. Or, ce jour-là, elle avait presque fini de moissonner le blé, il était près de midi, assise à l'ombre du jujubier pour prendre un peu de repos, elle décida subitement de se pendre.

Elle mit fin à sa vie.

Fang Yuhua était allée à l'école. Avant de mourir, avec un bout de crayon, elle a écrit quelque chose, disons que c'était sa lettre d'adieu :

Chaque jour je travaille comme un homme, mais je ne suis pas un homme. Je n'en vois pas le bout, je n'ai plus envie de vivre.

Ces quelques lignes, elle les a écrites sans ponctuation. C'est moi qui l'ai ajoutée. Elle a laissé cette lettre, *Je ne suis pas un homme, je n'en vois pas le bout*, et elle s'est pendue.

Suicidée. Comment est-ce possible ? Voilà qui me rappelle à nouveau cette phrase : *La vie n'est pas extensible, elle est comme l'eau qui coule…*

Yang Caini

Parlons de quelque chose de joyeux. D'une lumière pleine d'espoir, de la splendeur du destin d'une femme de ma région natale.

Yang Caini (c'est un pseudonyme) a vingt-neuf ans et demi, une allure fascinante, les traits gracieux. Ses vêtements sont toujours à la mode au point qu'on la prend pour un top model, une artiste. Elle mesure un mètre soixante-dix et à sa façon de bouger, on croirait qu'elle est ou a été danseuse. En somme, son corps déborde d'une aura artistique. Elle porte des chaussures italiennes, un sac Hermès et change de robe, de foulard, de tailleur deux ou trois fois par jour. Impossible de voir qu'elle est de cette plaine centrale célèbre pour sa terre et son agriculture, plus encore d'imaginer qu'elle est une paysanne du Henan. Autrement dit, que ce soit moi ou quiconque de ma terre natale, personne ne peut croire qu'elle est une paysanne et que ses parents vivent entièrement du labeur de la terre. Je l'ai rencontrée à Pékin, dans le district de Chaoyang, lors d'un festin donné par un groupe de Henanais. Tous les convives étaient du Henan et bien en vue dans la société, on l'a présentée comme une « artiste henanaise », tous ont hoché la tête, souri et on est passés à autre chose. L'art de la table en Chine est immense, incommensurable, personne n'irait s'enquérir de l'âge d'une jeune et jolie convive, de sa profession ou de son lien avec tel ou tel autre convive. Le festin est pareil à une mer sans bornes et l'apparition d'une jolie femme à un phare dont on ne peut s'approcher. Je suis évidemment de ceux qui comprennent cette théorie nautique des relations humaines. Je me régalai ce soir-là de plats henanais et d'alcool de Maotai, jusqu'au moment où certains, ivres, échouèrent sur un sofa, d'autres ne cessaient d'aller aux toilettes pour se soulager ou vomir. C'est alors qu'elle quitta sa place et vint près de moi pour me dire, d'une voix très douce :

« Monsieur Yan, nous sommes du même district. »

J'étais sous le coup de la surprise. Elle ajouta qu'elle habitait à une trentaine de lis à peine de chez moi. Ma maison était au nord du district, la sienne au sud, dans la banlieue du chef-lieu. Elle me dit comment s'appelait son village puis prononça en dialecte une phrase que nous étions les seuls à pouvoir comprendre. Deux riches hommes d'affaires revinrent alors des toilettes et elle regagna sa place.

C'est ainsi que nous avons fait connaissance.

Par la suite, elle vint chez nous par deux fois partager un repas typique de notre terre natale. J'appris qu'elle aimait depuis toujours notre opéra local et qu'elle chantait plutôt bien, qu'elle avait même été applaudie lors d'un programme d'opéra à la télévision henanaise. Après le lycée, elle avait réussi l'examen d'entrée à l'académie de théâtre de Pékin. Son diplôme universitaire obtenu, elle était restée à Pékin et avait plongé dans le fleuve d'une vie opulente. En la voyant, ma femme s'exclama : « Il existe donc une femme aussi belle dans votre district ! » Plus tard encore, c'est nous qui lui rendîmes visite. Elle avait acheté un logement d'environ quatre-vingts mètres carrés entre le deuxième et le troisième périphérique, dans une résidence assez luxueuse. A ce moment-là le prix du mètre carré y était de soixante-dix mille yuans – maintenant c'est le double. Il était aussi difficile d'entrer chez elle que de rendre visite à un prisonnier. Quand enfin nous atteignîmes le dix-huitième étage du bâtiment 5, l'armoire à chaussures laissa ma femme bouche bée. Il y avait au moins une vingtaine de paires, de couleurs variées, avec toutes sortes de talons, la plupart, d'après ma femme, étaient de marques françaises et italiennes célèbres. Pour ma part, je n'y connaissais rien, mais tous ces modèles flambant neufs – dont quelques-uns fort étranges ne semblaient destinés qu'à être exposés ou portés pour un spectacle – nous donnèrent une idée du genre de vie que menait Yang Caini. Nous adoptâmes une extrême prudence, comme si nous venions d'entrer dans la loge d'une artiste d'opéra, dans les réserves d'une salle d'exposition, une pièce tout en chatoiements et en désordre, pleine de parfums insolites et d'objets d'art. Nous demeurâmes ainsi saisis un moment, dans l'entrée, puis elle nous invita à nous asseoir, nous offrit du thé et du café qu'elle prépara dans une machine à capsules. Assis devant le poste de télévision, sur un canapé de flanelle rouge et bleu – véritable objet d'art –, plusieurs minutes passèrent sans que nous trouvâmes rien à dire, puis, j'ignore ce qu'elle proposa à ma femme, elle la conduisit jusqu'à sa chambre. Ce fut bientôt ma femme que j'entendis s'exclamer : « Oh ! Viens voir un peu ! Viens voir la chambre de Caini ! »

Je les rejoignis.

Je vis d'abord ce qu'un homme ne doit pas regarder trop attentivement, à savoir le lit d'une femme : la couverture, l'oreiller, le couvre-lit et les draps de soie étaient en ordre et assortis ; cela faisait l'effet d'un arc-en-ciel dans un ciel d'azur après une averse, les couleurs étaient vives et lumineuses, de celles que seul un enfant de trois ans choisirait d'assortir.

Or, dans cette pièce arc-en-ciel éclatante, ce qui était difficile à croire, c'était qu'aux quatre murs, sur l'armoire et tout autour de la fenêtre, toutes sortes de sacs à main de marque étaient suspendus. Sur le mur auquel était adossée la tête du lit de style européen, les sacs étaient disposés sur une ligne horizontale et deux lignes verticales, en forme de lettre π. Sur le mur de gauche en partant du lit, comme l'armoire à vêtements empêchait de les suspendre, les sacs étaient exposés par rangées successives sur les cinq portes de l'armoire. A droite, ils encadraient la fenêtre en formant un U. Sur la moitié du mur entièrement blanc face au lit, de haut en bas sur un mètre environ, il y avait quatre enfilades de sacs de toutes sortes, des marques Prada, Burberry, Dior, Chanel, Louis Vuitton et Hermès, dont la valeur allait de quelques milliers de yuans à plusieurs centaines de milliers de yuans. Il y en avait des rouges, des noirs, des jaune et gris. L'un était si blanc que l'on en distinguait mal le motif, composé de milliers de lettres assemblées (ma femme m'expliqua ensuite qu'il s'agissait des initiales de Louis Vuitton). Un autre était en forme de cœur, en peau de crocodile (vraie ou fausse, je l'ignore) sertie d'écailles de couleurs différentes, jaune cristal, blanc opalescent, rose vif ou noir, gris ou bleu ; il y avait une couleur par écaille. Ce petit sac était entièrement incrusté d'une centaine d'écailles éblouissantes qui prenaient ensemble une nuance brun-rosé. Les lanières étaient longues et fines avec un diamant tous les centimètres ; bien sûr, ce n'étaient pas de vrais diamants, mais ce n'étaient pas non plus de simples morceaux de verre.

Le sac se trouvait au centre de la deuxième rangée. Mon épouse resta un moment plantée devant lui à l'admirer, le prit ensuite en main et déclara que ces cristaux venaient d'Europe de l'Est, de Bohême, ce qui me fit penser qu'il s'agissait sans doute du sac le plus coûteux de ce pan de mur. « Combien vaut ce sac ? » demandai-je bêtement à Yang Caini. Un peu gênée et satisfaite tout à la fois, elle me répondit en souriant que la totalité des sacs de cette chambre aurait représenté une somme de trente à quarante millions de yuans s'ils avaient été de marque, mais la moitié d'entre eux étaient des contrefaçons, tous ceux qui, authentiques, auraient coûté plus de vingt mille yuans. Celui qui était en forme de cœur, le sac Mille et une nuits, était une création du joaillier américain Mouawad. Il fallait débourser plusieurs millions de dollars pour pouvoir en commander un. Elle ne pourrait jamais se l'offrir et personne ne l'achèterait pour elle. Ces dernières années, ajouta-t-elle, elle y pensait jour et nuit. Elle espérait tant avoir un authentique sac Mille et une nuits ! Elle attendait que quelqu'un le lui offre.

Ce jour-là (qui me rappela Zhao Yamin et sa collection de montres), après avoir partagé avec Yang Caini un repas de raviolis au fenouil que nous aimons particulièrement dans notre région natale, nous partîmes. Nous ne lui demandâmes pas en quoi consistait précisément son travail d'artiste, ni si elle avait acheté elle-même tous les sacs qui emplissaient son appartement ou s'ils lui avaient été offerts. Nous savions que si, pour la plupart, il s'agissait d'imitations de qualité, leur valeur totale était de plus de 2,8 millions de yuans.

Au passage, je tiens à dire que Yang Caini est très bonne pour ses parents. Elle leur a acheté un appartement au sud de Pékin, sur le cinquième périphérique. Elle passe une nuit chez eux tous les week-ends et partage avec eux un repas de chez nous.

Zhao Zhizi

Sans doute suis-je intérieurement perméable et sensible à l'obscurité. Pour écrire le septième chapitre de cet ouvrage, je suis allé à Luoyang au musée historique du Henan. J'ai parcouru ma terre natale d'un district à l'autre, d'un village à l'autre, et rencontré toutes sortes de femmes avec leurs échecs et leurs succès, les vicissitudes de leurs vies, leurs parcours ordinaires ou extraordinaires. J'ai interviewé pas moins de dix d'entre elles mais n'ai choisi d'écrire qu'au sujet de quelques-unes. Un écrivain n'est remué que par ce qui touche sa propre sensibilité et je n'ai pu écrire qu'au sujet de celles-ci. Dans notre village, il y a dix ans, une jeune fille a été présentée par ses proches à une famille de Shanghai pour être domestique ; aujourd'hui son entreprise de prestations ménagères compte plus de cent employés. Cette jeune fille s'est installée à Shanghai et a acheté un appartement dans le district de Minhang. Une autre jeune fille, Xiao Hui, originaire d'un village de montagne à une centaine de lis de chez nous, est partie travailler à Canton après ses études au lycée. Il paraît qu'après six mois passés au vissage dans l'usine de Foxconn, après avoir perdu un doigt dans un atelier de Dongguan, elle est aujourd'hui directrice générale d'une usine ; c'est à la sueur de son front qu'elle a réussi à créer une ligne de production de meules pour une société étrangère. Le succès n'a pas tardé et, lorsqu'elle rentre chez elle depuis Canton, la voiture qu'elle conduit vaut 3,2 millions de yuans. Elle a fait construire une route pour son village, on dit qu'elle y a investi plusieurs millions. En tant que représentantes du sexe féminin, les réalisations de ces deux femmes à l'échelle d'une grande ville n'équivalent peut-être qu'à une poignée de sable, mais à l'échelle de ma région natale – toujours classée parmi les régions les plus pauvres –, elles suffisent à éclairer la nuit, à tracer un chemin dans l'immensité en friche. Si je n'étais pas moi mais un autre écrivain, ma plume irait vers plus de lumière, j'écrirais un hymne aux grandes femmes de ma région natale, mais ce sont les plaintes des plus faibles que j'entends. Ce sont d'autres destins de femmes que je vois, celles qui franchissent la porte étroite, que l'obscurité assaille.

Je ne sais rien de Zhao Zhizi (c'est un pseudonyme), j'ignore son âge, son allure, son travail et ses dispositions naturelles, mais lorsqu'on m'a rapporté ce qu'elle a vécu, j'ai été saisi. Ce n'est pas seulement l'absurdité qui m'a laissé pantois face à une lézarde du destin, c'est aussi l'immense plage de réalité qu'elle a laissée à mon imagination, si bien que je me suis égaré dans une perplexité profonde. J'ignore où je me trouve précisément à l'intérieur de cette béance, si la frontière de l'absurdité est proche ou lointaine, mais mon imagination s'emballe follement et il m'est impossible de toucher à la logique véritable de cette histoire.

« Yan Lianke, je t'offre une histoire vraie qu'il te serait impossible d'imaginer. »

Qu'on me permette de ne pas dire qui m'a raconté cette histoire. Simplement, voici les propos un peu moqueurs que l'on m'a tenus :

« Si cette histoire pouvait être vendue, elle vaudrait un million ou deux, mais je ne veux pas un centime, je te l'offre.

La protagoniste est de ta région natale, de Luoyang. Je connais tous les détails de son histoire mais je ne peux pas te la faire rencontrer. Elle s'appelle Zhao Zhizi. Les prénoms Zhizi (qui signifie "fleur de gardénia") ou Rong'er (qui signifie "figue de banian") sont très peu usités dans le Henan car nous n'y avons ni gardénia ni banian. Qu'elle s'appelle Zhao Zhizi me laisse à penser qu'une branche de sa famille est originaire du Sud. Les gens du Sud sont pour nous la lumière de l'argent et de la gloire dans notre caverne obscure. Elle et moi avons fait nos études dans la même école, avons choisi la même spécialité, mais je ne sais pas de quelle promotion elle était, si elle est plus âgée ou plus jeune que moi. Elle animait une émission de télévision pour une chaîne de province. C'est à cette époque qu'elle a bien connu le maire d'une ville de cette province, a bientôt été sa maîtresse et lui a même donné un gros garçon. Elle est donc devenue la tierce personne d'un triangle amoureux. Si l'histoire s'arrêtait là, il n'y aurait rien à dire ; il n'y a pas à chicaner sur la vie privée des gens. La vie privée doit être respectée et protégée, c'est indéniable. Le problème est que l'année dernière, lorsque le vent de la lutte contre la corruption a soufflé jusque dans cette ville, et particulièrement sur l'équipe de direction du comité municipal du parti, on s'est aperçu qu'elle n'était pas seulement la maîtresse du maire mais également celle du secrétaire du comité du parti, auquel elle avait également donné un gros garçon. Nous pouvons remercier le souffle conquérant de la lutte contre la corruption ; sans lui, nous n'aurions jamais ne fût-ce qu'imaginé une telle histoire. Yan Lianke, aurais-tu imaginé cela ? Aurais-tu imaginé que le maire apprendrait qu'elle était à la fois sa maîtresse et celle du secrétaire du comité du parti ? Qu'elle avait donné un gros garçon à la fois à lui, le maire, et au secrétaire du comité du parti ? Qu'au même moment, le secrétaire apprendrait que sa petite amie était aussi celle du maire, que la mère de son fils illégitime était aussi celle du fils illégitime du maire ? Ainsi, le maire et le secrétaire du comité du parti étaient-ils à la fois rivaux et partenaires révolutionnaires – camarades. Entre eux, le différend était inconciliable et les relations parfaitement harmonieuses. Une chaîne liait leurs destinées respectives, de sorte qu'ils devaient à la fois bien s'entendre et s'opposer. Ils devaient travailler ensemble, tenir ensemble des réunions, mener ensemble des investigations, prendre la parole ensemble. A cause de cette femme de la même région que toi, Zhao Zhizi, ils se voyaient attachés au même char de combat, honneurs et pertes valant pour l'un comme pour l'autre, camarades et ennemis. Alors, l'équipe dirigeante de cette ville est devenue un modèle d'union et de cohésion. Les réformes à mettre en œuvre, les capitaux à attirer pour l'aménagement urbain, qu'il s'agisse de construire une route, de creuser une tranchée, de démolir ou reconstruire un bâtiment, tout se passait sans la moindre dissension. Pourquoi ? Parce qu'ils formaient une famille ! Honneurs et pertes valaient pour l'un comme pour l'autre. Sais-tu à propos de quoi ils se disputaient ? Quel sujet les divisait ? Choisir la meilleure école maternelle, affecter tel ou tel excellent professeur dans telle ou telle école pour leurs fils !

Une sacrée histoire, n'est-ce pas ? Tu aurais pu l'imaginer ? Peux-tu imaginer comment Zhao Zhizi, la maîtresse du maire, est également devenue celle du secrétaire du comité du parti ? Comment elle a d'abord donné un fils au maire puis au secrétaire ? Comment a-t-elle dissimulé ses amours ? Comment ensuite a-t-elle révélé la vérité au maire et au secrétaire ? Comment ont-ils réagi en l'apprenant ? Lors des réunions de travail auxquelles ils participaient, étaient-ils sur leurs gardes ? Quel était leur comportement ?

A quel moment de la semaine Zhao Zhizi était-elle avec le maire ? Et avec le secrétaire ? Une fois l'intrigue révélée par le mouvement de lutte contre la corruption, comment les deux hommes ont-ils fait face au comité et au jugement du tribunal ? Ont-ils regretté leur amour pour Zhao Zhizi ou bien cela n'a-t-il rien changé ?

Yan Lianke, si cette histoire devenait une pièce de théâtre réaliste, ce serait vraiment une bonne pièce, non ? Ou un bon sujet de film documentaire ? Pourrais-tu en faire un roman ? Serait-ce une œuvre aussi importante qu'*Anna Karénine* ou *La Maison de poupée* ? Ou bien cela donnerait-il un mauvais livre méprisable et obscène ?

Yan Lianke, pourquoi ne dis-tu rien ? Quel regard portes-tu sur cette femme de ta région natale ? As-tu de la compassion pour Zhao Zhizi ? La critiques-tu ? Te dégoûte-t-elle ou bien l'admires-tu ? Dans ton livre *Elles*, Zhao Zhizi représentera-t-elle les femmes de notre époque ? Sera-t-elle un pavot à opium ou notre pivoine nationale ? »

Epilogue

MA PETITE FILLE

Le parc des bambous pourpres se trouve au nord-est du pont du même nom près du troisième périphérique de Pékin. J'y emmène souvent ma petite-fille. Elle m'y emmène souvent elle aussi. Sur notre chemin, les immeubles ressemblent à des immeubles, la route à une route, le pont à un pont. Lorsque nous le traversons, la circulation des voitures sous nos pieds est pareille à un fleuve, les passants aussi. Il nous semble alors que tout en ce monde est semblable et dissemblable tout à la fois. Les nuages sont blancs, parfois noirs. Le couchant est d'or, noir et crasseux parfois.

La porte du parc des bambous pourpres est toujours grande ouverte, à croire que la fermer, la verrouiller, serait une tâche trop fatigante.

Dans le parc, les bambous bordent les allées ; pourpres, vert émeraude, tachetés de blanc, ils se penchent et ne cessent d'accrocher les bras et les manches des passants. Leur verdure nous caresse comme la main du pape les croyants. En nous effleurant, ils laissent leur fraîcheur sur nos têtes et nos corps. Lorsqu'on regarde le monde avec droiture dans les allées du parc des bambous pourpres, toute la complexité irritante du monde s'effondre derrière nous et l'on ne s'en soucie plus.

Partout où l'espace le permet, les gens dansent, la musique retentit, c'est un véritable printemps de Baotu. C'est beau, et étouffant. Une étrange douceur coule parmi les danseurs et la musique. On dit que les personnes âgées qui dansent se sentent revigorées et rentrent ensuite chez elles demander le divorce. Elles divorcent puis se remarient. Tout cela ne nous intéresse pas, ma petite-fille et moi. Parfois je la regarde faire quelques pas de danse avec les grands-pères et grands-mères, puis nous repartons main dans la main. Les fleurs de lotus sont plus belles encore que lorsque Zhu Ziqing les décrit, les saules pleureurs, plus hauts, plus délicats et tendres que sur les peintures traditionnelles.

Des barques paressent sur le lac, semblables à de gros canards.

Des canards mandarins flânent, pareils au feuillage souple d'un couple de saules.

La main de ma petite-fille est un oisillon tout juste éclos que je tiens dans ma paume. Parfois, elle ne tient que mes doigts, comme elle tiendrait l'épaisse canne d'un aveugle pour l'aider à traverser la route. Le monde est trouble, d'un vert limpide aussi. Il y a quelques années, lorsque ma petite-fille est née, je me trouvais dans une unité de soins intensifs à cause d'une embolie pulmonaire. Perfusé de partout, je ressemblais à un échangeur autoroutier. Mon fils et ma bru étaient en larmes. Ma bru a dit que si je voulais voir ma petite-fille, ils pouvaient venir avec elle dans l'unité de soins intensifs. J'ai secoué la tête et balbutié : « Elle est trop petite, c'est un hôpital ici. » Je savais que ce bébé n'était pas seulement ma petite-fille, elle était ma vie, ma vie et ma mort.

Sorti de l'hôpital, je l'emmenais souvent en poussette au parc des bambous pourpres.

J'ai continué à l'emmener et un jour elle m'a appelé grand-père.

J'ai continué à l'emmener et elle s'est mise à marcher.

Je sais que ce sont ses parents qui élèvent ma petite-fille, mais j'ai toujours la vague sensation que le parc des bambous l'a élevée. Lorsqu'elle avait un an, nous l'emmenions au carrousel. Lorsqu'elle avait deux ans aussi. A cinq ans, elle aimait encore monter sur les chevaux de bois et s'installer dans le petit train. Après un peu de cheval, il lui fallait une glace et, si elle avait faim, une saucisse grillée ou autre chose.

Un jour elle m'a dit : « Un peu de cheval, un peu de glace et un peu de saucisse, c'est vraiment bien ! »

L'année de ses deux ans, nous jouions tous deux à cache-cache dans le parc et, fatigués, nous nous étions étendus sur deux bancs de pierre. Les yeux rivés vers le ciel et la ville de Pékin, elle m'a déclaré après mûre réflexion : « Grand-père, marions-nous ! Quand nous serons mariés, tu ne vieilliras pas, moi je ne grandirai pas non plus ; on restera ici dans le parc et on ne rentrera pas à la maison ; on mangera des saucisses grillées quand on aura faim, des glaces quand on aura soif, tu vois un peu comme on sera heureux ! »

Voilà sans aucun doute l'idéal le plus difficile à réaliser, un véritable miroir aux alouettes. J'ai pourtant acquiescé avec fidélité.

J'ai acquiescé, la nuit est tombée et nous sommes rentrés.

Quelques jours plus tard, elle a eu trois ans. Puis quatre. Et soudain cinq ans. Le temps, comme la foule et la circulation à Pékin, semble immuable, cependant routes et ponts finissent par vieillir et sont sans cesse réparés. Tandis que les saisons se succédaient, toujours les mêmes et toujours nouvelles, main dans la main, nous allions au parc des bambous pourpres. Parmi les bambous et les arbres, devant les barques sur le lac, près des attractions, nous discutions du monde, de tout et de rien, et de notre mariage. En grandissant, elle comprenait mieux les choses de la vie, aussi me disait-elle : « Si tu veux m'épouser, tu dois m'acheter deux glaces et deux saucisses grillées. » Lorsque je les lui achetais, elle consentait à notre mariage, sinon elle faisait la moue et s'éloignait résolument. Si je décidais alors de faire un compromis en lui achetant une seule glace ou une seule saucisse, elle déclarait sur un ton grave et menaçant :

« On se mariera, mais après je divorcerai ! »

Plus tard encore, c'est-à-dire cette année au mois de juin, nous sommes allés en famille au parc des bambous pourpres. Un groupe de personnes âgées se trouvaient sur un terrain d'exercice garni d'anneaux, de barres fixes et parallèles et d'autres équipements sportifs. Elle a vu tous ces vieillards en train de tournoyer sur les barres ou de se suspendre aux anneaux, tous plus âgés que moi, en particulier l'un d'eux qui devait avoir quatre-vingts ans et tournait sans cesse autour d'une barre fixe à mi-hauteur. Sa barbe blanche flottait dans les airs, on eût dit une colombe dont les ailes battaient, se figeaient puis battaient encore. Tout le monde l'applaudissait. Quand il s'est arrêté, ma petite-fille m'a sommé d'aller à mon tour sur la barre fixe. Lorsqu'elle a vu que j'étais incapable de faire ne fût-ce qu'un seul tour, que je ne parvenais même pas à me suspendre, sa déception a été immense, le ciel s'est écroulé et, ostensiblement, elle a prononcé ces mots qui nous ont accablés, elle et moi :

« Grand-père ! C'est tout ce que tu peux faire et tu penses encore à m'épouser ? »

Après quoi, satisfaite, égarée, elle s'est éloignée. Nous l'avons suivie. Sa mère nous a raconté discrètement que deux garçons de son école maternelle étaient amoureux d'elle et lui faisaient souvent de petits cadeaux, des chocolats ou des dessins qu'ils avaient réalisés. Nous avons eu un instant de surprise. Puis de rires. Puis son père, plus égoïstement et tristement, a soupiré : « Ciel ! Qu'est-ce que ce sera plus tard ? »

Ravie, sa grand-mère a éclaté d'un rire aussi tonitruant que la musique des danseurs dans le parc. Nous avons continué à avancer parmi les saules, les bambous, les canaux, les barques, les attractions et les buvettes. Tout était beau et trouble, comme si le temps s'était arrêté entre deux saisons sans que l'on sache si l'on était au printemps, en été, en automne ou en hiver. Sur le lac, au milieu des lotus, les barques ressemblaient toujours à de gros canards paresseux. Les canards mandarins ressemblaient à des feuilles flottant tranquillement à la surface. Le ciel était immaculé et brouillé tout à la fois. Les arbres d'un vert éclatant et poussiéreux tout à la fois. Devant nous, la petite avançait, sautillait après quelques pas, pareille à un oiseau voletant dans les airs, sans direction précise. Cependant, après un moment, l'oiseau a repris son orientation, est revenu vers moi pour m'entraîner un peu à l'écart et, le regard rivé devant elle, ma petite-fille m'a soufflé mystérieusement à l'oreille :

« On se mariera quand même. Je pourrai te pousser comme ça et beaucoup de gens se retourneront pour nous regarder. »

Juste devant nous se trouvait le couple qu'elle enviait, deux personnes âgées respectables et faibles. L'homme avait quatre-vingts ou quatre-vingt-dix ans et se tenait très digne dans un fauteuil roulant, la femme avait peut-être soixante-dix ans, ou peut-être avait-elle déjà passé les quatre-vingts, elle portait une fine veste d'une blancheur immaculée et une écharpe en soie ornait son cou, sa chevelure dense et argentée oscillait avec grâce dans le vent, le teint vermeil, elle se tenait bien droite en poussant lentement le fauteuil roulant. Tous les promeneurs lui cédaient le passage et saluaient le couple du regard. Alors ma petite-fille a placé ses mains sur mes reins et commencé à me pousser comme cette vieille femme qui poussait son mari.

La roue tourne et l'eau coule, tout est mouvant, comme le soleil levant, les nuages et l'arc-en-ciel au-dessus de nos têtes, interminablement.

Hong Kong, août 2019,
Pékin, novembre 2019.

Achevé d'imprimer sur les presses
de l'imprimerie Liberduplex
Sant Llorenç d'Hortons (Barcelone),
Espagne

Dépôt légal : septembre 2022